藍小說 910

村上春樹作品集

舞・舞・舞

(上)

村上春樹著　賴明珠譯

舞・舞・舞 上

舞・舞・舞

一九八三年三月

1

我經常夢見海豚飯店。

夢中我包含在那裡面。也就是說，我以某種繼續的狀態被包含在那裡。夢明顯地提示著那種繼續性。在夢中海豚飯店的形狀是歪斜的。非常細長。因爲實在太細長了，因此看起來與其說是飯店不如說更像附有屋頂的長橋。那橋從太古一直細長地延續到宇宙的終極。而我則被包含在那裡。有人在那裡流著眼淚。爲了我而流著眼淚。

飯店本身包含著我。我可以清楚地感覺到那鼓動和溫暖。我，在夢中，是那飯店的一部分。這樣的夢。

醒過來。這是什麼地方？我想。不只是想而已，並且實際開口問自己。「這是什麼地方？」。然而這是沒有意義的問題。不用問，答案早就知道了。這是我的人生。我的生活。所謂我這個現實存在的附屬品。雖然不記得曾經特別承認過，但卻在不知不覺之間以我的屬性存在著的一些事情、事物、狀況。身邊也曾經有女人躺著過。但大體上都是一個人。房間正對面高速公路發出車輛奔馳的呻吟聲、枕邊放著玻璃杯（底下還剩有五釐米左右的威士忌）、和含有敵意——不，那或許只是單純的不關心吧——滿是灰塵的晨光。有時正下著雨。下著雨時，我就會繼續躺在牀上發呆。如果玻璃杯裡還殘留有威士忌，便喝它。然後一面眺望著從屋簷滴落下來的雨水，一面想海豚飯店。我試著慢慢伸展手腳。並確認自己只不過是自己，並沒有被包含在任何地方。我沒有被包含在任何地方。然而我還記得夢中的感觸。在那裡只要我一伸出手，包含著我的全體像就會呼應著動起來。就像利用水巧妙設計成的自動裝置似的。每一個階段一面小心地一一慢慢發出微小的聲音，一面陸續依序反應下去。我只要側耳傾聽，就可以聽得見那進行下去的方向。我側耳傾聽著。於是聽見有人在安靜哭泣的聲音。非常安靜的聲音。在黑暗深處的某個地方傳來的啜泣聲。有人正在爲我而哭泣。

海豚飯店是存在現實中的飯店。在札幌街上一個不怎麼引人注意的角落。我在幾年前曾經在那裡住過一星期左右。不，好好想一想。弄清楚啊。那是幾年前呢？四年前。不，正確說是四年半前。我那時候才二十幾歲。我跟一個女孩子兩個人住在那家飯店。是她選的那飯店。她說我們就住那家飯店吧。她說非要住那家飯店不可。如果不是她這樣要求，我想我是一定不會住那家什麼海豚飯店的。

那是一家小而寒酸的飯店。除了我們之外幾乎看不到別的住宿客人。我們住在那裡的一星期之間，在門廳看見的客人只有兩、三個左右，而且也不確定他們是不是住在那裡的客人。不過因爲掛在櫃台板子上的鑰匙有一些地方是空的，因此我想除了我們之外應該是有其他客人住宿的。就算不多，也總有少數吧。再怎麼說，總是在大都市的一個角落掛著看板，在職業別電話號碼簿上確實刊登出號碼的，如果說完全沒有客人來的話，常識上是無法想像的。不過就算除了我們之外有別的客人也好，他們應該是極其安靜的一些人。我們幾乎既沒有看見他們的影子，沒有聽到他們的聲音，也沒有感覺到他們的動靜。只有鑰匙板上的鑰匙配置每天都有些許的變化。他們都屏著氣息，大概像淡薄的影子一般貼著牆壁在走廊上來來去去的吧。偶爾一陣咔噠咔噠咔噠咔噠電梯升降的聲音客氣收歛地響著，但那聲音一停，感覺上沈默便比以前變得更沈重了似的。

總之那是一家不可思議的飯店。

那令我聯想起像生物進化的走走停停。遺傳因子的退化。往錯誤方向前進之後變成無法回頭的畸形生物。進化的遺傳因子載運體消滅了，只能在歷史的昏暗中漫無目的地站立不動的生物孤兒。時間的溺谷。那不是誰的錯。既不是誰的錯，也不是誰可以救得了的。首先最重要的他們就不應該在那裡蓋飯店。錯誤從這裡開始。從第一步開始，全都錯了。第一個鈕扣扣錯了，隨著下去全都致命地混亂了。想糾正混亂的嘗試又生出新的細微的——不能說是洗練的，只能說是細微的——混亂。而那結果，一切的一切都各自顯得有些歪斜，一直凝視著那其中的什麼時，頭就會極自然地傾斜幾度。那樣的歪斜。說是傾斜也只是極小的角度而已，因此並沒有什麼實際上特別的害處，既不會感覺不自然，一直處在其中也可能會習慣，不過總是有些令人掛心的歪斜（而且如果習慣那樣的東西之後，搞不好下次看正常世界時，頭還要傾斜過來也說不定呢）。

海豚飯店就是這樣一種飯店。而且說那是不正常的是指——那家飯店在混亂加混亂的重疊結果，已經達到了飽和點，終將會在不久的未來被時間的大漩渦整個吞沒掉——是誰看了都一目瞭然的事。一家哀愁的飯店。就像被十二月的雨淋濕的三隻腳的黑狗一樣哀愁。當然世上也還有許多其他哀愁的飯店吧，然而海豚飯店和那些又有點不同。海豚飯店是更概念性的哀愁。因此便顯得更加哀愁。

雖然我想那是不用說的，會選擇那樣的飯店特地去住宿的人，除了什麼也不知道就誤闖進來的客人之外，不會有很多。

海豚飯店並不是正式的名稱。正式名稱叫做「Dolphin Hotel」，不過那名字和從實體所感受到的印象之間實在距離太遠了（Dolphin Hotel的名字讓我聯想愛琴海一帶的砂糖糕餅一般雪白的休閒飯店），只是我個人這樣叫它而已。入口處掛著一塊畫有海豚的相當氣派的浮雕。也掛有看板。不過如果不是掛有看板的話，我想那就完全看不出是一家飯店了吧。甚至掛有看板，看起來還是不太像呢。那麼若要問看來像什麼的話，那看來簡直就像一間破舊的博物館一樣。好像擁有特殊好奇心的人們，爲了看特殊的展示物，而會悄悄來到的那種特殊的博物館。

不過如果有人站在海豚飯店前面，而擁有這樣的印象，也絕不是毫無根據的想像力任意飛翔。其實說真的，海豚飯店的一部分就是兼博物館。

有誰會住這樣的飯店呢？那種一部分當做莫名其妙博物館的飯店？黑暗的走廊深處堆積著剝製的羊、滿是灰塵的毛皮、發黴的資料和變成咖啡色的舊照片的那種飯店。一些未曾實現的夢想如同乾掉的泥巴一般緊緊黏貼在各個角落上的那種飯店？

所有的家具全褪色了，所有的桌子都傾軋有聲，所有的鎖都無法好好關緊。走廊的地板磨薄了，電燈是昏暗的。洗臉台的栓塞是歪斜的，水無法順利積起來。肥胖的女侍（她的腳讓人聯想到象）一面走過走廊一面發出咯哼咯哼不祥的咳嗽聲。經常守在櫃台的經理是個眼神哀傷的中年男人，手指少了兩根。這男人看起來，是屬於那種做什麼都做不好的典型。簡直就是那種類型的標本一樣。就像在淺藍色的墨水溶液中浸泡了一天之後，才拉出來的那樣，他的存在徹頭徹尾都染透了失敗、衰退和挫折的影子。令人想把他裝進玻璃櫃裡，放進學校理化教室。掛上一塊「做什麼都做不好的男人」的牌子。光是看到他，大多數人雖然就算有多少之差，心情都會變得悽慘起來，甚至不少人會生起氣來。有一種人只要看到那種類型悽慘的人就會毫無道理地氣憤難平。有誰要住這樣的飯店呢？

不過我們卻住了。我們應該住這裡，她說。而且後來她失蹤了。留下我一個人自己就消失無蹤了。告訴我她走了的是羊男。她走掉了噢。羊男這樣告訴我。羊男知道。她不得不走的事，我現在也知道了。因爲她的目的是把我引導到那裡。那就像是命運一樣的東西。就像莫爾道河(Moldau)流到海裡去一樣。我一面望著屋簷的雨簾，一面想著那件事。命運。

我開始做起海豚飯店的夢時，首先腦子裡浮現的是她。她還在尋找我啊，我忽然想道。要不然爲什麼會像這樣好幾次都夢見同樣的夢呢？

她，我連她的名字都不知道。還跟她一起生活了幾個月呢。我對她實質上什麼都不知道。我所知道的只有她是屬於某個高級應召女郎俱樂部的。俱樂部是會員制，只以身分確實的客人爲對象。可以說是高級妓女。除此之外她還擁有幾個工作。平常白天在一家小出版社打工當校對，偶爾也兼做耳朵專門的模特兒。換句話說她生活是非常忙碌的。當然她並不是沒有名字。實際上她擁有好幾個名字。不過同時她也沒有名字。她所擁有的東西——幾乎等於沒有——都沒有登載名字。她沒有定期車票、駕駛執照或信用卡。雖然有一本小記事本，但那上面只用原子筆密密麻麻地寫著一些莫名其妙的暗號而已。她的存在沒有所謂牽扯。妓女也許有名字。但她們是活在沒有名字的世界。

總之我對她幾乎一無所知。在什麼地方出生的，年齡多少，生日是哪一天都不知道。也不知道她的學歷，連她有沒有家人都不知道。什麼都不知道。她就像下雨一樣，不知從什麼地方來，也不知消失到什麼地方去。只留在記憶裡而已。

但我現在感覺到在我周圍她的記憶又再重新開始帶起某種現實性了。我這樣感覺到。她透過海豚飯店這狀況在呼喚著我呢。對了，她現在正需要我。而我唯有再一次被包含在海豚飯店裡，才能夠和她再度相遇。而且她很可能正在那裡爲我流著眼淚。

我一面望著雨簾，一面試著想想自己被包含在什麼裡面的事。並試著想想有人正爲我而哭泣的事。那感覺上像是非常非常遙遠的世界的事。那感覺就像在月球或什麼那類地方的事似的。結果，那畢竟是夢。不管手伸得再長、腿跑得再快，我都沒辦法到達似的。

爲什麼有人會爲我流淚呢？

不，雖然如此，她還是正需要我啊。在那海豚飯店的某個地方。而我也正在心中的某個角落這樣希望著。希望被包含在那個地方。被包含在那個既奇怪又致命的地方。

然而要回到海豚飯店卻不是簡單的事，並不是打一通電話預約房間，搭上飛機飛到札幌就去得成的。那既是一家飯店同時也是一個狀況。那是採取飯店這形態的一種狀況。回到海豚飯店，意味著和過去的影子再度相對。一想到這裡，我便被一股令人難以忍受的陰鬱所襲。是的，這四年之間，我一直傾全力想拋棄那冰冷而陰暗的影子。而回去海豚飯店，則等於是將這四年之間好不容易逐漸一點一點靜靜積存起來的一切，又全部放棄丟掉的意思。當然我並沒有得到什麼了不起的東西。那些幾乎怎麼想都只是些暫定的便宜的垃圾而已。不過我總是盡了我能力所及，把那些垃圾巧妙地組合起來，讓自己和現實搭上關係，基於自己的一點微薄的價值觀建築起新的生活。難道又要再一次回到原來的空洞裡去嗎？難道說又要打開窗子把一切的一切全丟出去嗎？

不過結果，一切就從這裡開始了。我很明白。只能夠從這裡開始。

我躺在牀上，一面望著天花板，一面深深嘆一口氣。算了吧。我想。算了吧，想什麼都沒有用的。那是超越你能力所及的事情。不管你想什麼都只能夠從那裡開始。那是註定的，已經。

♪♪♪♪

談一談我的事吧。

自我介紹。

從前，在學校常常這樣做。每次重新編班的時候，就依照順序走到教室前面，站在大家面前談自己的種種。我對這個實在很不行。不，不僅是不行。我從那樣的行為中找不到任何意義。我對我自己到底知道什麼？我透過我的意識所捕捉到的我是真的我嗎？正如錄進錄音機裡的聲音，聽起來不像是自己的聲音一樣，我所捕捉到的我自己的形象，難道不是被歪曲認識後，方便改造過後的形象嗎？……我每次都這樣想。每次在自我介紹的時候，每次不得不在人前談自己時，我就會有好像在任意改寫自己的成績單似的感覺。每次都不安得不得了。所以每次這樣的時候，我都盡量小心只說不需要加以解釋和說明的客觀事實（我養狗。喜歡游泳。討厭吃的食物是乳酪。等等），雖然如此，我還是覺得好像在談一個虛構的人的虛構的事實似的。而且以這樣的心情聽著其他所有人的話時，便覺得他們也在談著他們自己以外別人的事似的。我們都是在虛構的世界呼吸著虛構的空氣而活著的。

不過總之，談一點什麼吧。一切都從談一點關於自己的什麼開始。那是最初的第一步。至於正確或不正確，則等以後再判斷好了。由我自己判斷也行，由別人判斷也行。不管怎麼樣，現在是該談的時候了。而且我也不得不學著談談。

我現在喜歡吃乳酪了。我不知道是從什麼時候開始的，但在不知不覺之間就自然變喜歡了。我養的狗在我上初中那年被雨淋濕，得了肺炎死了。從此以後我再也沒養過一隻狗。至於游泳，到現在還喜歡。完了。

不過事情並不能這麼簡單地結束。人對人生追求什麼時（有人不追求什麼嗎？）人生便對他要求更多的資料。爲了畫出明確的圖形，需要更多的點。要不然，就得不出什麼答案。

「因爲資料不足，無法解答。請按消除鍵。」

按下消除鍵。畫面變空白。教室裡的人開始向我丟東西。嚷著：再多談一點。再多談一點自己呀。老師皺起眉頭。我失去語言，呆呆站在講台上。

說啊。不然的話，什麼都不能開始。而且要儘量長。至於正確不正確，以後再想就行了。

♪
♪
♪
♪

有時候，女孩子會來我房間住。而且一起吃早餐，再去上班。她也沒有名字。不過她之所以沒有名字，單純只因爲她不是這個故事的主角。她會立刻消失不存在。爲了避免混亂我不給她名字。不過我不希望因此而被以爲我輕視她的存在。我非常喜歡她，即使她不在了之後的現在，那種感覺還是沒變。

我和她是所謂的朋友。至少她，對我來說是唯一有可能稱得上朋友的人。她除了我之外還有正式的男朋友。她在電信局上班，用電腦計算電話費。雖然我沒有詳細問過她工作場所的事，她也沒有特別提起。但我想大概是那類的工作。依著每個人的電話號碼一一計算費用製成收費單，或那一類的工作。所以每個月我看見信箱裡的電話費收費單時，就會覺得好像收到私人信件一樣。

她和這些都沒關係，只是和我睡覺。每個月兩次、或三次，差不多是這樣。她認爲我是月世界人或什麼的。「嘿，你還不回月球去嗎？」她一面吃吃地笑著一面說。在牀上，我們赤裸著，身體互相貼在一起。她的乳房壓在我的側腹上。我們在黎明前的時刻經常這樣聊著。高速公路的聲音一直不停地繼續響著。從收音機傳來單調的 Human League 的歌。**Human League**。好笨的名字。怎麼會取一個這樣無意義的名字呢？從前的人會給樂團取更正常更有節度的名字的。Imperials, Supremes, Flamingos, Falcons, Impressions, Doors, Four Seasons, Beach Boys。

我這樣一說她就笑了。然後說我好怪。我不知道我什麼地方怪。我覺得自己是個想法非常正常的非常正常的人。Human League。

「我喜歡跟你在一起。」她說。「有時候，好想跟你見面。比方說正在上班的時候。」

「哦。」我說。

「有時候。」她強調著用語。然後隔了三十秒左右。Human League 的歌唱完了，換成不知名樂團的曲子。

「這是個問題點喏，你的。」她繼續說。「我雖然非常喜歡跟你兩個人像這樣子，不過卻不想每天從早到晚一直在一起。爲什麼呢？」

「噢。」我說。

「並不是說跟你在一起很拘束之類的。只是在一起的時候，會覺得有時候空氣好像咻一下變稀薄了似的。簡直就像在月球上一樣。」

「雖然這只是一小步而已——」

「嘿，這不是跟你開玩笑噢。」她抬起身體一直凝神注視我的臉。「我是爲了你而說的噢。除了我，還有人會爲你說什麼嗎？怎麼樣？有人會對你說這種話嗎？」

「沒有。」我坦白說。一個也沒有。

她又再躺下，乳房溫柔地貼在我的側腹上。我用手掌輕輕撫摸她的背。

「總而言之，我常常會覺得好像在月球上一樣空氣變稀薄噢，跟你在一起的時候。」

「月球上空氣並不稀薄。」我指出。「月球表面空氣根本就不存在。所以——」

「很稀薄啊。」她小聲說。她到底是無視於我的發言，或者完全沒聽進耳裡，我不知道。不過她聲音之小令我緊張。雖然不知道爲什麼，但那裡面含有什麼令我緊張的東西。「常常會咻一下就變稀薄了噢。而且我覺得你正在吸著和我完全不一樣的空氣呢。我這樣認爲。」

「是資料不足吧。」我說。

「你是說，我對你什麼都不知道嗎？」

「我自己也對自己不太瞭解。」我說。「眞的是這樣噢。並不是從哲學的意義上說的。而是從更實際的意義上說的。整體上資料不足。」

「不過你已經三十三歲了吧？」她說。她是二十六。

「三十四。」我更正。「三十四歲又兩個月。」

她搖搖頭。然後下了牀，走到窗邊，拉開窗簾。窗外看得見高速公路。道路上方浮著骨頭一般白的清晨六時的月亮。她穿著我的睡衣。

「回到月球去吧，你呀。」她指著那月亮說。

「大概很冷吧。」我說。

「冷，你說月球嗎？」

「不是，我說妳現在呀。」我說。現在是二月。她站在窗邊吐著白氣。我這樣一說，她好像才發現冷似的。

她趕快回到牀上。我抱緊她。那睡衣非常冷冰冰的。她的鼻尖緊貼在我的脖子上。那鼻尖也很冰。「我好喜歡你喲。」她說。

我想說點什麼，但話卻無法順利說出來。我對她懷有好感。像這樣兩個人躺在牀上，時間可以過得很愉快。

我喜歡爲她把身體摀暖，喜歡輕輕撫摸她的頭髮。喜歡聽聽她細微的沈睡鼻息，到了早上送她去公司上班，收到她計算的——我這樣相信——電話費通知單，看她穿著我的寬大睡衣。不過這些事，一到了要說出口時，卻無法用一句話來適當表現。當然不能說愛，但說喜歡也不對。

該怎麼說才好呢？

不過總而言之我什麼也說不出口。語言這東西怎麼也無法適當浮現。於是我感覺到我的什麼也沒說傷害到她了。雖然她儘量不讓我這樣感覺，不過我卻可以感覺到。我一面從她柔軟的皮膚探索她背後骨的形狀時，一面這樣感覺。非常清楚地。我們一時什麼也沒說地互相擁抱著，聽著不知名的歌曲。她的手掌輕輕放在我的下腹部。

「去跟月世界的女人結婚生個優秀的月世界孩子吧。」她溫柔地說。「這樣最好。」

從打開的窗戶看得見月亮。我還依然抱著她，越過她的肩膀一直注視月亮。偶爾聽得見載滿什麼非常重的貨物的卡車，發出彷彿冰山開始崩潰似的不祥聲音奔馳過高速公路。到底載著什麼呢？我想。

「早餐，有什麼？」她問我。

「沒有什麼特別的東西。跟平常差不多一樣。火腿、蛋、土司、昨天中午做的馬鈴薯沙拉，還有咖啡。我幫妳把牛奶溫熱泡個咖啡歐蕾。」我說。

「好棒。」她說著微笑。「幫我做個火腿蛋、泡個咖啡、烤個土司好嗎？」

「當然。非常樂意。」我說。

「你知道我最喜歡什麼嗎？」

「坦白說我不知道。」

「我最喜歡的事啊，怎麼說呢。」她一面望著我的眼睛一面說。「就是在冬天寒冷的早晨，一面想著好討厭唷，眞不想起牀，一面聞到咖啡的香味，煎火腿蛋吱吱吱吱發出的香味，聽到烤麪包機咔鏘的聲音，於是忍不住，乾脆從牀上跳起來。」

「很好。我來試試看。」我笑著說。

♪ ♪ ♪ ♪

我並不是什麼怪人。

我眞的這樣認爲。

雖然或許我不能算是一個平均的人，但並不是怪人。我也自有我極其正常人的一面。非常直。像箭一樣直。我以我的方式極必然地、極自然地存在著。因爲這是已經很明白的事實，因此不管別人是怎麼掌握我這個存在的，我都不太在乎。別人要怎麼看我，那是跟我沒關係的問題。那與其說是我的問題，不如說是他們的問題。

某種人把我想成比實際上更愚蠢。某種人把我想成比實際上更功利。不過那都無所謂。而且所謂「比實際上更」的表現法，也只不過是比我所捕捉到的我自己的像而言罷了。對他們來說的我，實際上也許是愚蠢、也許是功利。那不管怎麼樣都沒關係。不是什麼大問題。世上沒有所謂的誤解這東西。只有想法的不同而已。這是我的想法。

不過跟這個又不同的是，另一方面，也有人是被我身上的這種正常所吸引。雖然只是極少數，不過確實存在。他們或她們，和我，簡直就像飄浮在太空的黑暗空間中的兩顆遊星般極自然地互相吸引，然後離去。他們來到我這裡，和我互相關聯，然後有一天離開而去。他們成爲我的朋友、成爲戀人、成爲妻子。有些情況成爲對立的存在。不過不管怎麼樣，全都又從我身邊離去。他們放棄了，或絕望了，或沈默（扭開水龍頭再也流不出什麼），然後離去。我的房間有兩個門。一個是入口，一個是出口。沒有互換性。從入口出不去，從出口進不來。這是一定的。人們從入口進來，從出口出去。有各種進來的方式，各種出去的方式。但不管怎麼樣，大家都會出去。有的是爲了嘗試新的可能性而出去，有的是爲了節省時間而出去，有的是死了。沒有一個人留下。房間裡沒有誰。只有我而已。而我經常都認知到他們的不在。已經離去的人。他們口中說出過的話，他們的氣息，他們所哼唱的歌，我可以看得見像塵埃一般飄在房間的每個角落。

我想他們所看到的我的像大概是相當正確的吧。因此他們才都筆直地來到我這裡，然而終於又離去。他們認知我心中的正常性，認知我爲了繼續維持這正常性所顯示出我特有的誠實——除了這個之外我想不到別的表現法。他們想要對我訴說什麼，想敞開心。他們幾乎都是心地善良的人。然而我卻無法給他們什麼。即使能夠給，光是那樣也還不夠。我總是盡可能努力付出。盡我所能地全部做到。我也想向他們尋求什麼。然而結果卻不順利。於是他們便離開了。

那當然是很難過的。

不過更難過的是，他們比進來的時候懷著更哀愁的神色走出房門。他們體內的什麼更加一層地磨損之後才出去。這一點我很清楚。說起來雖然奇怪，不過看起來他們比我磨損得更多。爲什麼呢？爲什麼我總是被留下來？還有爲什麼我手上總是留下磨損的什麼人的影子呢？爲什麼？我眞不明白。

資料不足啊。

所以解答總是出不來。

還缺了什麼。

有一天我接洽完工作後回來一看，信箱裡有一張風景明信片。是一張太空飛行員穿著太空衣走在月球表面的攝影明信片。雖然沒寫寄信人，不過我一眼就可以理解那是什麼人寄的明信片。

「我想我們不要再見面了比較好。」她寫著。「因爲我想我可能會在最近和地球人結婚。」

可以聽見門關閉的聲音。

因爲資料不足，不能解答。請按消除鍵。

畫面變白。

這種事情要繼續到什麼時候呢？我想。我已經三十四歲了。要繼續到什麼時候？

我並不覺得悲哀。因爲這顯然是我的責任。她會從我身邊離開是當然的事，那是從一開始就知道的。她知道，我也知道。不過我們也曾經想追求一點微小的奇蹟。像是由於某種細微的契機而可能導致根本上轉變也未可知之類的事情。然而當然那東西並沒有來臨。於是她走了。她不在以後我雖然覺得寂寞，但那是以前也曾經體驗過的寂寞。而且也知道自己可以妥善地排遣那寂寞。

我繼續在習慣著。

這樣想時我心情很厭煩。覺得好像黑色的液體被滿滿地擠出而快要淹到我喉頭上來了似的。我站在洗臉台的鏡子前面，想道這就是我自己呀。這就是你呀。是你把你自己磨損成這樣子的。你比你所想的磨損得更多呢。我的臉比平常看來更髒、更老。我用肥皂仔細地洗臉，把乳液擦進皮膚裡，再慢慢洗手，用新毛巾把手和臉好好擦乾。然後走到廚房去一面喝啤酒一面整理冰箱。把枯萎的蕃茄丟掉，把啤酒排整齊，把容器換裝過，記下購物備忘便條。

黎明時分我一面獨自呆呆眺望著月亮，一面想這要繼續到什麼時候呢？我是不是終究還會在什麼地方遇見別的女人呢？我們就像遊星一樣自然互相吸引。然後又徒然地期待奇蹟出現，消磨著時間，磨損著心，再分別離去。

那要繼續到什麼時候？

2

收到她寄月球表面的風景明信片來的一星期後，我爲了工作到函館去。照例稱不上是多麼有魅力的工作，不過我對工作並沒有選擇的立場。而且大體上會指派給我的工作，無論拿任何一件來看，都沒有什麼値得選擇的差別存在。不知道是幸或不幸，一般來說事物這東西是越往邊緣走，那質的差就變得越不明顯了。就和周波數一樣。過了某一點之後，鄰接兩個音到底哪個高幾乎都聽不出來，終於變得無法聽出，什麼都聽不見了。

那是爲某女性雜誌介紹函館美味餐飲店的企畫。我和攝影師去轉了幾家餐廳，由我寫文章、攝影師拍照片。總共五頁。女性雜誌需要這一類的報導，而必須有人來寫這樣的報導。就像收集垃圾和剷雪一樣的事。不得不由誰來做。和喜不喜歡沒有關係。

我在三年半之間，繼續做著這種文化性的半弔子工作。文化上的剷雪。

由於某種原因我辭掉向來和朋友兩個人經營的事務所之後，有半年左右幾乎什麼也沒做，只是呆呆地活著。做什麼都不起勁。從那前一年秋天到冬天眞是發生了許多事。離婚。朋友死去。不可思議的死。女朋友什麼也沒說就離我而去。和奇怪的一些人相遇，被捲進奇怪的事件裡。然後當一切都結束時，我被過去從來沒有經驗過的深沈寂靜所團團包圍。我的房間裡飄散著幾近恐怖的濃密不在感。半年之間我一直窩在那個房間裡閉門不出。除了生存所必要的最低限度的購物之外，白天幾乎都不外出。只有在沒有人跡的黎明時分我才到街上漫無目的地散步。到了人們開始在街上出現的時候我就回房間睡覺。

然後傍晚醒過來做簡單的東西吃，給貓餵貓食。吃過東西後坐在地板上反覆好幾次又好幾次地回想自己身邊發生過的事，試著整理。重排順序，把存在那裡的選擇途徑列出表來，尋思自己的行動是否正確。一直繼續到快天亮。然後又到外面去漫無目的地徘徊在無人的街頭。

我在半年之間每天每天都繼續這樣。對，一九七九年的一月到六月。我一本書都沒看。連報紙都沒打開。音樂也沒聽。既沒看電視，也沒聽收音機。既沒和誰見面，也沒和誰說話。酒也幾乎沒喝。因爲並不想喝。世上發生了什麼？有誰成名了，誰死掉了？我一概不知。並不是我堅決拒絕一切的資訊。只是並沒有特別想知道而已。世界在動著我也可以感覺到。即使在房間裡安靜不動，我的肌膚還是可以感覺到那動態。只是我對那沒有任何興趣。一切就像無聲的微風一樣，吹過我身邊而去。

我只是坐在房間的地板上，繼續讓過去在腦子裡再現著。雖然說起來很不可思議，但那半年間我每天每天這樣繼續著，竟然完全不覺得無聊或倦怠。爲什麼呢？因爲我所體驗到的事件實在太巨大、實在擁有太多的層面了。既巨大又眞實。連手都可以觸摸得到。那簡直就像聳立在黑暗中的紀念碑一樣。而且那紀念碑是爲我一個人而樹立的。我把全部一一檢視。我由於經歷了那事件當然自己也承受了損傷。不算少的損傷。大量的血無聲地流出。幾許傷痛隨著時間的過去而消失，但幾許傷痛則是隨後才來到。不過我在半年之間一直繼續關閉在那房間裡，並不是因爲那傷痛的關係。我只是需要時間而已。爲了把那事件有關的一切做個具體的——實際的

——整理、檢討，需要有半年的時間。我絕不是變得自閉了，或堅決拒絕外在的世界。那只是單純的時間問題。我需要再一次好好恢復自己，重新站起來的純粹物理性時間。

關於自己重新站起來的意思，和往後的方向性我盡量還不要去思考。那又是另外的問題，我想。關於這個以後再想就行了。首先第一件事是恢復平衡。

我連跟貓都沒說話。

電話響過幾次，我沒有拿起聽筒。

有人偶爾來敲門，我沒有回應。

信也來了幾封。我過去的共同經營者寫來說擔心我的事。不知道我在什麼地方做著什麼事。總之先暫且寫信到這個地址來。如果他能幫上什麼忙希望告訴他。那邊的工作目前還算順利，他這樣寫。也提到我們共同認識的人的消息。我試著重讀了幾次，掌握住那內容之後（我不得不重讀四次或五次才好不容易能掌握）收進書桌的抽屜裡。

分開的妻也來信了。信上寫著幾件很實際的事情。調子非常實際的信。不過結尾的地方寫道自己將再婚，再婚對象是你不認識的人。一副好像想說「往後的事你就不用知道了吧」似的冷漠的寫法。這麼說的話，她和我離婚時交往的那個對象已經分手了。我早料到會這樣的，我想。我很清楚那個男的，因為並不是怎麼樣的男人。雖然會彈爵士吉他，但並沒有什麼特別驚人的才華。也不是特別有趣的人。我完全搞不清楚她為什麼會被那樣的男人所吸引。不過，反正那是別人跟別人的問題。對於我她什麼都不擔心，她寫道。因為你是做什麼都會做得很好的人。我所擔心的是往後即將和你有關的一些人。我最近不知道為什麼非常擔心這件事。

那封信我也反覆讀了幾次，然後照樣也放進書桌的抽屜裡。

就這樣時光流逝著。

金錢方面不成問題。暫且還有可以過半年的儲蓄，而以後的事以後再想就行了。冬天過去，春天來臨。春天我的房間充滿了溫暖和平的光。每天望著從窗戶射進來的光所描出來的線時，可以知道太陽的角度稍微逐漸在改變著。春天也讓我的心充滿了各式各樣古老的回憶。離開的人們，死去的人們。我想起雙胞胎的事。我跟她們一起三個人過了一段日子。那是一九七三年的事，沒錯。那時候我住在高爾夫球場旁。一到黃昏，我就跨過鐵絲網走到高爾夫球場裡面，漫無目的地散步，撿丟失的球。春天的黃昏令我想起那樣的情景。大家不知道都到什麼地方去了？

入口和出口。

我也想起死掉的朋友和我們兩人常去的小酒吧。我們在那裡一起度過了一些無從捉摸的時光。不過現在回頭來看的話，那似乎是過去的人生裡最具有實體感的時光。眞是奇怪。在那裡放過的古老音樂都還記得。我們是大學生。我們在那裡喝啤酒，抽煙。我們需要那樣的場所。而且談了很多事情。不過想不起來談過什麼了。只記得談了各種事情。

他已經死了。

抱著所有的東西，他死了。

入口和出口。

春天漸漸變深。風的氣味改變了。夜的黑暗色調也改變了。聲音開始帶上不同的聲響。然後季節變成初夏。

五月的末了貓死了。唐突地死了。沒有任何預兆。有一天早晨起來一看，貓在廚房的角落蜷曲著死了。大概牠自己也是在不太明白的情況下死掉的吧。身體變成像冷掉的烤雞一樣僵硬，毛比活著的時候看來髒一些。名字叫做「沙丁魚」的貓。牠的人生絕對算不上幸福。尤其既沒有被誰特別深愛過，也沒有特別深愛過什麼。牠總是以不安的眼神看著人的臉。自己現在是不是將要失去什麼呢，似的眼神。能有這種眼神的貓除了牠之外並不多見。不過總之牠死了。一旦死了之後，就沒有什麼可以再失去了。這是死的優點。

我把貓的屍體裝進超級市場的紙袋放在車子後面的座位上，到附近五金行去買了一把鏟子。而且打開實在好久沒開了的收音機開關，一面聽著搖滾樂一面朝西邊去。大多是無聊的音樂。Fleetwood Mac, Abba, Melissa Manchester, Bee Gees, K.C. & The Sunshine Band, Donna Summer, Eagles, Boston, Commodores, John Denver, Chicago, Kenny Loggins……。那些音樂像泡沫一般浮現又消失。無聊，我想。好像是爲了要搜刮少年零錢的垃圾般大量消費音樂。

不過接著忽然心情變得很悲哀。

時代改變了啊。只不過是這麼回事。

我一面握著方向盤，一面試著回想一下自己少年時代從收音機聽過的幾曲無聊音樂。Nancy Sinatra，嗯，那眞是垃圾，我想。The Monkees 也很糟。Elvis Presley 也唱了好多無聊的曲子。還有什麼叫做 Trini Lopez 的。Pat Boone 大部分曲子令我想起洗臉肥皂。Fabian, Bobby Rydell, Annette，然後當然還有 Herman's Hermits。那眞是災厄。接二連三出來的無意義的英國樂團頭髮長長的，穿著奇裝異服的呆模樣。想得起幾個呢？The Honeycombs, The Dave Clark Five, Gerry & The Pacemakers, Freddie & The Dreamers……沒完沒了。令人聯想死後變僵的屍體的 Jefferson Airplane。湯姆瓊斯(Tom Jones)——光聽到名字身體就會變僵。那個酷似湯姆瓊斯的醜 Engelbert Humperdinch。怎麼聽都像是廣告音樂的 Herb Alpert。那僞善的 Simon & Garfunkel。神經質的 Jackson Five。

一樣的東西呀。

什麼都沒改變。任何時候任何時候任何時候，事物的狀態都一樣。只是年號改變了，人更替了而已。像這種沒意義的用了就丟的音樂任何時代都存在，往後也還會存在。就像月的圓缺一樣。

我一面恍惚地想著這樣的事一面開了相當長時間的車。中途播出了滾石的『Brown Sugar』。我不禁微笑。很棒的曲子。「正點」我想。『Brown Sugar』流行是在一九七一年吧，我想。我想了一下，但正確時間記不起來了。不過那都無所謂。不管一九七一年也好一九七二年也好，事到如今已經都無所謂了。那種事情爲什麼非要一一認眞去思考不可呢？

在進入較深的山區時我開下高速公路，找到一片適當的樹林，在那裡把貓埋了。在樹林深處用鏟子挖掘了一個大約一公尺深的洞穴，把包裹在西友商店紙袋裡的「沙丁魚」放進去，在那上面蓋上土。很抱歉，不過我們就適合這樣囉，我最後對「沙丁魚」開口說。我在埋著洞穴時，什麼地方的小鳥正繼續啼叫著。鳥以長笛高音部音色般的聲音啼著。

洞穴完全埋平之後，我把鏟子放進車後的行李廂，開回高速公路。然後又再一面聽著音樂一面把車開往東京。

什麼也沒想。我只是讓耳朵聽著音樂而已。

播過Rod Stewart和J. Geils Band。然後播音員說現在要放一曲老歌。Ray Charles的『Born to Lose』。那是一首悲哀的曲子。「我從生下來就繼續失去。」Ray Charles這樣唱著。「而現在我又將失去妳。」聽著那首歌時，我真的很傷心。甚至快要流淚。偶爾會有這種事。由於某種些微的狀況，會觸動我心裡最溫柔的部分。我在途中把收音機關掉，把車停進服務區，走進餐廳點了蔬菜三明治和咖啡。到洗手間把手上沾的泥土洗乾淨，三明治只吃了一片，咖啡喝了兩杯。

貓這時候怎麼樣了呢？我想。那裡黑漆漆的吧？我想。我想起泥土掉在西友商店紙袋上的聲音。不過那很相配的啊。對我對你都是。

有一個小時，我在那餐廳恍惚地注視著裝著蔬菜三明治的盤子發呆。正好在一小時後一位穿著三色堇紫色制服的女服務生走過來，客氣地問我可以把盤子收下嗎？我點點頭。

好了，我想。

是該回到社會的時候了。

3

在這如同巨大螞蟻窩一般的高度資本主義社會裡，要找一份工作並不是多困難的作業。當然是指：只要對那工作的種類和內容不太奢求的話。

我在開事務所的時候，曾經接觸過不少編輯的工作，在那過程裡也曾自己用心寫過一些文章。在那個業界關係還有幾個熟人。所以要以一個自由作家賺取自己一人份的生活費還算是簡單。本來我就是一個不太花生活費的人。

我找出以前的電話手册試著打電話給幾個人。並直接坦白地問有什麼工作我可以做的沒有。因爲某種原因我閒了一陣子，可能的話我想再找工作，我說。他們立刻轉給我幾件工作。不是什麼了不起的工作。大體是PR雜誌或企業說明書的塡空報導之類的。說得客氣一點，我所寫的原稿一半是完全無意義的，對誰都沒有用處的東西。只有浪費紙漿和墨水而已。不過我什麼也不想，幾乎是機械式地工整地把工作解決掉。剛開始時工作量並不怎麼樣。一天裡做兩小時工作，然後就散散步、看看電影。看了相當多電影。大約有三個月我就是以這個步調悠哉地過著。一想到不管怎麼樣總之我已經逐漸和社會產生關聯了時，心情就放鬆下來了。

我周圍的狀況開始看出變化是在入秋不久的時候。工作的委託忽然激增。我房間的電話響個不停，信件量一下增加。我爲了洽談工作而和許多人見面，一起吃飯。他們對我很親切，也說以後還有很多工作要我做。

理由很簡單。我既不挑剔工作，派給我的工作也都一一接受。在截稿期限前能夠整理好，有什麼狀況也從不抱怨，字也整齊。工作細心。其他傢伙會偷懶的地方，也都認眞做，酬勞低也從來不會露出不高興的臉色。如果半夜兩點半打電話來說無論如何六點以前要寫出二十頁四百字稿紙（關於機械式鐘錶的優點、或四十歲代女性的魅力、或赫爾辛基都市——當然是沒去過的——之美）的話，會在五點半前妥當地寫好。如果說要重新修改則可以在六點以前改寫好。評價會好也是當然的。

就像剷雪一樣。

只要下起雪來，我就會有效率地把它剷到路邊去。

既沒有一絲野心，也沒有一片希望。只是把來的東西一一有系統地快速解決掉而已。說眞的也曾想過這是不是在浪費人生呢。不過既然紙漿和墨水都已經這樣被浪費了，就算我的人生被浪費掉應該也沒什麼好抱怨的吧，這是我所獲得的結論。我們是活在高度資本主義社會裡呀。在這裡浪費是最大的美德。政治家稱其爲內需的洗練化。我稱它爲無意義的浪費。這是想法的不同。不過就算想法有所不同，那總之是我們所生活著的社會。如果對這個不滿意的話，只能到孟加拉共和國或者蘇丹去了。

我對孟加拉共同國和蘇丹都沒有什麼特別的興趣。

所以只好繼續默默工作。

不久之後，不只是PR雜誌的工作，一般雜誌的委託也來了。不知道什麼原因很多都是女性雜誌的工作。

我開始做一些採訪性的工作，或整理一些實地報導。不過這些和PR雜誌比起來並不特別有趣。我所採訪的對象，由於雜誌的性格，多半是些藝能界的人。不管問什麼人，都只能得到蓋章一般雷同的答案而已。他們會怎麼回答，在問問題之前我已經可以料到。糟糕的時候，首先由經紀人把我叫去，事先要我告訴他要問什麼問題。所以我要問的答案全都事先準備好了。我如果對那十七歲的女歌手提出預定之外的問題時，旁邊的經紀人就會插嘴道「這跟原先約好的不同所以恕不能回答。」要命，這女孩子如果沒有經紀人的話，是不是連十月的下個月是幾月都不知道呢？我常常會認眞地擔心。這種東西當然稱不上什麼採訪。不過我還是盡我所能去做。採訪前盡量做細密的調查，思考一些別人不太會問的問題。用心花精神在結構組成上。這樣做並沒有得到特別的好評，也沒有人對我說什麼好話。我之所以會這樣拚命做，是因爲這樣做對我來說最輕鬆。自我訓練。我想讓有一陣子沒有運作的手指和頭腦盡量多用在實際性——而且盡可能無意義的——事物方面。

重返社會。

我每天過著從來沒有經驗過的忙碌日子。除了擁有幾個定期性工作之外，還有許多臨時冒出來的工作。誰都不願意接的工作一定會轉到我這裡來。會有麻煩的複雜工作也一定會轉到我這裡來。我在這個社會裡是處於城市邊緣廢車處理場一般的位置。有什麼情況惡劣時，都會丟到我這裡來。在每個人都沈睡後的深更半夜裡。

托這福我的存款簿數字膨脹成過去從未見過的金額，又因爲太忙而沒有空閒去使用。我把問題很多的舊車子處理掉，從朋友那裡便宜地讓了一部二手Subaru Leone。雖然是前一型的車，但因爲跑的距離還小，汽車音響和空調又齊備。我有生以來還是第一次開附有這些東西的車子。過去住的公寓離都心太遠，因此搬到澀谷附近來。窗前就面對著高速公路，雖然有些吵，但只要不介意這個，還算是相當好的公寓。

我和工作上認識的幾個女孩睡過。

重返社會。

我知道自己跟什麼樣的女孩睡比較好。而且也知道可以和誰睡，不能和誰睡。還有不該和誰睡。上了年紀之後，這些自然就會知道。而且也知道到什麼地步該結束。這樣既自然也輕鬆。誰都不會受傷，我也不會受傷。只是沒有那種被綁緊了似的心的震動而已。

和我關係最深的，是那個在電信局上班的女孩。我和她是在某個年終晚會上認識的。兩個人都喝醉了，互相開開玩笑，談得很來，於是到我的公寓去睡。她是個腦筋很好，腳非常漂亮的女孩。我們也開著中古Subaru到很多地方去兜風。她心血來潮時會打電話來，問說可以過來住嗎？像這種有更進一步關係的對象只有她而已。這種關係到達不了任何地方是我也知道，她也知道的。不過我們兩個人安靜地共有著人生的某種猶豫期間似的東西。那對我來說，也是好久沒有過的心平氣和的日子了。我們溫柔地相擁，小聲地說話。我為她做菜，彼此交換生日禮物。我們到爵士樂俱樂部去，喝雞尾酒。我們從來沒吵過一次架。我們瞭解彼此在追求什麼。然而那終究也結束了。有一天突然像底片用光了一樣地噗哧地結束了。

她離去了這件事，給我心中帶來比預料更多的失落感。有一陣子，自己感覺到難以忍受的空虛感。結果我什麼地方也去不了。大家都紛紛離去，只有我永遠還留在被延長的猶豫期間裡。既現實又非現實的人生。

不過那並不是我感覺到空虛的最大原因。

最大的問題是在我心底並沒有真正需要她這回事。我喜歡她，喜歡和她在一起。跟她在一起的時候，我可以度過身心舒服的美好時光。心情也會變溫柔。但畢竟我並沒有需要她。她離去的三天後，我清楚地認識到這件事。對，終究我是一面在她身旁一面在月球上。側腹部一面感覺到她乳房的感觸，而我眞正追求的卻是別的東西。

我花了四年時間，才好不容易找回自己存在的平衡性。我把人家給我的工作一一認眞地處理掉，人們對我有了信賴感。雖然數目不算多，但也有幾個人對我懷有類似好感似的東西。不過，雖然不用說，這樣還是不夠的。完全不夠。也就是說，我花了很多時間卻只不過是回到了出發點而已。

好了，我想。三十四歲我竟然又回到出發點了啊。那麼，往後該怎麼辦才好呢？首先要做什麼才好呢？不用想。做什麼才好，是一開始就知道的。結論從很久以前就像凝固的雲一般好端端地浮在我頭上了。我只是下不了決心把它付諸實行，而一天又一天地往後延而已。到海豚飯店去。那是出發點。

而且我不得不去那裡見她。那個把我引導到海豚飯店去，做過高級妓女的女孩子。因爲奇奇現在正需要見我（對讀者，她有必要有名字。就算那是暫定的名字也好。她的名字叫奇奇。片假名的キキ。我是後來才知道那名字的。這件事以後再詳細敍述，我在這個階段給她這個名字。她是奇奇。至少在某個奇妙狹小的世界裡，她是被這樣叫的）。而且奇奇握有開始者的鑰匙。我必須再一次把她喚回這房間才行。這個一旦出去就再也回不來的房間。我不知道這種事情有沒有可能。不過總之只能試一試。從這裡開始新的循環。

我整理了行李，暫且先把截稿期緊迫的工作一一急速解決掉。並把預定表上寫著下個月的工作全部取消。打電話給大家，說家裡有事無論如何必須離開東京一個月。雖然有幾個編輯嘀嘀咕咕地抱怨，但因爲我這樣做是第一次，而且日期也還早，他們從現在開始總是有辦法處理的。因此，最後大家都同意了。一個月後會好好回來繼續工作我說。於是我搭上飛機直飛北海道。一九八三年三月初的事。

不過當然我的逃離戰場一個月是完不了的。

4

我包租一部計程車兩天，和攝影師兩個人在積雪的函館一家又一家地繞著餐廳跑。

我們的採訪很有系統而且效率很高。這類採訪最重要的是事先查好資料和設定細密的工作進度。這甚至也可以說是全部。我在採訪之前徹底搜集過資料。有很多組織爲從事我們這種工作的人做好各種調查。只要成爲會員每年繳納年會費，大多的事情都可以爲我們調查好。比方我們說想要有關函館餐飲店的資料的話，他們就會收集相當數量給我們。用大型電腦從資訊的迷宮中有效地找出必要的東西來。而且用電腦，確實地歸檔好，再送給我們。當然要花相對的錢，不過想到可以用錢買到時間和節省精力那絕不算是高額的錢。

除此之外，我也用自己的腳勤快地走動，收集屬於自己的資訊。既有收藏和旅行有關資料的專門圖書館，也有收集地方新聞、出版物的圖書館。這些資料如果全部收集的話會有相當的量。從其中挑出可能有用的餐廳事先打電話到這些店，確定營業時間和休假日。能夠先做好這些的話，到達當地之後就可以節省相當多的時間。我在筆記上劃線編出一天的預定表。看著地圖，把移動的路線寫進去。把不確定因素降到最低限度。

到了當地，就和攝影師逐家順序跑。總共大約有三十家，當然都只吃一點點而已其他都剩下。只要嚐個味道。消費的洗練化。在這個階段隱瞞我們是在採訪的動機。也不拍照片。走出店裡之後，攝影師和我討論味道，充份滿足地給予評價。如果好就留下，不好就刷掉。預定要刷掉一半以上。然後同時進行，也和當地的小眾傳播雜誌接觸，請他們推薦資料表上漏網沒列出來的店五家左右。這些地方也去看看。再挑選。然後最終的選擇確定後，再一一往店裡打電話，說出雜誌的名字，請求採訪和攝影。光是這樣就花了兩天。夜裡我在飯店房間裡寫出大概的原稿。

第二天攝影師快速地拍攝這些餐點的相片，在那時間我和店老闆談話。很短截地。總共用三天解決。當然也有些同業可以更快做完的。不過他們什麼也不調查。只是適度地選出名店跑跑而已。其中當然也有人什麼都不吃就寫稿子的。只要想寫就寫得出來，沒問題。坦白說，我想這種採訪大概很少人會像我這樣仔細去做的吧。如果要認眞做眞的是很累的工作，而想要偷懶的話是怎麼偷懶都行的工作。而且不管是認眞做的，或偷懶做的，完成的報導幾乎看不出有什麼差別。表面上看來好像一樣。不過仔細看是會有一點點差別。

我並不是因爲自豪而做這樣的說明。

我只是想把我工作的概要之類的讓人瞭解而已。瞭解和我有關的消耗是什麼樣種類的消耗而已。

這個攝影師以前也和我一起做過好幾次。我們還滿投合的。我們是專業的。就像戴著白色手套，戴著大口罩，穿著一塵不染網球鞋的屍體處理員一樣。我們乾淨俐落簡潔地進行工作。既不說閒話，也彼此尊重對方的工作。私底下都明白這是爲了生活而做的無聊工作。不過那不管怎麼樣，要做就要好好做。在這層意義上我們是專業的。第三天夜裡我把原稿全部整理完畢。

第四天是預先空出來的日子。因爲工作已經完成也沒有什麼特別的事可做，於是我們租了車子到郊外去，進行了一天的鄉間滑雪。那天晚上我們一面吃著火鍋，一面慢慢喝著酒。度過悠閒的一天。我把原稿託給他。這樣一來即使我不在也有別人可以把後續工作接下去做。睡前我打電話到札幌的查號台。查海豚飯店的號碼。電話號碼立刻就知道了。我重新坐回牀上呼地嘆了一口氣。這下子總算知道海豚飯店至少還沒有倒閉。應該可以說是暫且安心了吧。因爲那是隨時倒閉都不奇怪的飯店哪。我深呼吸一下之後，撥了那號碼。立刻有人接。好像迫不及待地等在那裡似的，立刻。這使我稍微有些混亂。身手未免有點太快了吧。

接電話的對方是年輕女孩。女孩子？怎麼會？我想。海豚飯店不是那種櫃台有年輕女孩子的飯店哪。

「Dolphin Hotel 您好。」她說。

我因爲弄不清楚怎麼回事，於是愼重起見試著確認一下地址。地址是和以前一樣的地址。大概是新請了女孩子吧。試著想想也沒什麼好在意的。我想預約房間，我說。

「謝謝。請稍候。我現在爲您轉客房預約組。」她以清晰明白的明朗聲音對我說。

客房預約組？我又再亂混了。到這個地步怎麼都解釋不通。到底那家海豚飯店發生了什麼事？

「讓您久等了。這是客房預約組。」這聽起來也很年輕的男人聲音說。很明確而有禮貌的聲音。怎麼想都是個專業飯店人的聲音。

我總之預約了三天的單人房。把姓名和東京的電話號碼告訴他。

「好的。從明天開始三天，我爲您訂好了單人房。」男人再確認一次。

除此之外我想不起來還要說什麼，因此道過謝，就在一團混亂的狀態下掛斷了電話。電話掛上之後混亂的程度更加深。並且暫時一直注視著電話機。感覺是不是會有人打來，爲我說明那是怎麼回事。不過卻沒有說明。

算了吧，順其自然，我放棄了。只要實際去了一切就會明白。只有去看一趟了。不管怎麼樣，都不得不去。其他並沒有特別明顯的選擇途徑。

我打電話到飯店櫃台請他們幫我查去札幌的火車出發時刻。中午以前正合適的時間有一班特別快車。然後我打電話給客房服務組，請他們送半瓶威士忌和冰塊來，一面喝著一面看電視上的深夜電影。克林伊斯威特主演的西部片。克林伊斯威特一次也沒笑。連微笑都沒有。連苦笑都沒有。我幾次試著對他笑，他都無動於衷。電影演完了，威士忌也喝光了之後，我把電燈熄了沉睡到早晨，一個夢也沒做。

♪ ♪ ♪ ♪

從特別快車的車窗只能看見雪。很晴朗的日子，看了一會兒外面之後，眼睛便札札地刺痛。除了我之外沒有一個乘客看外面。大家都知道。看外面也只能看到雪而已。

我因為沒吃早餐因此十二點前走到餐車去吃了午餐。喝啤酒、吃煎蛋包。我對面坐著一位整齊地穿西裝、打領帶的五十左右的男人，也是喝啤酒，吃的是火腿三明治。他看起來好像是機械技師似的，實際上正是機械技師。他向我搭訕，說自己是機械技師，做的是自衛隊飛機的維修工作。而且還告訴我很多有關蘇聯轟炸機、戰鬥機侵犯領空的詳細情形。不過看來他對蘇聯機侵犯領空的違法性並不在意的樣子。他所在意的是幽靈F4的經濟性。他告訴我緊急出動一次要吃掉多少燃料。燃料非常浪費呀，他說。「如果讓日本的飛機公司來製造的話，可以大為便宜的。性能不輸給F4，如果想要製造便宜的噴射戰鬥機的話是可以做到的，馬上就可以。」

於是我告訴他，所謂無謂的浪費這東西，是高度資本主義社會的最大美德。日本從美國買幽靈噴射機，搞緊急出動以浪費無謂的燃料，世界經濟因此才得以大爲回轉，由於那回轉資本主義才往更高度發展下去。如果大家都不去製造一些無謂的浪費的話，會引起大恐慌，世界經濟可能會變得一蹋糊塗。浪費這東西是引起矛盾的燃料，矛盾則使經濟活性化，活性化又製造出浪費。

或許是這樣，他考慮了一下後說。不過因爲自己小時候是生長在可以說是物資極端貧乏的戰爭時代，因此不太能掌握這種社會結構的眞實感，他說。

「我們跟你們年輕人不一樣，對這種複雜事情實在很不習慣。」他一面苦笑一面說。

我也絕不習慣，不過話再拖長下去也傷腦筋，因此沒有特別表示異議。我不是習慣，只是掌握、認識了而已。這兩者之間有決定性的差別。不過總之我把煎蛋包吃完，向他打個招呼便離開座位。

到札幌的列車裡，我睡了大約三十分鐘，讀了在函館車站附近的書店買的傑克倫敦的傳記。比起傑克倫敦波濤萬丈的生涯來，我的人生看來眞是像在樫樹頂上的洞穴裡枕著胡桃迷迷糊糊等待春天來臨的松鼠般平穩。至少暫時有這種感覺。傳記就是這樣的東西。到底什麼地方會有誰願意去讀一個和平的沒有小孩的平凡活著又死去的川崎市立圖書館員的傳記呢？總之我們所需要的是一種代償行爲。

我到達札幌車站後，決定慢慢走路到海豚飯店去。沒有風的安穩下午，而且行李只有一個背包而已。街上到處是高高堆起的髒污積雪。空氣緊繃著，人們一面小心注意著腳底一面簡潔地移動著腳步。高中女生的臉頰全都染紅了，往空中旺盛地吐出白氣。好像可以在那上面寫字似的懸空的白氣。我一面望著那樣的街頭風景，一面悠閒地走著。已經有四年半沒來札幌了，看來覺得就像好久沒見的風景。

我在途中走進一家咖啡店去休息一下，點了加白蘭地的熱濃咖啡喝。在我周圍繼續進行著那些極爲普通的住在都市的人們的營生。戀人們以細小的聲音交談著，兩個生意人把文件攤開來檢討著數字，幾個大學生聚在一起談著滑雪旅行或Police樂團的新LP。那是全日本所有的都市日常到處展現的光景。把這店的內部搬到橫濱、或福岡去應該也完全沒有不調和的感覺。不過雖然如此，不，正因爲表面上完全相同，所以我坐在那店裡一面喝著咖啡時，一面便感覺到強烈的燒灼般的孤獨感。發現只有我一個人是完全的局外人。我完全不屬於這個都市，和這些日常生活。

當然，如果要問那麼我是屬於東京的什麼咖啡店嗎？我也完全不屬於任何地方。不過我在東京的咖啡店並沒有感覺到這種強烈的孤獨感。我喝著咖啡、讀著書、度過著極普通的時光。因爲那是不需要深思的日常生活的一部分。

但在這札幌的街上，我卻感到像是一個人被遺棄在極地島上似的強烈孤獨感。情景和平常一樣。是隨處都有的情景。但只要把那假面具剝下之後，這地面和我所知道的任何地方都不相通。我這樣想。很像——但不一樣。簡直就像另一個星球一樣。雖然語言、服裝、臉的長相都一樣，但卻有什麼決定性不一樣的另一個星球。某種機能完全不通用的另一個星球——但什麼機能是通用的，什麼機能是不通用的則必須一一確認看看才行。而且如果有個什麼差錯的話，大家都會察覺我是別的星球的人。大家都會站起來一起指責我吧。說**你不一樣**。**你不一樣、你不一樣、你不一樣、你不一樣**。

我一面喝著咖啡一面恍惚地想著這些事。是妄想。

不過我是孤獨的——這件事則是眞實的。我和誰也沒有關係。那是我的問題。我正在找回我自己。但我和誰都沒有聯繫牽扯。

在這之前認眞地愛過什麼人是什麼時候的事了？

好久以前。某個冰河期和冰河期之間。總之是很久以前了。歷史性的過去。侏儸紀，或那一類的過去。而且大家都消失了。無論恐龍、大怪獸、劍虎。或打進宮下公園的瓦斯彈都消失了。然後高度資本主義社會來臨。我一個人孤伶伶地被遺留在這樣的社會裡。

我付了帳走出外面。而且什麼都不想地筆直走到海豚飯店。

因為我記不清楚海豚飯店的地點，因此有些擔心是不是能夠立刻找到，但沒有必要擔心。飯店立刻就找到了。那已經變形為二十六層樓的巨大建築物了。包浩斯風格的摩登曲線、光輝燦爛的大型玻璃和不鏽鋼金屬、入口車道豎立的整排旗桿和飄揚在上面的各國國旗，穿著筆挺制服指揮計程車的配車組人員，直達最高樓層的玻璃電梯……這種東西有誰會看漏呢？入口的大理石柱子上鑲著海豚的浮雕，那下面這樣寫著。

「Dolphin Hotel」。

我站定在那裡二十秒左右，嘴巴半開著，只是一直抬頭注視著那飯店。然後嘆了一口深長得可以筆直延伸到月球去的深深嘆息。我非常驚訝——以極保守的表現法來說。

5

因爲總不能永遠茫茫然呆站在飯店門口，於是我決定暫且進到裡面去看看再說。住址是對的，飯店名稱也對。預約也訂好了。只有進去了。

我走上呈和緩斜坡的入口車道，走進擦得閃閃發亮的旋轉門。門廳像體育館一般寬敞，天花板是挑高的。玻璃牆一直延伸到最上方，從那裡射進來燦亮的陽光。地上配置著大尺寸看來頗昂貴的沙發，其間搭配有大量氣派的觀葉植物盆栽。門廳深處有豪華的咖啡廳。在這種地方點三明治就會送出名片大小排成四片的高尙火腿三明治，用大銀盤裝著端出來。相當於謹愼節儉的一家四口午餐的價錢。牆上掛著一幅好像是畫北海道某處濕原的三疊塌塌米房間那麼大的油畫。雖然稱不上特別有藝術性，但可以確定是看來很氣派的大幅畫。大概有什麼聚會吧，門廳相當多人。有一團穿著講究的中年男人坐在沙發上，點著頭、高聲昂揚地笑著。大家都以相同的方式抬起下巴，以相同的姿勢蹺著腳。我想大概是醫師或大學教授的團體吧。除此之外——不，或許是同一個聚會吧？——也有盛裝年輕女性的團體。一半穿和服，一半穿洋裝。有外國人。也有身穿著業務西裝，打著不顯目領帶，抱著公事皮包好像在等候人的業務人員。

如果用一句話來說的話，新海豚飯店是一家生意興隆的大飯店。是確實投入資本，確實在回收著的飯店。這種飯店是如何建立的，我很知道。因爲我曾經做過一次某連鎖飯店PR雜誌的工作。這種飯店在籌建之前，業主是事先確實做好全部一切計算的。他們召集各方專家，用電腦把所有的資料打進去，徹底地試算過。連衞生紙的進貨價格和使用量都試算過。也採用工讀生在札幌市區各個街頭調查過通行人數。爲了算定結婚典禮的次數並調查札幌適婚年齡男女的人數。總之從一切到一切都調查過。藉此逐漸減少風險的程度。他們花很長時間做好周密的計畫。組織計畫小組，收買土地。集合人才，打出大手筆的廣告。只要是花錢可以解決——而且確信那錢將來可以回收的話——他們多少錢都可以丟進去。是這樣的大生意。

經營這種大生意，只有把各色各樣的企業納入旗下的大型複合企業才行。爲什麼呢？因爲不管如何把風險降低，總會留有無法計算的潛在風險，能夠吸收這種風險的，只有這種複合企業才行。

新海豚飯店坦白說，並不能說是我所喜歡的飯店。至少，在普通狀況之下，我是不會自己出錢來住這種飯店的。價格太高，多餘的東西太多。但沒辦法。不管怎麼樣總之這是變貌之後的新海豚飯店。

我到櫃台去報了名字。一律穿著淺藍色亮麗西裝制服的女孩子們像牙膏廣告一樣露齒微笑地迎接我。教育這種笑法也是投下資本的一部分。女孩子們全都穿著處女雪一般潔白的襯衫，頭髮做得整整齊齊。女孩子有三個，但只有到我這邊來的女孩是戴眼鏡的。眼鏡很配，感覺很好的女孩。她迎過來使我稍微覺得放鬆一點。因爲三個人裡面她是最漂亮的，而且我第一眼就對她有好感。她的笑臉之中有什麼吸引我心的東西。簡直就像把飯店應有的樣子具現化了的飯店精靈似的，我想。手上拿著金色的仙女棒忽地搖一下，就會像迪士尼電影一樣飛出魔法粉，出現一把房間鑰匙。

不過她用的是電腦代替金色的仙女棒。她手法俐落地在鍵盤上打進我的名字和信用卡號，確認畫面之後又微微一笑把卡式鑰匙交給我。１５２３是我房間的號碼。我請她給我一本飯店說明書。而且，試著問她這飯店是從什麼時候開始營業的。是去年的十月，她反射性地回答。才不過五個月而已。

「我想請教妳一下。」我說。我也確實地在臉上露出營業用感覺良好的微笑。這一套我也很會。「從前在這同一個地方不是曾經有過一家同名字『Dolphin Hotel』的小飯店嗎？妳知道那變怎麼樣了嗎？」

她的笑臉稍微亂了一下。就像在高尙的安靜泉水中丟進啤酒瓶蓋一樣波紋安靜地在她臉上漾開，然後又收斂住。收斂之後，笑臉比以前消退了幾分。我很佩服地觀察著那複雜的變化。甚至覺得，泉水的精靈或許會出現，問道現在你投進去的是金瓶蓋還是銀瓶蓋呢？不過當然那些東西並沒有出現。

「這個，我不太淸楚。」她說，用食指輕輕碰一下眼鏡樑框。因爲那是開業以前的事了，我們對這個不太……」

她在這裡切斷了話。我等她繼續，但卻沒有下文。

「對不起。」她說。

「哦。」我說。隨著時間的經過我開始對她越來越有好感。我也想用食指碰碰眼鏡，但很遺憾我沒戴眼鏡。

「那麼，問什麼人才知道呢？那方面的經過？」

她暫停呼吸沉思起來。笑臉也消失了。一面笑一面停止呼吸是極困難的。只要做看看就會知道。

「很抱歉。請等一下。」她說，退到後面去。大約三十秒後她伴著一個四十歲左右穿黑衣服的男人回來。看來就有飯店生意專家氛圍的男人。以前在工作上也曾經見過幾次這種人物。他們是奇妙的人。他們大體上經常面帶笑容，然而因狀況的不同笑臉也可以分爲二十五種左右來應用。從客氣的冷笑，到適度抑制的滿足的笑爲止那笑臉的等級全都附有編號。從No.1到No.25爲止。這種東西，就像他們因狀況不同而選擇不同的高爾夫球桿一樣地分開使用。就有這種類型的男人。

「您好。」說著他以中間性的笑臉客氣地對我低頭。我的服裝似乎沒有給他多好的印象，因此笑臉下降了三級。我穿著附有毛皮裡子的溫暖獵裝半長大衣（胸部戴有 Keith Haring 的徽章）戴著毛線帽子（奧地利陸軍的阿爾卑斯部隊戴的那種），穿著附有很多口袋的粗線條長褲，和爲了行走雪地的堅固工作靴。每一樣都是確實而像樣的，而且很現實的商品，但在那家飯店的門廳卻顯得有點過份重裝備了。不過這不能怪我。這是生活方式的不同，也是想法的不同。

「您對本飯店是不是有什麼問題？」他以非常客氣的口氣說。

我把雙手放在櫃台上，提出剛才對女孩子問的相同問題。

男人以檢視挫傷了前腳的貓的獸醫般的眼神，瞄了一眼我所戴的狄士尼手錶。

「很抱歉。」他停頓了一下說。「您爲什麼想知道以前飯店的事呢？如果方便的話，能不能告訴我那原因？」

我簡單地說明。幾年前曾經住以前的海豚飯店，和那主人熟識。這次相隔很久想再來訪問，卻完全變樣了。因此想知道他變怎麼樣了。不管怎麼樣這都是極私人性的事情，我說。

他點了幾次頭。

「說眞的，我也不清楚詳細情形。」男人一面很小心地選擇用語一面說。「不過我只很簡單地爲您說明，我們買下了以前那家海豚飯店的土地，在那基地上建了新的海豚飯店。確實名字還一樣，但經營上卻是完全不同的飯店，具體上沒有一點關係。」

「爲什麼名字還一樣呢？」我試著問。

「很抱歉，這方面的情形我不太清楚……」他說。

「以前的主人到什麼地方去了大概也不知道吧？」

「很抱歉。」他把笑臉切換成№16回答。

「要問誰才知道，這些各種事情？」

「這個嘛。」他說著，稍微歪頭想著。「我們是現場的工作人員，開業以前的事情完全沒有接觸。因此您忽然問起該問誰，一時也想不起來。」

他所說的確實也有一番道理，不過我腦子裡還是有什麼不以爲然。那個男人的應對，和那女孩的應答，都散發著某種人工的氣味。並不是有什麼地方不通。不過卻無法令人坦然接受。採訪做多了自然會有這種職業性的靈感。隱瞞了什麼時的口氣，說謊時的表情。沒有任何根據。只是忽然會有感覺。也就是說，這裡面隱藏了什麼言外之音。

不過只有一件事是清楚的，再在這裡勉強追問他們也得不出任何結果的。我向男人道過謝。他輕輕行一個禮就退到後面去。穿黑衣服的男人不在之後，我問女孩子有關用餐和客房服務的事。她有禮地告訴我。她在說話的時候，我一直注視著她的眼睛。非常漂亮的眼睛。一直注視著時好像要看見什麼了。她和我視線相遇時，臉就紅了起來。我因此變得更喜歡她。爲什麼呢？難道因爲她看起來像是飯店的精靈嗎？總之我道了謝離開櫃台，搭電梯上到房間。

1523號房是相當氣派的房間。以單人房來說，牀和浴室都很寬。冰箱裡放了很多東西。信封、信紙也很多。書桌也很像樣。浴室裡從洗髮精、潤絲精、刮鬍膏、到浴袍都一應俱全。衣櫥也很寬大。地毯是新新厚厚軟軟的。我把大衣和靴子脫下坐在沙發，試著讀飯店的說明書。說明書也很像樣。因爲我也做過這種東西因此很清楚。沒有一個地方馬虎。

這家海豚飯店是嶄新型高級都會飯店，說明書上寫著。一切現代化設備都齊備，提供二十四小時全天候服務。而且房間全都寬敞而有餘裕。所有用品都是精選的，既寧靜、又溫暖的居住環境。說明書上提到「人性化空間」。總之是花了錢的，住宿費很高的。

詳細讀了說明書後，發現這確實是各種東西一應俱全的飯店。地下有大型購物中心。有室內游泳池，也有三溫暖、有日光浴室。有室內網球場，有教練現場指導的健身俱樂部，備有同時翻譯的會議室，有五家餐廳，三家酒吧。甚至有通宵營業的自助餐廳。還有機場飯店間的專車接送服務。備有各種文具、事務用品的圖書室，誰都可以去使用。想得到的東西全都有。屋頂甚至還有直昇機停機坪呢。

沒有什麼沒有的東西。

最新的設備、豪華的裝潢。

不過到底是什麼樣的企業擁有並經營這家飯店的呢？我把說明書和其他所有的東西都全部讀完。但任何東西對經營母體卻隻字未提。怎麼想都覺得奇怪。因爲能夠興建和經營像這樣超A級豪華飯店的只有擁有飯店連鎖店的專業企業才有可能，而這種企業應該一定會把自己公司的名稱放上去，並順便爲自己公司的其他飯店做宣傳的。例如住王子飯店的話，那說明書上就會印刷有全國王子飯店的地址和電話號碼。應該是這樣的。

而且像這樣氣派的飯店，爲什麼還會繼續沿用以前的什麼「海豚飯店」這種小氣的舊飯店名字呢？

怎麼想都想不起任何片斷的答案來。

我把說明書丟在桌上，舒服地靠在沙發上把兩腳伸直，眺望著十五樓窗外廣闊的天空。窗外只能看到一片藍色的天空。一直望著天空時覺得自己好像變成一隻鳶了一般。

不管怎麼樣，我好懷念從前的海豚飯店。從那裡的窗戶可以看得見各種東西。

6

黃昏之前我在那飯店裡閒逛著消磨時間。檢查看看餐廳、酒吧，窺探一下游泳池、三溫暖、健身俱樂部、網球場，到購物中心去買買書。到門廳逛逛，到遊戲中心玩了幾次小精靈。光做做這些很快就到了黃昏。簡直就像個遊樂場嘛，我想。世上也有這種消磨時間的方式。

然後我走出飯店，試著在黃昏的街頭隨便走走。一面走著時逐漸勾起對那一帶地理的記憶。從前住在舊海豚飯店時，我每天每天都到街上逛到厭煩爲止。轉過什麼地方就有什麼，也大致還記得。因爲以前海豚飯店裡沒有餐廳——就算有大概也不會想在那裡吃吧——我和她（奇奇）每次都兩個人到附近的餐廳去吃東西。我懷著好像碰巧走過以前住的家裡附近一般的心情，漫無目的地在還留有記憶的街頭花一個多小時從一條街走到另一條街。日暮之後肌膚可以清楚地感覺到冷氣了。路面殘留著黏上去似的雪，腳底下開始發出啪哩啪哩的聲音。不過卻完全沒有風，走在街上很愉快。空氣清新澄澈，街角到處像螞蟻窩一般堆積起來被排氣瓦斯染成灰色的雪，在夜晚的街燈下看來卻顯得清潔，甚至如同幻想一般。

跟從前比起來，海豚飯店所在的區域可以看出明顯的變化。當然說是從前也只不過是四年多一點前而已，因此我們從前看過的或進去的店大都還照老樣子留下來。街的氣氛基本上也和以前一樣。但即使這樣這附近有什麼正在繼續進行著則可以一眼看出來。有幾家店把門關上了，掛著預定建築的牌子。也有實際在建築中的大樓。一些汽車可以開進去買的漢堡店、名設計家的名牌服飾店、歐洲車的展示間、中庭種有沙羅樹的嶄新設計的喫茶店、採取大量玻璃的亮麗辦公大樓，這一類從前沒有的新型態店鋪和建築，把從前色調老舊的三層樓房、或掛有門簾的大眾食堂、經常有貓在暖爐上睡午覺的糕餅店之類的，好像往後推開似地陸續出現。就像小孩換長新牙的時候一樣，街容一時呈現著暫時奇妙共存的現象。銀行也開了新店。那或許也是新海豚飯店的波及效果也不一定。因爲那樣龐大的飯店突然降臨似地出現在什麼也沒有的極普通的——甚至有點被遺棄似的味道的——街的一角，因此當然街的平衡也起了很大的變化。人的流動變了，出現了活潑的朝氣。地價也隨著上漲了。

或許那變化是更總合性的也不一定。也就是說不是因爲海豚飯店的出現給街帶來變化，而是海豚飯店的出現也是那街的變化的一個過程也不一定。例如長期性都市計畫的再開發之類的。

我走進從前進去過一次的酒吧喝了一點酒，吃了簡單的東西。又髒、又吵、又便宜、又美味的店。我一個人在外面吃東西總是盡可能選擇很吵的店。那樣比較可以放鬆。既不寂寞，自言自語也沒人會聽見。

吃完以後還覺得有些意猶未盡，於是我又點了一點酒。而且一面讓熱熱的日本酒慢慢流進胃裡，一面想我到底在這裡幹什麼？海豚飯店已經不存在了。不管我想在那裡尋找什麼，總之海豚飯店已經完全消失不見了啊。已經不存在了。在那地基上蓋起了像『星際大戰』的祕密基地一般愚蠢的高科技飯店。一切只不過是過期的夢了。我只不過在做著已經被毀壞消滅了的海豚飯店的夢，做著已經從出口出去消失了的奇奇的夢而已。或許確實有人曾經在那裡爲我而哭泣。但那也已經結束了。這地方已經什麼也沒留下來了。你還在這裡想幹什麼呢？

對呀，我想。或者這樣自言自語地說出口了也不一定。確實是對呀。這裡什麼也沒留下。這裡沒有任何我想要的東西。

我緊緊閉起嘴唇盯著櫃台上的醬油瓶看了一會兒。

長久一個人生活之後，就會變成經常盯著各種東西看。有時候也會自言自語。會在吵鬧的店裡吃東西。會對中古的 Subaru 車懷著親密的愛情。而且逐漸變得落後於時代。

我走出店裡，回到飯店。雖然來到相當遠的地方，但要找到回飯店的路卻很簡單。因爲只要一抬頭，從街上的任何地方都可以看見海豚飯店。就像東方的三位博士以夜空的星星爲目標，就能夠簡單地跋涉到耶路撒冷或伯利恆，我也容易地回到了海豚飯店。

回到房間洗了澡，一面吹乾頭髮一面眺望窗外廣闊的札幌街頭。這麼一說，我想到從前住在海豚飯店時，窗外也看得見小公司啊。雖然完全不知道是什麼公司，不過總之是公司。人們好像很忙碌似地工作著。我從房間的窗戶一整天眺望著那樣的風景。那公司變怎麼樣了？有一個漂亮女孩子。那女孩子怎麼樣了？不過，那本來到底是在做什麼的公司呢？

因爲沒事可做，因此我便在房間裡漫無目的地團團轉了一會兒。然後在椅子上坐下來看電視。只有非常糟糕的節目。好像在看各種複製品的嘔吐似的。因爲是複製品所以並不髒，但一直注視著時，看來好像是眞品的嘔吐似的。我關掉電視穿上衣服，到二十六樓的酒吧去。然後坐在吧台喝著用蘇打水兌淡並擠上檸檬汁的伏特加。酒吧的牆壁全是玻璃窗，可以從這裡看見札幌的夜景。在這裡的一切都令我想起『星際大戰』的太空都市。

不過除了這個之外則是一個感覺很好的安靜酒吧。酒調得很道地。玻璃杯也是上等貨。玻璃和玻璃相碰時便發出非常悅耳的聲音。客人除了我之外只有三個人。兩個中年男人在靠裡邊那桌坐著一面喝威士忌一面悄悄壓低聲音說話。雖然不知道爲什麼，但看起來好像是在談非常重要的事情似的。或許在研究如何暗殺 Darth Vader 的計畫也不一定。

我右邊那桌坐著一個十二歲或十三歲左右的女孩子，耳朵戴著隨身聽的耳機，正用吸管喝著飲料。很漂亮的女孩子。長頭髮筆直得近乎不自然，髮梢輕柔滑溜地散落在桌上，睫毛很長，眼珠流露著令人莫名心痛的透明感。她用手指喀吱喀吱地在桌上敲著打拍子，但那纖細的指尖比起其他整體印象來卻格外顯得女孩子氣。並不是說她看來像大人。不過那女孩子身上有某種從上面俯視一切似的味道。並不是有惡意，也不是有攻擊性。只是，怎麼說就是以中立的姿勢，往下俯視著。就像從窗裡俯視夜景一樣。

不過實際上她什麼也沒看。周圍的一切她也全然沒看進眼裡吧。她穿著藍牛仔褲白色鞋，穿著有「GENE-SIS」字母的運動衫。運動衫的袖子拉高到肘部一帶。她一面在桌上喀吱喀吱地敲著，一面集中意識在隨身聽的錄音帶上。偶爾，小嘴輕微地做出話語片斷的唇形。

「那是檸檬汁。」好像在解釋似地，酒保走到我前面來說。「那女孩在那裡等她母親回來。」

「噢。」我含糊地回答。確實想想，十二歲或十三歲的女孩子夜晚十點鐘在飯店酒吧一個人一面聽著隨身聽一面喝飲料，實在是奇怪的光景。不過酒保沒有說之前，我並沒有感覺到那是不自然的。我只是像在看很平常的東西似地看著她。

我點了第二杯伏特加，和酒保開始閒聊。天氣啦、景氣啦、這些不著邊際的話。然後我若無其事地試著說道：這附近一帶也變了啊。酒保好像有點傷腦筋似地微笑說，其實自己到這飯店來以前是在東京的飯店工作，因此對札幌的事幾乎什麼也不知道。這時候，有新的客人進來，因此那對話終於也在沒有結果的情況下結束了。

我總共喝了三杯伏特加兌蘇打水。覺得好像多少杯都喝得下似的，但這樣沒完沒了還是四杯爲止吧，我在帳單上簽字。我站起來離開吧台時，那女孩子還坐在那桌繼續聽著隨身聽。母親還沒出現，檸檬汁的冰塊已經完全溶化了，但她似乎完全不在意這種事情似的。我站起來時，她忽然抬起眼睛看我。然後看了二秒或三秒之後，只稍稍微笑一下。或許那只是嘴唇的細微牽動而已也不一定。不過我看起來是她朝向我微笑。那使我——說起來眞是奇怪——胸口瞬間一震。我有點覺得自己好像是被她選上了似的。那是我過去從來沒有經驗過的奇妙胸口震動。我覺得自己的身體好像飄浮在空中離地五公分或六公分似的。

我在一片混亂中搭電梯下到十五樓，回房間。爲什麼會這樣心神不寧呢？我想。被一個十二歲左右的女孩子迎面微笑而已呀。要說是女兒都不奇怪的年齡啊，我想。

GENESIS——又是個名字無聊的樂團。

不過她穿上印有那名字的襯衫時，那都好像變成非常象徵性的語言似的了。**創世紀**。

不過，我想，爲什麼只不過是一個搖滾樂團而已，卻非要取一個這樣了不起的名字不可呢？

我還穿著鞋子就往牀上一躺，閉起眼睛試著回想她的樣子。隨身聽。在桌上喀吱喀吱敲著的白皙手指。GENESIS。溶化的冰。

創世紀。

閉著眼睛安靜不動時，可以感覺到體內酒精正慢慢地循迴著。我把工作靴的帶子解開，脫掉衣服，鑽進牀裡。我似乎比自己想像中的更疲倦，更醉了。我等著旁邊的女孩子對我說「嘿，你喝太多了噢。」然而誰也沒說我。我只是獨自一個人。

創世紀。

我伸手把電燈關掉。大概會夢見海豚飯店吧，我在黑暗中忽然想。但結果根本沒做什麼夢。早上，一覺醒來時，感覺到自己空虛得不得了。零。我想。沒有夢、也沒有飯店。我在一個不是自己要來的錯誤的地方，做著不是自己想做的事。

牀腳下工作靴像兩隻走不動了倒下來的小狗似地躺著。

窗外暗色的雲密密低垂。好像現在就要立刻下起雪來似的冷冷的天空。看著那樣的天空時，實在打不起勁來做任何事。時鐘的針指著七點五分。我用遙控器開電視，躺在牀上看著晨間新聞。播音員正談著即將來臨的選舉。我看了十五分鐘之後，還是乾脆下牀，到浴室去洗臉刮鬍子。爲了打起精神甚至哼起『費加洛的婚禮』序曲。但哼著之間，又覺得那像是『魔笛』序曲似的。越想越弄不清楚不同在哪裡。到底哪個是哪個呢？好像做什麼都不會順利的一天。刮過鬍鬚刮過下顎，正要穿襯衫時發現衣袖扣子脫落了。

在早餐桌上，我又遇見昨天在酒吧看見的少女。她和看來像母親的女人一起。她今天早上沒帶隨身聽。而且穿著和昨天晚上同樣有「GENESIS」的運動衫，一付很無聊似地喝著紅茶。麵包和炒蛋她似乎都沒沾。她的母親——大概是吧，是個大約——四十出頭的小個子女性。頭髮在後面綁一個糾結，白襯衫上穿一件牛奶糖色的卡西米亞薄毛衣。眉毛形狀和女兒一模一樣。鼻形修長品味高尙，煞有其事地在吐司上塗奶油的動作有某種吸引人心的地方。只有習慣於被別人注目的女性才能養成的那種裝扮舉止。

我經過那桌旁邊時，少女忽然抬起眼睛看我的臉。而且對我微微一笑。這次的微笑比昨晚的微笑確實得多。是不會看錯的微笑。

我一面獨自一個人吃著早餐，一面想思考什麼，但被那少女這一微笑後什麼都沒辦法想。想要試著想什麼，腦子裡卻只有同樣的語言在同一個地方打轉而已。因此我一面恍惚地盯著胡椒瓶，一面什麼也沒想地吃著早餐。

7

沒有任何事可做。既沒有該做的事，也沒有想做的事。我是特地到這裡來住海豚飯店的。然而那根本命題的海豚飯店卻不見了，因此什麼辦法也沒有，只好舉手投降。

我暫且走下大廳，在那豪華的沙發坐下來，試著擬一下今天一天的計畫吧。但卻擬不成什麼計畫。既不想參觀街上，也沒有想要到什麼地方去。雖然想到去看個電影消磨時間，但也沒有想看的電影，何況來到札幌了卻到電影院去消磨時間也未免太呆了吧。那麼該做什麼才好？

沒有任何事可做。

對了，去理髮吧，我忽然想到。試著回想在東京時，因爲工作忙碌連上理髮廳的時間都沒有。已經快一個半月沒去理髮了。這想法不錯。既實際又健康的想法。因爲有空了，所以去理髮。有道理。向任何地方提出都不丟臉的發想。

我到飯店的理髮廳去看看。是一家既清潔又感覺很好的理髮廳。本來但願人很多需要等候，但事與願違，因爲是平常日的早晨所以當然很空。藍灰色牆壁上掛著抽象畫，BGM（背景音樂）小聲地播放著Jacques

Rouchet的Play Bach。我這輩子第一次進到這樣的理髮廳。這已經不能稱爲理髮廳了。這樣下去也許不久以後連大眾澡堂都可以聽到Gregorian聖歌。而稅捐處的會客室可以聽到坂本龍一也不一定。幫我理髮的是個二十出頭的年輕理髮師。他對札幌也不太淸楚。我說這家飯店建好以前曾經有一個同名字的小飯店在這裡，他只不過噢一聲而已，並沒有特別感動。好像這種事情都無所謂似的。眞酷。而且還穿著Men's Bigi的襯衫。不過因爲手藝還不錯，我總算滿足地走出那裡。

離開理髮廳後，我又回到大廳想想接下來要做什麼才好。才消磨了四十五分而已。什麼也沒想到。

沒辦法只好在大廳的沙發坐下來，暫且恍惚地望著周遭。櫃台那邊可以看見昨天那位戴眼鏡的女孩子。眼光和我相遇時，她顯得有一點緊張。爲什麼呢？我的存在難道刺激到她身上的什麼嗎？眞不明白。不久時針指出十一點。考慮中餐也不奇怪的時刻。我走出飯店一面想著到什麼地方去吃中飯吧一面在街上逛。但看到每家店都不心動。大體上都湧不出食慾來。沒辦法隨便走進一家眼睛看到的店，點了義大利麵和沙拉。並喝了啤酒。好像立刻就快下雪的樣子，但卻還沒下。雲紋絲不動，好像浮現在『格列佛遊記』裡的國家一樣，沈重地覆蓋在都市頭上。地上的一切東西看起來都被染成灰色。叉子和沙拉和啤酒看來全都是灰色。這種日子想不出任何正常事情來。

結果決定坐計程車到市中心去，在百貨公司買東西消磨時間。買了襪子、內衣，買了預備用的電池、旅行用的牙刷和指甲刀。買了宵夜用的三明治、小瓶的白蘭地。每一件都不是必要的東西。只是爲了消遣而買的。因此總之磨掉了二小時。

然後我到大街上去散步，並沒有特別的目的，只是張望一下櫥窗，這也看膩了之後，便走進喫茶店去喝咖啡，繼續接著讀傑克倫敦的傳記。這樣那樣之間終於天色接近黃昏了。好像在看一部很長又無聊的電影似的一天。要把時間無謂地消磨掉確實也是一件相當辛苦累人的事。

回到飯店正要通過櫃台時，有人在叫我的名字。正是那個戴眼鏡的服務台的女孩子。她從那邊叫著我。我走過去，她就把我帶到旁邊一點櫃台角落的地方。那邊是租車的櫃台，但只在看板旁堆積著簡介而已，並沒有任何負責人在。

她有一會兒手中一圈又一圈地旋轉把玩著原子筆，以想要說什麼卻不知道該怎麼說才好似的臉色看著我。她明顯地迷惑著混亂著覺得很害羞。

「很抱歉，請你裝成正在洽談租車的樣子。」她說。然後以側眼瞄了一下櫃台那邊。「因爲照規定我們是不可以和顧客私下談個人的事的。」

「好啊。」我說。「我問妳租車的價錢，妳回答那問題。不是個人的事。」

她有一點臉紅起來。「對不起。這家飯店，規則很囉嗦。」

我微笑著。「不過眼鏡非常搭配。」

「對不起？」

「那眼鏡跟妳很搭配。非常可愛。」我說。

她用手指碰了一下眼鏡的邊緣。然後乾咳。大概是容易緊張的類型吧。「其實我是想請教您一點事情。」她恢復鎭定地說。「是個人方面的事。」

如果可能的話我眞想摸摸她的頭讓她心情平靜下來，但卻不方便這樣，於是默默看著對方的臉。

「昨天您說過的，是關於以前在這裡的那家飯店。」她小聲說。「同樣名字的，海豚飯店……那是什麼樣的飯店呢？是正常的飯店嗎？」

我拿起一張租車簡介，裝成在看的樣子。「妳說的正常的飯店是指什麼意思呢？具體上？」

她用手指拉扯著白襯衫兩邊的領襟，然後又再乾咳。

「那個……我說不上來，不過是不是有什麼奇怪的因緣之類的呢？我，總覺得非常在意，那家飯店的事。」

我看了她的眼睛。正如以前也覺得的，那是誠懇而美麗的眼睛。我一直注視著她的眼睛時，她又臉紅起來了。

「雖然我不清楚妳說在意是怎麼一回事，不過不管怎麼樣都說來話長。在這裡不方便談吧。看來妳也很忙的樣子。」

她快速地瞄了一眼在櫃台工作的同事們的方向。然後以整齊的牙齒輕咬著下唇。她有點猶豫，但終於下定決心似地點點頭。

「那麼等我工作結束後，可以見面談一下嗎？」

「妳的工作幾點結束？」

「八點結束。不過不方便在這附近見面，因爲規則很嚕嗦。遠一點倒可以。」

「如果遠一點的地方，可以慢慢談的話，我可以去。」

她點點頭，考慮了一下之後在桌上備用的便條紙上用原子筆把店名和簡單的地圖記下。「請在這裡等。我八點半以前到。」她說。

我把那便條收進大衣口袋裡。

這次她一直注視我的眼睛。「請你不要把我想成很奇怪。我這樣做是第一次。打破規則。不過真的我不得不這樣做。原因等以後再說。」

「我不覺得奇怪。所以妳不用擔心。」我說。「我不是壞人。雖然不怎麼受歡迎，但我不做令人討厭的事。」

她一面把原子筆在手上團團轉著，一面考慮了一下，但好像不太能瞭解我所說的意思。她嘴邊浮起曖昧的微笑，然後又用食指推一下眼鏡樑框。「那麼，等一下再說了。」她說。然後對我行了一個業務性的禮就回到她的崗位上去。一個有魅力的女孩子。而且精神上多少有些不安定的地方。

回到房間，從冰箱拿出啤酒來喝，把在百貨公司地下食品賣場買回來的烤牛排三明治吃掉一半。好了！我想。這樣一來暫且決定下一個行動了。雖然才把排檔打進一檔，就算還不知道要去什麼地方，但狀況已經慢慢開始啓動了。不壞。

我到浴室去，洗臉、又刮了一次鬍子。沈默著、安靜地，什麼歌也沒唱地刮了鬍子。擦上爽鬍水，刷了牙。並且看看好久沒有仔細看的鏡中自己的臉。沒什麼大發現，也沒有湧起特別的勇氣。只是平常的我的臉。

我七點半走出房間在飯店門口搭上計程車，把她給我的便條紙拿給司機看。司機默默地點頭，把我載到那家店前。計程車費一千圓多一點的距離。一棟五層樓建築的地下室，雅緻的酒吧，打開門就聽見以相當音量播放著 Gerry Mulligan 的老唱片。那時候的 Mulligan 還剪很酷的小平頭，穿扣領尖的襯衫 Chet Baker 和 Bob Brookmeyer 都在的樂團。從前經常聽。那是 Adam Ant 出來以前的時代了。

Adam Ant。

怎麼取個這麼無聊的名字呢。

我坐在櫃台，一面聽著 Gerry Mulligan 很有品味的美好獨唱，一面花時間慢慢地喝著 J&B 兌冰水。八點四十五分了她還沒出現，不過我並不介意。大概工作拖延了吧。店裡氣氛滿舒服的，一個人消磨時間也習慣了。我一面聽著音樂一面啜著威士忌，喝完又點第二杯。然後因爲沒有什麼特別值得看的東西，因此望著放在前面的煙灰缸。

她進來時是差五分九點。

「對不起。」她很快地道歉。「工作拖延了一點。忽然客人來很多，換班的人又晚到。」

「我沒關係。妳可以不必介意。」我說。「反正我總要在什麼地方消磨時間。」

她說位子換到後面去吧。我端起威士忌玻璃杯移動。她脫下皮手套，拿下格子毛圍巾，脫下灰色大衣。身上穿的是黃色薄毛衣，深綠色毛裙子。她穿毛衣的樣子，可以看出她胸部比想像的大很多。而且耳朵戴著高雅的金耳環。她點了血腥瑪麗。

飲料來了之後，她先就啜了一口。我問她吃過飯沒有。她回答還沒有，不過並不太餓，因爲四點吃了一點東西。我喝一口威士忌，她又喝了一口血腥瑪麗。我手拿起一個核果檢查一下咬一咬，再拿起一個檢查一下咬一咬，一面重覆著這動作，一面等她恢復鎮定。

她最後慢慢嘆一口氣。非常長的嘆息。大概自己都覺得長吧，過後才抬起頭來以神經質似的眼睛看我。

「工作很累吧？」我試著問她。

「嗯。」她說。「滿累的。還不太習慣這工作，而且飯店本身開幕還不久，所以上面的人也很緊張。」

她雙手伸出在桌上，手指交叉著。只有小指上戴了一個小戒指。沒有什麼裝飾感的，極平常的戒指。我和她兩個人看著那戒指一會兒。

「關於那家舊海豚飯店。」她說。「不過，您，不是和採訪或這方面有關的人吧？」

「採訪？」我吃了一驚反問道。「怎麼說呢？」

「只是想問一下而已。」她說。

我沉默著。她一直還咬著嘴唇，一個勁地望著牆壁上的一點。

「因爲發生過一點事情，所以上面的人非常警戒。對大眾傳播。關於土地的收購、這類的事……您知道吧？那些東西寫出來的話飯店就傷腦筋了。因爲要做生意呀。那樣會影響形象對嗎？」

「過去曾經被寫過什麼嗎？」

「有一次，在一本週刊雜誌。報導過類似貪汚嫌疑，公司對拒絕遷離的人找流氓或激進份子去恐嚇威脅把他們趕走，這類的報導。」

「結果，以前的海豚飯店也牽連在那事件裡嗎？」

她輕輕聳一下肩，啜著血腥瑪麗。「我想大概是吧。所以經理一聽到你提起那個飯店名字，就對你警戒了。對嗎？他有警戒吧？不過說眞的我對這件事的詳細情形並不清楚。只聽說過這家飯店命名爲海豚飯店，就是因爲和以前的飯店有牽連。有人說過。」

「聽誰說的？」

「黑仔裡的一個。」

「黑仔？」

「穿黑衣服的同事。」

「原來如此。」我說。「除此之外還有沒有聽過什麼關於海豚飯店的事？」

她搖了幾次頭。然後用左手的手指玩弄著右手小指上的戒指。「我好害怕。」她好像在呢喃耳語似地說。「好可怕噢。怕得不得了。」

「可怕？怕被雜誌採訪嗎？」

她微微搖搖頭。然後嘴唇暫時輕輕貼著玻璃杯。好像在苦苦思考著該怎麼說才好似的。

「不是。不是這樣。雜誌的事我倒無所謂。因爲，雜誌不管刊登什麼都跟我沒關係。不是嗎？只有上面的人會慌張。我說的是完全另一回事。是那家飯店的整體。那家飯店，也就是說，有什麼不對勁。應該說是有點不正常吧……有什麼歪斜的地方。」

她沈默下來。我喝乾威士忌，點了續杯。並幫她也點了第二杯血腥瑪麗。

「怎麼個歪斜法，能不能具體說說妳的感覺？」我試著問。「我是說如果有具體的什麼的話。」

「當然有。」她好像不經意地說出。「雖然有，但那很難用語言來表達。所以到現在爲止我從來沒有對誰說過。我所感覺到的是極具體的事，不過一旦想要用語言講的時候，就覺得那種具體性之類的好像就逐漸變淡了似的。所以我沒辦法好好講。」

「像很眞實的夢一樣？」

「跟夢又不一樣。所謂夢這東西，我也常常會做，那會隨著時間的經過而隱退下去。那種眞實感。但那個卻不會。經過多久都一樣。過了好久好久好久，還是很眞實。不管經過多久，都還一直在那裡。會立刻浮現在眼前。」

我沉默著。

「沒關係，我試著說說看好了。」她說著喝了一口酒。並用紙餐巾擦擦嘴。「那是一月、一月初。剛剛過完年不久的時候。那天我値晚班——我很少値晚班，不過那天沒有人沒辦法——於是總之，工作結束時是午夜十二點左右。在那個時間工作結束時，公司會叫計程車，把大家順序送回家。因爲已經沒有電車了。因此，十二點以前工作結束後，換上自己的衣服，搭工作人員的電梯上到十六樓。十六樓有從業員的休息室，因爲我把書忘了在那裡。雖然第二天再拿也沒關係的，不過因爲讀了一半，而且另外一個預定一起搭計程車回家的女孩工作還要再花一些時間，所以我想算了順便上去拿好了。十六樓和一般客房不同，有那種從業員用的設備。可以說是假寐室、或喝個茶休息一下的地方。所以一有空經常會上去一下。

就這樣子，電梯門一開，我很平常地走出去。什麼也沒想。對嗎？不是會這樣嗎？平常總是做慣的，去慣的地方，就會毫不考慮地行動對嗎？反射式的，我也極自然地猛然踏出腳步。我想我大概在想什麼，一定是。雖然不記得在想什麼了。我兩隻手揷在大衣口袋裡，站在走廊忽然發現，周圍一片漆黑。完全漆黑。我吃了一驚回頭一看，電梯門已經關上。是停電嗎？我想了，當然。不過不可能的。首先飯店就有確實的自動發電設備。所以如果停電了，立刻會自動切換。自動地，啪一下。眞的是立刻會。我也參加過這種訓練，所以我很清楚。因此原理上，是沒有所謂停電這回事存在的。而且，如果萬一，自動發電設備也故障的話，走廊也應該還有非常燈會亮著才對。所以，沒有理由會這樣完全漆黑一片的。走廊應該有綠色燈光照亮的。不能不這樣的。考慮過所有的狀況之後，都不可能。

然而，那時候，走廊卻完全黑漆漆的。看得見的光說起來只有電梯按鈕和樓層數顯示而已。紅色的電子數字。我當然是按了按鈕噢。但電梯卻一直往下降，不再回來。完了完了我想，我試著環顧四周。當然很害怕，但同時也覺得好麻煩哪。你知道爲什麼嗎？」

我搖搖頭。

「也就是說，像這樣變得黑漆漆的，一定是飯店的機能出問題了吧？在機械方面、結構方面、或這一類的。那麼一定又要引起大騷動了。好不容易才取消假期、從早到晚訓練訓練，上面的人緊張兮兮的。這種事情眞煩人。好不容易總算才安定下來不久呢。」

原來如此，我說。

「於是，我正這樣想的時候，漸漸生起氣來。與其說恐怖不如說生氣比較強烈。於是我想，看看到底發生了什麼事。結果，試著走了兩、三步。慢慢地。結果，好奇怪。也就是說，腳步聲和平常不一樣。我那時候穿的雖然是低跟鞋，但走起來的感覺和平常不一樣。不是平常走在地毯上的觸感。而是更粗硬的感覺。因爲我對這種事情很敏感，所以不會搞錯。眞的噢。而且，空氣也和平常不同。怎麼說才好呢，有黴味。和飯店的空氣完全不同。我們飯店的空氣是完全用空調控制的。非常花心思的。不是普通的空調，而是製造出好空氣送出來的。不像其他飯店那樣太乾燥，鼻子都乾乾的，而是送出自然的空氣。所以，有黴臭味這回事是無法想像的。在那裡的空氣，用一句話來說，是古老的空氣。幾十年以前的空氣。就像小時候，到鄉下爺爺家去玩，打開舊倉庫時聞到的那種臭味。混合著各種舊東西，一直沈澱著似的那種空氣。

我再一次回頭看看電梯。但這次連電梯開關的燈都熄滅了。什麼都看不見。全部死掉了，完全。那眞的好恐怖。這是當然的吧？在完全漆黑裡頭只有我一個人哪。好恐怖噢。可是，很奇怪。周圍實在太安靜了。息——地靜悄悄的。沒有任何聲音。不是很奇怪嗎？因爲停電變成黑漆漆的噢。大家應該都會開始騷動對嗎？飯店幾乎客滿，如果發生那種事的話絕對應該會大騷動的。然而，卻靜得令人害怕。因此，我眞的不知道那是怎麼回事。」

飲料送來了。我和她各啜了一口。她放下玻璃杯，用手碰碰眼鏡。我沈默著，等她繼續說下去。

「到這裡爲止的感覺你能瞭解嗎？」

「大體可以。」我說著點點頭。「在十六樓出了電梯。是一片黑漆漆的。氣味不同。太安靜。有什麼不對勁。」

她嘆了一口氣。「不是我自豪，我並不是那種膽小的人。至少在女孩子裡我想我算是勇敢的。不會因爲停電，就像普通女孩子那樣尖聲怪叫。恐怖當然是會覺得恐怖，不過我想不能隨便屈服。所以還是確認看看吧。於是我伸手摸索著在走廊試著前進。」

「往哪邊？」

「右邊。」說著她舉起右手，確認那沒錯是右邊。「對，往右邊前進。慢慢的。走廊是筆直的。我沿著牆壁前進了一會兒，走廊就往右邊轉彎。而且看得見那前方，有朦朧的光線。非常微弱的光噢。好像從很後面洩出來的蠟燭的光似的。於是我就想，大概有人找到了蠟燭，把它點上了吧。因此，我想暫且走到那邊去看看吧。走近的時候，那蠟燭光是從打開一小縫的門裡漏出來的。好奇怪的門。我不記得有這種門。我們飯店裡應該沒有那種門才對呀。不過總之從那裡漏出來。我站在那前面，不知道接下來該怎麼辦才好。裡面也許有人在也不一定，如果出來一個怪人就傷腦筋了，而且門又是從來沒見過的。我試著小聲在門上敲敲看。好像聽得見又像聽不見的輕輕叩叩兩下。但那聲音比我預料的響得大聲得多噢。因爲周圍極其安靜。但沒有任何反應。大概有十秒鐘吧。在那十秒鐘之間，我一直安靜站在那門前。因爲不知道該做什麼。不過接下來裡面傳來咔沙喀嗦的聲音。怎麼說好呢，就像穿著厚衣服的人從牀鋪上站起來似的，那種聲音。然後聽得見腳步聲。非常慢的腳步聲。沙啦……沙啦……沙啦……那種拖著拖鞋走的腳步聲。一步一步地往門的方向接近而來。」

她好像在回想那聲音似的，注視著空中。然後搖頭。

「我聽到那聲音的瞬間嚇呆了。覺得這不是人的腳步聲。雖然沒什麼根據，但憑直覺這樣想。這不是人類的腳步聲。我第一次感覺到背脊凍僵的感覺，那時候。背脊眞的凍僵了。不是修辭上的誇張。我奔跑起來。一個勁地跑。我想中途跌倒了一次或兩次吧。因爲絲襪都破了。不過這種事完全記不得了。只記得一直跑著逃走。跑的時候只想著如果電梯還死在那裡不動的話怎麼辦才好呢。不過電梯確實在動著。顯示樓層的按鈕電燈也亮著。電梯停在一樓。我不顧一切地按了按鈕，電梯就上來了。可是那上升法卻非常慢。眞的是難以相信的慢。二樓……三樓……四樓……這樣。快點來、快點來，我一直唸著，但都不行。花了好長的時間。好像故意要讓人焦急似的。」

她嘆了一口氣，又啜了一口血腥瑪麗。然後一圈又一圈地轉著戒指。

我沈默地等她繼續說。音樂停了。有人在笑。

「可是，還聽得見喏。那腳步聲。沙啦……沙啦……沙啦……地走近來。慢慢地，可是確實地。沙啦……沙啦……沙啦……的。走出房間，走過走廊，往我的方向走過來了。好可怕噢。不，那不叫做可怕。我的胃縮緊了吊起來，一直吊到喉嚨下面來喲。而且全身直冒冷汗。好難聞的冷汗。一股惡寒。簡直像蛇在皮膚上爬行著一樣。電梯還不來。七樓……八樓……九樓……。而那腳步一直往這邊接近。」

她沈默了二十秒或三十秒。而且依然在慢慢地轉動著戒指。就像在轉收音機的選頻鈕似的。吧台席上女人說了什麼，男人又笑了。怎麼不快點放音樂呢，我想。

「那種恐怖，沒有經驗過是無法瞭解的。」她以乾乾的聲音說。

「然後怎麼樣了？」我問。

「當我一留神時，電梯門開了。」她說，稍微聳了一下肩。「門開了，從裡面溢出令人懷念的電燈光。我名副其實地滾進去。而且渾身一面抖個不停一面按了一樓的按鈕。回到門廳大家嚇了一跳。可不是嗎？我臉色發青，話都說不出口渾身顫抖著啊。經理走過來，喂，怎麼了啊？他問我。於是，我才一面結結巴巴地說明。十六樓有什麼好奇怪喲。經理只聽到這裡就立刻叫了一個男孩子過來，跟我一起三個人上到十六樓。去檢查看看發生了什麼。可是十六樓什麼也沒發生。電燈亮亮的，也沒有什麼怪臭味。和平常完全一樣。也到休息室去問過在那裡的人。那個人一直醒著，可是說完全沒有停電哪。爲了愼重起見還到十六樓的每個角落都走一遍看看，但沒有任何奇怪的地方。我好像被狐狸迷住了似的。

下樓之後經理把我叫到他自己的房間。我以爲他會發脾氣。但他卻沒有生氣。而且叫我把詳細情形說明一遍。於是，我把全部經過詳細地向他說明。連那沙啦沙啦的腳步聲也說了。雖然覺得好像很愚蠢似的。心想他大概會笑著說妳做夢了吧。

但他並沒有笑。不但如此還滿臉認眞的樣子。而且這樣對我說。『現在這件事情不要對任何人說噢』。以很溫和的口氣。『我想大概是搞錯了吧，不過不能嚇到別的從業員，所以妳不要說噢。』我們經理不是說話這麼溫和的人。而是更嚴厲的。因此我那時候想。說不定我不是第一個有這種經驗的人。」

她沉默下來。我試著在腦子裡整理她的話。那氣氛似乎應該問她一些什麼才好。

「那麼，妳有沒有聽別的從業員談過這一類的事情？」我問。「有沒有什麼跟妳的經驗相通的異樣的事，或奇怪的事，不可思議的事？只是純粹的流言也沒關係。」

她考慮了一下之後搖搖頭。「我想沒有。不過，我可以感覺到。那裡有什麼不平常的東西。聽完我的話之後經理的反應也是，加上我總覺得那裡好像悄悄話的聲音太多了。雖然我無法適當說明，不過總覺得怪怪的。我以前服務的飯店就完全沒有這種事。當然那飯店沒有這麼大，情況多少有一點不一樣，不過即使這樣差別也太大了。以前的飯店也有類似的怪談——每家飯店多少總有一兩件這種話題——我們都會拿來當笑話談。但這邊卻不一樣。沒有談笑的氣氛。所以才更覺得恐怖。經理也是，那時候如果把它當笑話聽過去就算了。或者生起氣來把我怒罵一頓也好。那樣的話說不定我就可以想成或許是搞錯了吧。」

她瞇細了眼睛，一直凝視著手上拿的玻璃杯。

「後來妳有沒有再去過十六樓？」我問。

「去過好幾次。」她以平板聲音說。「因為是工作場所，有時候不想去也不得不去對嗎？不過只有在白天去。晚上就不去。不管有什麼事都不去。我不想再遇到那種事了。所以也不值晚班了。我跟上面的人說不想做。清清楚楚地說了。」

「到現在為止妳都沒有跟任何人講過嗎？」

她只短截地搖了一次頭。「就像剛才也說過那樣，今天是第一次跟人談起。想要講也沒有對象可以講。還有我想說不定你對這件事情心裡知道什麼也不一定。關於那十六樓發生的事。」

「我？爲什麼這樣想？」

她以茫然的眼光望著我。「雖然不太清楚……可是你知道以前海豚飯店的事，而且想聽那家飯店不見的事情……所以我就覺得或許你對我所經驗過的事情可以想到什麼也不一定。」

「好像沒有特別想到什麼。」我思考一下之後說。「而且我對那家飯店的詳細情形也並不特別瞭解。只知道是一家小巧的、生意不太好的飯店。大概四年前我在那飯店住過，認識那裡的主人，因此再來拜訪。只有這樣而已。從前的海豚飯店是極普通的飯店。我也沒聽說有什麼特別的因緣之類的事。」

雖然我實在不認爲海豚飯店是普通的飯店，不過對我來說，並不想在這個節骨眼上透露太多什麼。

「可是今天下午我問你說海豚飯店是正常的飯店嗎的時候，你說這說來話長對嗎？那又是爲什麼？」

「那件事是非常私人性的。」我說明。「要談那件事就長了。不過我想這跟妳現在所談的大概沒有直接關係。」

我這樣一說她好像有點失望的樣子。她嘴唇歪一下看了一會兒自己的手背。

「很抱歉沒能幫上忙。難得妳特地告訴我這些。」我說。

「沒關係。」她說。「這不怪你。而且反正能讓我說出來也好。因爲說出來之後稍微輕鬆一點了。這種事情一個人悶在心裡，心情好不安穩喏。」

「一定是這樣的。」我說。「不告訴任何人而自己一個人悶在心裡，那會在腦子裡越來越膨脹。」我把雙手展開做出像氣球吹脹的樣子。

她默默點點頭。然後團團轉著戒指，最後把它從手指上摘下來，又戴回去。

「嘿，你相信我說的話嗎？那十六樓的話？」她一面看著自己的手指一面說。

「當然相信。」我說。

「眞的？可是這種事情，不是很異常嗎？」

「或許確實很異常。不過這種事情是會有的噢。我知道。所以我相信妳說的話。某種東西和某種東西會忽然連繫在一起。因爲某種原因。」

她一個勁兒地思考著這個。

「你以前經驗過這種事情嗎？」

「有。」我說。「我想是有。」

「可怕嗎，那時候？」她問。

「不，那不叫可怕。」我回答。「也就是說，有各種聯繫方法噢。我的情況……」然而在這裡語言突然咻地消失了。感覺好像遠方有人把電話線拔掉了似的。我喝了一口威士忌，然後說不知道。「沒辦法說清楚。不過這種事確實是有的。所以我相信。就算別人不相信，我也相信妳說的。不是謊話。」

她抬起臉來微笑。這和過去的微笑是感覺有點不同的微笑。是個人性的微笑，我想。她因爲說出來了而顯得比較放鬆些。「不知道爲什麼？跟你講話的時候不曉得怎麼覺得心情好像逐漸平靜下來了似的。我，其實是很怕生的，跟第一次見面的人不太能夠談什麼，跟你卻可以很自然地說出口。」

「那是因爲我們兩個人之間有什麼相通的地方吧。」我會心地微笑說。

她對這一時之間不知道該怎麼回答迷惑著，終究什麼也沒說。只嘆了一口大氣而已。但並不是有不好感覺的嘆氣。只是單純地調整呼吸而已。「嘿，要不要吃點什麼？」覺得肚子忽然餓起來了。」

我問她要不要到什麼正式一點的地方吃晚飯，但她說在這裡簡單吃就好了。於是我們把服務生叫來點了披薩餅和沙拉。

我們一面吃著一面談各種話題。她談飯店工作的事，札幌的生活。她也提到關於自己的事。她二十三歲。高中畢業，在訓練飯店從業員的專科學校唸了兩年後，在東京工作了兩年，然後看到海豚飯店的徵人廣告來應徵被錄用，於是搬到札幌來。到札幌對她來說很方便。因爲，她老家本來就在旭川附近經營旅館。

「算是相當好的旅館喏。從以前就開到現在。」她說。

「那麼妳在這裡可以算是來實習或修業一樣嘛，準備繼承家業嗎？」我試著問問。

「也不能這樣說。」她說。然後又伸手扶一下眼鏡樑框。「我完全沒有想到將來要不要繼承的事，還早。我只是單純的喜歡而已，喜歡在飯店工作。各種人來了，住下，又走了，這樣。在那之間我覺得非常放鬆。可以安心。大概從小時候就在這種環境長大的吧。習慣了。」

「原來如此。」我說。

「爲什麼說原來如此呢？」

「妳站在櫃台的時候看起來像是飯店的精靈似的。」

「飯店的精靈？」她說著笑了。「好棒的用語。要是能夠變成那樣就太棒了。」

「如果是妳，只要努力就辦得到。」我說著微笑。「不過，飯店誰也不會留下來喲。那樣也好嗎？大家都來了，只是通過，又走掉而已喲。」

「是啊。」她說。「不過如果有什麼留下，反而覺得可怕。不知道爲什麼會這樣？是膽小嗎？大家來了，然後走掉。不過因爲這樣也輕鬆啊。好奇怪噢，這種事。一般的女孩子不會這樣想吧？一般的女孩子都在追求什麼確實的東西。不是嗎？但我不是。爲什麼呢？我眞不明白。」

「我想妳並不怪。」我說。「只是還沒安定而已。」

她很不可思議地看著我。「嘿，你怎麼會知道這種事情呢？」

「爲什麼噢？」我說。「不過總覺得可以知道。」

她對這個思考了一下。

「談一談你吧。」她說。

「沒什麼意思噢。」我說。她說那也沒關係，她想要聽。因此我便談了一點點自己的事。三十四歲，有離婚經驗，以寫文章的半吊子工作維持生計。開 Subaru 中古車。雖說是中古，但倒附有汽車音響和冷氣空調。自我介紹。客觀的事實。

但她對我工作內容想要知道更多。因爲也沒必要隱瞞，因此我就說明。最近採訪了女明星，和實地調查函館餐飲店的事。

「這種工作好像非常有趣噢。」她說。

「我從來沒有覺得有趣過。寫文章本身對我並不痛苦。我不討厭寫文章。寫作時覺得很輕鬆。但寫的內容卻是零。沒有任何意義。」

「例如什麼樣的地方呢？」

「例如一天要繞十五間餐廳或料理店，分別嚐一口每一道端出來的菜，然後把其他全部剩下。這種事一定有什麼地方不對勁，我想。」

「可是總不能全部吃完吧？」

「當然不行。那樣三天就會死掉。大家會以爲我是傻瓜。這種死法誰也不會同情。」

「那麼，這不是沒辦法的嗎？」她一面笑一面說。

「是沒辦法啊。」我說。「這我知道。所以就像剷雪一樣。因爲沒辦法而做。不是因爲有趣而做。」

「剷雪？」她說。

「文化上的剷雪。」我說。

然後她想知道我離婚的事。

「不是我想離婚而離的，是她有一天突然出走了。跟男人一起。」

「你受傷了？」

「只要是站在那樣立場的人，誰都多少會受一點傷吧。」

她在桌上支著下巴看我的臉。「對不起，我問得好奇怪。不過你是如何受傷的，我不太能想像。你是如何受傷法呢？受傷後會變怎麼樣呢？」

「會像在大衣胸口別起 Keith Haring 的徽章一樣。」

她笑了。「只有這樣？」

「我想說的是。」我說。「這種事情是會慢性化的。呑進日常生活裡去，弄不清楚什麼地方受傷了。不過那卻是存在的。傷這東西就是這樣。並不是可以說就是這個，然後拿出來給人家看的。能夠讓人家看的東西，就不是什麼嚴重的傷了。」

「我非常瞭解你想說的。」

「眞的？」

「或許看不出來，不過我也曾經受過很多傷呢，相當多噢。」她小聲地說。「因為種種原因，所以結果我辭掉東京的飯店。是受傷了。很難過。有些事情我無法像一般人那樣善於處理。」

「哦。」我說。

「現在還有傷痕。一想到那件事，現在都還常常會想乾脆死掉算了。」

她把戒指拿下，又再戴上。然後喝血腥瑪麗，弄弄眼鏡。接著微微笑一下。

我們喝了相當多酒。喝得搞不清楚到底點了幾杯。時鐘已經十一點了。她看看手錶，說明天早上必須早起所以要回去了。我說用計程車送她回家。她住的公寓在車程十分鐘左右的地方。我付了帳。走出外面剛開始飄著零星的雪。雖然雪不大，但路面結凍了滑溜溜的。因此我們緊緊挽著手臂走到計程車乘車場。她有點醉薰薰飄飄忽忽的了。

「嘿，關於那本刊登那塊土地收購糾紛的週刊雜誌噢。」我忽然想起來說。「妳記得那本週刊雜誌的名字嗎？還有大概的發行日期。」

她告訴我那本週刊雜誌的名字。是報社系統的週刊雜誌。「我想應該是去年秋天吧。因為我沒有直接讀到，所以詳細情形並不清楚。」

我們在小雪飄舞中等計程車等了五分鐘左右。在那之間，她一直緊挽著我的手臂。她是放輕鬆的。我也是放輕鬆的。

「好久沒有這樣悠哉了。」她說。我也好久沒有這樣悠哉了。我們兩人之間有什麼相通的地方，我再一次這樣感覺。正因爲這樣我才會在第一眼看見她的時候就對她懷有好感。

在計程車裡我們漫無顧忌地閒聊著。談到雪、談到寒冷、談到她的工作時間，東京的事、這一類的。一面談著這些話，我一面爲接下來要跟她怎麼樣而煩惱。我明白再往前推一下的話是可能跟她睡覺的。這種事情就是知道。至於她是不是想跟我睡覺則當然不清楚。不過只知道她覺得跟我睡也可以。這種事從眼神啦、呼吸啦、談話方式啦、手的動作就知道了。而對我來說當然是想跟她睡的。也知道即使睡了也不會有什麼麻煩。只是來了然後走掉而已。就像她自己說的那樣。然而我下不了決心。這樣跟她睡不是不太公平嗎的想法，老是在我腦子的角落裡揮不掉。她比我小十歲，有些不安定，而且又相當醉，連腳步都站不穩了。這樣就像是用做了記號的撲克牌玩遊戲一樣。不公平。

不過在性的領域裡所謂公平這東西到底有什麼意義呢？我試著問自己。如果要在性方面要求公平的話，何不乾脆變成綠苔好了，那樣不是比較省事嗎？

這也有道理。

我在這兩個理論之間煩惱了一陣子，計程車快要到達她的公寓時，她非常乾脆地爲我解除了這個困境。「我和我妹妹兩個人住。」她對我說。

因此，我不必再想東想西，覺得輕鬆了一些。

計程車停在公寓前時，她對我說對不起我覺得很害怕，可以跟我走到門口嗎？因爲走廊一到深夜有時候會有奇怪的人，她說。我跟司機說五分鐘回來，請他在這裡等一下，於是挽著她的手臂走過入口前結凍的道路。然後我們沿樓梯走上三樓。沒有任何多餘裝飾的簡單鋼骨水泥公寓。來到門上有306號碼的門前時，她尷尬地微笑著，說謝謝，今天很愉快。

我也很愉快，我說。

她轉動門鎖打開門，把鑰匙重新收回皮包。絆扣發出咔吱一聲乾乾的聲音響徹走廊。然後她一直注視著我的臉。好像在注視寫在黑板上的幾何問題一般的眼神。她在迷惑著。她在猶豫著。沒辦法巧妙地向我道別。我可以明白。

我手搭在牆上等她下決心。但她很難下決心。

「晚安。爲我問候妳妹妹。」我說。

有四秒或五秒鐘之間，她嘴緊緊閉上。「我說和妹妹一起住，是騙你的。」她小聲說。「其實我是一個人住。」

「我知道。」我說。

她的臉慢慢地花時間變紅起來。「爲什麼知道？」

「爲什麼知道噢？就是知道啊。」我說。

「你這個人眞討厭。」她安靜地說。

「是啊，或許吧。」我說。「不過就像剛開始說過的那樣我不會做令人討厭的事噢。也不會勉強什麼。所以沒有什麼需要說謊的。」

她猶豫了一會兒，但好像放棄了似的笑了。「對呀。沒有必要說謊噢。」

「可是。」我說。

「可是，很自然的就說了。我也曾經受過傷啊。就像剛才說過的那樣。有過很多事情。」

「我也一樣受過傷。胸口還戴著 Keith Haring 的徽章。」

她笑了。「嘿，要不要進去一下喝個茶？我還想跟你多談一點。」

我搖搖頭。「謝謝。我也想跟妳談話。不過今天要回去。爲什麼我不知道，不過覺得今天回去比較好。覺得妳好像不要一次跟我談太多比較好。爲什麼噢？」

她以好像在讀招牌上的細字時一般的眼神注視著我。

「我不會說明。不過有這種感覺。」我說。「有很多話想說的時候，最好是一點一點分開說。我這樣覺得。也許錯了也不一定。」

她想了一下我的話。然後放棄再想。「晚安。」說著她安靜地關上門。

「嘿。」我試著開口出聲。門打開十五公分左右，她露出臉來。「最近可以再邀妳嗎？」我問問看。

她手還搭在門上深深吸進了一口氣。「大概吧。」她說。然後再關上門。

計程車司機很無聊似地攤開報紙讀著。我一個人坐回座位說出飯店名之後，他好像嚇了一跳似的。

「眞的要回去嗎？」他說。「我還以爲你會斷然說不用等了你回去吧呢。從氣氛上看。一般多半會這樣的。」

「大概吧。」我同意。

「這種工作做久了，可以憑感覺猜中。」

「做久了有時候還是會猜錯。從機率上說。」

「那倒是。」司機以有些混亂似的聲音說。「不過，先生您有一點怪吧。」

「是嗎？」我說。我有那麼怪嗎？

♪ ♪ ♪ ♪

回到房間洗了臉，刷了牙。一面刷著牙時一面還有點後悔，不過最後還是就那樣睡熟了。我的後悔大概經常都不會持續很長。

♪ ♪ ♪ ♪

早晨，第一件事就是打電話到櫃台，我把房間的預約延長了三天。沒有問題。反正現在是淡季。客人不太多。

然後我買了報紙走進附近的 Dunkin' Donuts 甜甜圈店，吃了兩個鬆餅，喝了兩大杯咖啡。飯店的早餐這東西只要吃一天就膩了。還是Dunkin' Donuts最棒。既便宜、咖啡又可以續杯。

其次搭計程車到圖書館去。我說到札幌最大的圖書館，就把我送到了。我在圖書館試著查一查她告訴我的週刊雜誌舊刊。登有海豚飯店報導的是十月二十日號。我把那部分影印了，到附近的喫茶店，一面喝咖啡一面坐定下來好好地讀。

相當難懂的報導。我不得不讀了好幾次，才好不容易弄清楚。記者拚命想寫得讓人容易理解一些，但那努力在面臨事態的複雜性之前也似乎顯得難以應付。複雜得可怕極了。不過用心好好讀下去終於瞭解大概的輪廓了。報導的標題是「札幌的土地疑雲。黑手蠢動的都市再開發」。還登出即將完工的海豚飯店空中攝影照片。

大概整理起來是這樣一回事。首先札幌市的一部分正在進行著大規模的土地購併。在兩年之間土地名義在地下暗中進行著異樣的變動。地價無意義地暴漲。記者獲得該情報開始調查。一調查之下，發現土地被各種不同的公司買走，但那大多是只有名義的紙上公司。公司是登記了。也納稅了。但既沒有辦公室，也沒有職員。而且這些紙上公司又和其他紙上公司有連繫。眞是巧妙地進行著名義上的土地轉移。以兩千萬被賣出的土地又以六千萬被轉賣，再以二億賣出。極其辛苦而有耐心地追踪這些紙上公司的迷魂陣下去，最後到達一個地方。叫做B產業的不動產公司。這是個眞實的公司。在赤坂擁有一棟很新潮的總公司大樓。那家B產業雖然不是公然的但卻和叫做A總業的複合企業有關聯。旗下包括從鐵道、連鎖飯店、電影公司、連鎖食品店、百貨公司、雜誌社、信用卡金融、損害保險等的巨大企業。A總業在政界也擁有龐大勢力。記者繼續往下追查。於是發現更有趣的事。B產業所購併的地區就是札幌市進行再開發計劃的土地。預定中地下鐵建設、政府廳舍的遷移、這些公共投資即將在該地區進行。這些資金大半是由國家出資的。政府和北海道和札幌市共同商議擬定再開發計劃，最後達成決議。地點、規模和預算等等。然而打開蓋子一看，那決定地區的土地在幾年之間早已被某人的手緊緊握住購併下來了。情報流到A總業。而那計劃在最後決定之前，土地的購併已在地下悄悄地進行著。也就是說最終的決定是最初就在政治上被決定了的。

該購併的尖兵是海豚飯店。首先將海豚飯店確保爲一等地。該巨大飯店將扮演A總業的總部角色。它也將扮演該地區的領袖角色。引人注目，改變人潮流向，象徵該地區的變貌。一切都在周密的計劃之下進行。那就是所謂的高度資本主義。投入最巨額資本的人可以獲得最有效的情報，獲得最有效的利益。這不是誰壞的問題。所謂資本投下就是內含這些東西的行爲。投下資本的人要求和該投下額相應的有效性。就像買中古車的人會踢踢輪胎試試引擎一樣。投下一千億資本的人會仔細檢討該投下的有效性，有些情況也會加以操作。在這個世界公平沒有任何意義。要一一考慮這些的話投資資本的金額會過於龐大。

強求的事也做。

例如，有人不答應賣土地。有一家歷史悠久的鞋店老鋪不願意賣。於是不知道從什麼地方冒出一些恐嚇的人來。所謂大企業就是會擁有這種管道。這些公司從政治家、小說家、搖滾歌手、到流氓，凡是有呼吸的東西都一應俱全。帶著日本刀的傢伙蜂擁闖進來恐嚇你。連警察都不太熱心出手干涉這種事件。他們和警察的最上級都可以直接通話無阻的。那甚至不算腐敗。而是系統。那就是所謂的投下資本。當然自古以來這種事情多少也是有的。和過去不同的只是那資本的網已經細得無與倫比，牢固得無堅不摧了而已。巨大的電腦使它成爲可能。而存在於世界上的一切事物和事象都悉數網羅其中。由於集約和細分化使資本這東西昇華爲一種概念。如果說得極端一點，那甚至是一種宗教性行爲。人們崇拜著資本擁有的動力主義。崇拜那神話性。崇拜東京的地價，崇拜閃閃發亮的保時捷所象徵的東西。除此之外這個世界已經不再殘留什麼神話了。

這就是所謂的高度資本主義社會。不管你喜歡不喜歡，我們就是活在這樣的社會裡。連所謂善惡的標準都細分化了。詭辯化了。善之中也有新潮的善，和非新潮的善。惡也有新潮的惡，和非新潮的惡。新潮的善之中也有正式的，和休閒的，有熱的，有酷的，有合潮流趨勢的，有假道學的。搭配組合還頗好玩的。就像穿 Missoni 的毛衣，配 Trussar 的長褲、穿 Pollini 皮鞋一樣，可以玩複雜的樣式。在這種世界，哲學逐漸類似經營理論。哲學逐漸接近時代的動力主義。

雖然當時並不覺得，但一九六九年世界還是單純的。只有機動隊員丟石頭而已。有時候人還可以達成自我表現。可以算是自成一個良好時代。在詭辯化的哲學下，到底有誰能對警察投石頭呢？到底有誰自動願意去承受催淚瓦斯呢？那是現在啊，從每個角落到每個角落都張滿了網子。網子之外還有網子。什麼地方也去不了。要是丟石頭的話，會彈回來打到自己。眞的是這樣。

記者傾全力追踪探索那疑雲。然而不管他多麼高聲疾呼，不，越是高聲疾呼，那篇報導越微妙地喪失說服力。失去訴求力。他並不瞭解這點。那甚至不是疑雲。那是高度資本主義的當然過程。這個大家都知道。因此誰也沒去注意。有誰會去在意巨大資本以不當手段獲取情報購併土地，或強求政治性決定，最後更利用流氓去威脅小皮鞋店老闆，毆打過氣小飯店的經營者之類的事呢？事情就是這樣。時代像流沙般繼續流著。我們所站立的場所，已經不是我們過去站立過的場所了。

我認爲那是一篇傑出的報導。調查得很淸楚，充滿了正義感。但是不合潮流。

我把那篇報導的影印本塞進口袋。又喝了一杯咖啡。

我回想舊海豚飯店經理的事。天生就被失敗的陰影所覆蓋的不幸男人。他是不可能適應這個時代的。

「不合潮流。」我試著說出聲音。

女服務生正經過旁邊,露出驚奇的臉色看我。

我招了一部計程車回飯店。

8

我從房間打了一通電話給以前的共同經營者。一個我不認識的人接的電話，問我的名字，然後又有一個人轉接問我的名字，最後終於接給他。好像很忙的樣子。我們幾乎有一年沒說話了。我並不是有意避開他。只是單純因爲沒話說。我對他一直懷有好感，到現在依然沒有改變。但終究他對我來說（或我對他來說）已經屬於「過去的領域」了。不是我把他推開，也不是他自己要進去。只是我們分別步上了不同的道路，而這兩條路又很難交叉。如此而已。

你好嗎？他問。

好啊。我說。

我說現在在札幌，他就問那邊很冷吧。

很冷啊，我回答。

工作方面怎麼樣？我問。

很忙，他回答。

不要喝太多酒噢，我說。

最近很少喝，他說。

那邊現在有沒有下雪？他問。

現在什麼也沒下，我回答。

一個勁彬彬有禮地投球接球一番。

「有一點事想拜託你。」我提出來。很久以前他欠過我一個人情。他還記得，我也還記得。而且我也不是個經常會拜託別人的人。

「沒問題。」他簡單地說。

「我們以前不是一起做過有關飯店業界刊物的工作嗎？」我說。「大概五年前，你還記得嗎？」

「記得。」

「那些關係現在還保持嗎？」

他考慮了一下。「雖然不算頻繁，不過還是存在的。要聯繫並不是不可能。」

「那邊不是有一個記者，對業界的內幕非常詳細嗎？名字我忘了。不過瘦瘦的，每次都戴一頂奇怪帽子的。能不能跟他聯繫上？」

「我想大概可以吧，你想知道什麼嗎？」

我把海豚飯店醜聞的報導概略地說給他聽。他把週刊雜誌名稱和發刊日記下。然後我告訴他在大海豚飯店建好之前，那裡有個小海豚飯店。而我想知道接下來的事情。首先，爲什麼新飯店繼續沿用「海豚飯店」的名字？還有小海豚飯店的經營者遭遇到什麼樣的命運？醜聞後來的進展如何？

他把這些全都記下，在電話上唸給我聽。

「這樣可以嗎？」

「這樣就可以。」我說。

「一定很急吧？」他問。

「很抱歉。」我說。

「我試著想辦法在今天內取得聯繫。你告訴我那邊的電話號碼好嗎？」

我告訴他飯店的電話號碼和房間號碼。

「那麼，再聯絡囉。」說著他掛斷電話。

我在飯店的自助餐廳吃了簡單的午餐。下到門廳看看，那個戴眼鏡的女孩在櫃台。我到門廳邊緣的椅子上坐下來望了她一會兒。她好像很忙似地工作著，似乎沒注意到我的存在。或許注意到了，但卻視若無睹。不過不管怎麼都沒關係。我只是想看一下她的身影而已。我一面看她，一面想如果我想跟她睡覺的話，已經睡成了。

有時候有必要這樣子給自己勇氣。

我看了她十分鐘之後，就搭電梯上十五樓，在房間裡看書，今天的天空依然是陰沈著。感覺好像住在只有些微光線照進來的紙糊佈景裡似的。因爲也許什麼時候電話會打進來，因此不想出去，留在房間裡除了看書之外也沒有別的事可做。我把傑克倫敦的傳記看完之後，再看關於西班牙戰爭的書。

好像被拖得好長好長的黃昏似的一天。沒有什麼起伏變化。窗外的灰色逐漸混進濃重的黑色，終於夜幕來臨。只有陰鬱的質稍微改變而已。世界只存在著兩個顏色。灰色和黑色。每隔一定時間便來回更替而已。

我打電話請服務生送三明治來。然後慢慢地吃著一個又一個三明治，從冰箱拿出啤酒來喝。啤酒也是一口一口慢慢喝。沒事可做，只好把每件事情都花時間刻意去做。七點半共同經營者打電話來了。

「聯絡上了噢。」他說。

「很費事吧？」

「還好。」他想了一下然後回答。大概相當費事吧，我想。

「我大概告訴你。首先第一，這個問題已經被完全封蓋起來了。蓋上蓋子，用帶子綁緊，收進金庫裡去了。誰也不再回頭去挖掘了。結束了噢。醜聞已經不存在了。或許中央政府內部或市政府裡有兩、三件不明顯的異動之類的。不過並不嚴重。好比輕微調查之類的。除此之外誰也沒被驚動。檢察單位也稍微動了一下，但卻沒有抓住任何確實的東西。各種煩雜的脈絡糾纏在一起。很燙手。所以很難問出噢。」

「這是私人的事，也不會給誰添麻煩。」

「我也跟對方這樣說了。」

我手還拿著聽筒走到冰箱去拿出啤酒，用單手打開蓋子注入玻璃杯。

「雖然或許聽起來嚕嗦，不過如果勉強出手搞不好會受傷噢。」他說。「這是個很龐大的組織。我不知道你爲什麼咬著這件事不放，但總之最好不要太深入噢。雖然你也許有什麼緣故，不過我想你還是放輕鬆一點過過和自己身分相當的人生比較好噢。雖然我沒有說要像我這樣。」

「我知道。」我說。

他乾咳一下。我喝了一口啤酒。

「從前的海豚飯店到最後都不肯退讓，因此遭遇到很多可憐的境遇。要是能夠順從地退出去就好了，但卻沒出去。看不見時勢大局啊。」

「他們就是屬於這種類型的人。」我說。「不合潮流。」

「他們遭遇到各種麻煩。例如幾個流氓一直住進旅館裡胡作非爲。在不犯法的範圍內。面目猙獰的人整天一直坐在門廳。有客人進來時就瞪著人瞧。你懂嗎？這種事？但飯店方面卻不出聲。」

「我好像可以瞭解。」我說。海豚飯店的經理已經習慣人生的各種不幸了。不會爲一點小事而驚嚇。

「不過最後海豚飯店提出一個奇怪的條件。而且說如果能同意那個條件的話，他們可以出去。你試著想像一下，什麼樣的條件？」

「不知道。」

「想想看哪。稍微。」他說。「因爲這也可以解答你的一個問題呀。」

「以繼續用『海豚飯店』的名字當條件？」

「沒錯。」他說。「那就是條件。於是，買方同意了。」

「這又是爲什麼？」

「因爲名字不錯啊。不是嗎？『Dolphin Hotel』不壞的名字啊。」

「這倒是。」我說。

「而且A總業計劃要建立新的飯店連鎖店，這正好。不是過去手頭擁有的中上級飯店連鎖店，而是最高級的連鎖店。而那名字還沒有取好。」

「Dolphin Hotel Chain」我試著說。

「對。就像可以和希爾頓、凱悅之類匹敵的高級連鎖飯店。」

「Dolphin Hotel Chain」我再重複一次。一個被接續下去，擴大下去的夢。「那麼以前的經營者怎麼樣了?」

「這個誰也不曉得。」他說。

我又喝了一口啤酒，用原子筆搔搔耳垂。

「搬出去的時候，領到一整筆錢，也許用那個在做什麼吧。不過無從調查。因爲就像個過路人一樣的小角色啊。」

「我想大概也是這樣吧。」我承認。

「大致上就是這樣了。」他說。「只知道這些。其他就不知道了。可以嗎?」

「謝謝。非常有幫助。」我道著謝。

「嗯。」說著他又乾咳。

「花了不少錢吧?」我試著問。

「不。」他說。「我想請他吃一頓飯，帶他到銀座的俱樂部去，付給他回家的車費就可以了吧。這點小事你不用掛心。反正全部都可以報開銷。什麼都可以報開銷。會計師也叫我多花點開銷。所以這件事你不用掛心。如果你想去銀座的俱樂部的話，下次我可以帶你去一次。用公司報帳。反正你也沒去過吧?」

「銀座的俱樂部到底有什麼？」

「有酒，有女人。」他說。「去了會計師會誇獎噢。」

「那你跟會計師去好了。」我說。

「上次去過了。」他好像很無趣似的說。

我們彼此致意，然後掛了電話。

掛上電話之後，我想了一下共同經營者的事。他跟我同年齡腹部已經開始凸出來。書桌上放了好幾種藥瓶子，對選舉很認眞思考。對孩子的學校很氣餒，夫妻經常吵架，不過基本上是愛家庭的男人。雖然有一些軟弱的地方，常常喝太多酒，但基本上是個工作很細心的人。在各方面來說都是正常的男人。

我們大學畢業之後就搭檔做事，長久之間兩個人相處很好。從一個小翻譯事務所開始，工作規模逐漸加大。雖然我們本來並不是多親密的朋友，但有些地方還滿投合的。每天碰面，從來沒吵過架。他是個教養很好的人，我也不喜歡爭吵。雖然多少有差異，還能夠彼此尊重繼續在一起工作。但結果我們在最好的時期分開了。我突然去職之後，他沒有我還是做得很好，老實說是在沒有我之後做得更好。工作業績順利成長。公司也變大了。找了新人進去，很能善用他們。精神上也是在變一個人之後才安定多的。

我想或許我這邊有問題吧。也許我身上有什麼對他來說不太健康的影響。因此我不在之後他才能更舒展得開。一面教唆慫恿或連哄帶勸地善用人手，和業務的女孩開開玩笑，一面覺得無聊還是拚命地花著開銷，招待人家到銀座的俱樂部去。如果跟我一起的話，他或許會覺得緊張而沒辦法好好輕鬆地放手去做這種事也不一定。

他總是在意我的看法，老是想著做了這個不知道我會怎麼想吧。他就是這種人，雖然說眞的他在旁邊到底在做什麼其實我都沒有什麼感覺。

這個人還是一個人留下來做比較好，我想。在各種意義上。

換句話說他由於我不在了，而能夠做出和年齡相配的動作。和年齡相配，我想。然後試著說出口「和年齡相配」。一試著說出口之後，就覺得那好像是別人的事似的。

♪ ♪ ♪ ♪

九點電話鈴再響起一次。我想不起來有誰會打電話來，剛開始還搞不太清楚那是什麼聲音。卻是電話。我在響了第四次時拿起聽筒來聽。

「你今天在門廳一直看著我對嗎？」櫃台的女孩子說。從聲音聽起來似乎既沒有生氣，也沒有高興的樣子。淡淡的聲音。

「看了。」我承認。

她沈默了一會兒。

「工作中被人家那樣看，我會非常緊張噢。託你的福我出了好多差錯呢。被你看著的時候。」

「我不再看了。」我說。「我只是爲了給自己勇氣才看妳的。沒想到讓妳那麼緊張。以後我會小心不要看。妳現在在哪裡？」

「在家啊。現在準備洗澡睡覺了。」她說。「嘿，你住房時間延長了啊？」

「嗯，事情稍微拖延了。」我說。

「不過你不要再那樣看我噢。這樣我會很傷腦筋。」

「不再看了。」

有一會兒，沈默。

「嘿，你覺得我有點太緊張嗎？整體上來說。」

「這個啊，不知道。因爲這有個人差異呀。不過我想每個人被人家一直盯著看總是多少會緊張的。妳也不必太在意。而且我經常有盯著什麼看的傾向。我會一直注視很多東西的。」

「爲什麼有那種傾向呢？」

「傾向這東西是很難加以說明的。」我說。「不過我會注意不去看就是了。因爲我不希望讓妳在工作上出差錯。」

她尋思了一下我說的話。

「晚安。」終於她說了。

「晚安。」我說。

電話掛斷，我洗過澡，在沙發上看書到十一點半。然後穿上衣服走出走廊。在像迷宮一般複雜的長走廊上試著往每個方向走看看。樓層最邊端的盡頭深處有從業員用的電梯。通常從業員用電梯大致都會設在客人眼光不容易接觸到的地方，不過倒不至於隱藏起來。沿著太平門的箭頭方向走時，就有幾間沒有客房編號的房間並排著，在那一角有個電梯。爲了不讓投宿的客人搭錯而掛有「載貨專用」的牌子。我在那前面觀察了一會兒，但電梯一直停在一樓。這個時刻幾乎沒有人使用。天花板的喇叭小聲地播出背景音樂。是Paul Mauriat的『Love Is Blue』。

我試著按按看電梯按鈕。結果一按電梯就像忽然醒過來似的抬起頭，升上來了。樓層顯示數字1、2、3、4、5、6……地上升。慢慢地，但確實地接近了。我一面聽著『Love Is Blue』一面望著那數字。如果裡面有人的話，就說是搞錯以爲是客用電梯就好了。反正飯店的住宿客人經常都會搞錯的。11、12、13、14地升上來了。我往後退了一步，雙手插在口袋裡等門開。

在15的地方數字停止上升。並停有一瞬之間。什麼聲音都聽不見。然後門才咻地開了。裡面沒有任何人。非常安靜的電梯啊，我想。和從前海豚飯店那部像有氣喘病般的電梯相當不同。我走進去，按了16的按鈕。門無聲地關閉，有輕微移動的感覺，門又開了。是十六樓。但十六樓並不像她所說的那樣暗。燈是確實亮著的，從天花板依舊播放著『Love Is Blue』。也沒有任何臭味。我試著把十六樓的每個角落都走遍。十六樓和十五樓是完全相同的格局。走廊彎彎曲曲，到處都有客房連續著，在那之間有集中放了幾台自動販賣機的空間，有幾台客用電梯。門前有幾個客房服務用過晚餐的盤子。地毯是深紅色，柔軟的高級品。腳步聲都聽不見。周遭靜悄悄的。背景音樂換成Percy Faith交響樂團的『A Summer Place』。我走到盡頭之後往右轉，又再折回中途，搭客用電梯在十五樓下。然後又再試著重複做一次一樣的事。搭從業員電梯上到十六樓，眼前還是亮著燈的極正常的樓層。音樂播著『A Summer Place』。

我放棄了，下到十五樓，喝了兩口白蘭地就睡了。

♪ ♪ ♪ ♪

天亮了，黑色變成灰色。正下著雪。好了，我想。今天該做什麼才好呢？

沒有任何事可做——依然沒變。

我在雪中走到Dunkin' Donuts吃甜甜圈，喝兩杯咖啡，看報紙。報上登著選舉的新聞。電影欄依然找不到想看的電影。有一部是我中學時候的同班同學當演員演第二主角的電影。片名叫『單戀』的青春電影，是一個剛開始走紅中的少女明星，和同樣剛開始走紅中的偶像歌手合演的校園電影。我以前的同班同學演的是什麼樣的角色我不用想就可以預料到。既年輕又英俊又懂事的好老師的角色。體格修長、運動也萬能，女學生們只要被他叫到名字就會六神無主的地步，暗戀著他。而那主角的女孩子也暗戀著他。因此星期天做了餅乾帶到老師住的地方去。而一個男孩子則暗戀她。非常普通的、有點膽小的男孩子……情節大概是這樣。不用想也知道。

他當了明星之後，我一半為了好奇看了幾部他演的電影。但後來完全不看了。每部電影以電影來說都完全沒有一點趣味。因為他每次每次都像蓋章一樣演同樣的角色。英俊、運動萬能、清潔、腿長的角色。剛開始多半演大學生的角色，然後多半變成演老師、醫生、或年輕的精英上班族之類的角色。但做的事總是都一樣。被女孩子愛上的鬧劇。他牙齒漂亮，微笑起來連我看了都覺得有好感。不過我不想為了看那種電影而花錢。雖然我並不是非費里尼或塔爾柯夫斯基之類的才看的那種既認眞又假惺惺的電影迷，不過他演的電影實在是太糟糕了，情節太明白，會話太普通，既不花製作費，導演也很應付了事。

不過想想他在當演員之前其實就是那個類型的人。感覺很好，但實體則不太清楚。我中學時代跟他同班過兩年。理科實驗時和他用同一張實驗桌。因此也常常談話。從以前開始就簡直跟電影裡一樣感覺那麼好。女孩子當時就對他著迷得不得了。他一跟女孩子說話時，女孩子眼睛都陶醉了。理科實驗的時候，女孩子都在看他。有不懂的地方就去問他。他以優雅的手勢點著瓦斯火時，大家都以像在瞻仰奧林匹克開幕典禮一樣的眼神看著他。沒有一個人在意過我的存在。

他的成績也好。經常是班上第一或第二名。爲人親切、誠實、而且不驕傲。不管穿什麼衣服都顯得清潔、帥氣而有教養。連在廁所小便的時候都是優雅的。小便的姿勢看起來優雅的男人實在太少見了。當然運動也萬能，當班級委員也很能幹。雖然據說和班上最受歡迎的女孩感情很好，不過是不是眞的就不清楚了。老師也對他很熱心，家長會的日子，媽媽們都喜歡他，他就是這種男生。不過我完全不知道他在想什麼。

和電影一樣。

有什麼理由現在還花錢去看那種電影呢？

我把報紙丟進垃圾筒，在雪中走回飯店。經過門廳時看了一下櫃台，沒看見她。也許是休息時間吧。我到有電視遊樂器的一角去，各玩了小精靈(Pacman)和銀河系(Galaxy)幾次。雖然設計得很好但是那是屬於神經質的遊戲。那太過於好戰了。不過可以消磨時間。

然後我回到房間讀書。

沒什麼特別事情的一天。書看膩之後，就眺望窗外的雪。雪一整天繼續下著。下得眞叫人佩服居然有這麼多雪可下的程度。到了十二點我到飯店的自助餐廳去吃午餐。然後又回房間看書，眺望窗外的雪。

不過也不能說是完全沒有事情。我在牀上看著書時，四點鐘傳來敲門的聲音。打開門一看她站在門口。戴著眼鏡，穿著淺藍色制服的櫃台女孩子。她從只打開一點的門縫之間像扁平的影子一般溜進房間裡便迅速把門關上。

「如果被發現我在這裡，會被開除的。這家飯店在這方面是很嚴的。」她說。

她在房間裡團團看了一圈然後在沙發坐下，把裙襬拉扯兩下。然後鬆了一口氣。「現在是休息時間。」她說。

「妳要喝什麼？我要喝啤酒。」

「不用。沒什麼時間。嘿，你躲在房間裡一整天在做什麼啊？」

「沒有特別做什麼。在消磨時間。看看書、看看雪。」我從冰箱拿出啤酒，一面倒進玻璃杯一面說。

「什麼書？」

「關於西班牙戰爭的書。從開始到結束寫得很詳細。充滿各種啓示。」西班牙戰爭眞的是充滿了各種啓示的戰爭。從前確實就有這種戰爭。

「嘿，你不要想歪了噢。」她說。

「想歪了？」我反問她。「想歪了的意思，是指妳來這裡的事？」

「嗯。」

我拿著玻璃杯在牀邊坐下。「不會想歪呀。雖然有一點吃驚，不過妳能來我很高興。因爲正無聊，希望有人談談哪。」

她站到房間正中央，把淺藍色外套滑溜溜無聲地脫下，爲了免得弄縐便掛在寫字椅背上。然後走到我旁邊來，併著雙腿坐下，脫下外套的她，顯得有點柔弱、容易受傷的樣子。我伸手挽著她的肩。她把頭靠在我肩上。非常好聞的香氣。白襯衫燙得平平整整的。就這樣維持五分鐘左右。我一直安靜抱著她的肩，她把頭靠在我肩上閉著眼睛像在睡覺似地安靜的呼吸著。雪一面把街的聲音吸進去一面繼續不停地下著。簡直聽不見任何所謂的聲音。

她大概疲倦了，想在什麼地方休息吧，我想。我好比讓她依靠的木樁一樣。對於她的疲倦我感到憐惜。因爲我覺得像她這樣年輕漂亮的女孩卻這樣疲倦是不近情理而不公平的。但仔細想想這既不是不近情理也不是不公平。疲倦這東西是不管美醜、年齡，一樣會來的。就像下雨、地震、打雷、洪水一樣。

五分鐘過去後，她抬起頭離開我身邊，拿起外套穿上。然後又在沙發上坐下。再玩弄著小指頭上的戒指。穿上外套後的她看來又好像顯得有點緊張和疏離了。

我依然坐在牀上看著她。

「嘿，妳上次在十六樓遇到奇怪的事情噢。」我試著問她。「那時候有沒有做什麼跟平常不同的事？在搭電梯之前，或搭電梯之後？」

她稍微歪著頭想了一下。「這個嘛……有沒有？我覺得沒有特別做什麼啊。……想不起來了。」

「也沒有任何跟平常不同的奇怪徵候之類的呢？」

「跟平常一樣啊。」她說著聳聳肩。「沒有任何一件奇怪的事。我只是極平常地搭上電梯，跟著門一開就一片黑漆漆的了。這樣而已。」

我點點頭。「嘿，今天要不要一起到什麼地方吃晚餐？」

她搖搖頭。「對不起。很抱歉，今天有個約。」

「明天怎麼樣呢？」

「明天要去上游泳班。」

「游泳班？」我說。然後微笑。「古代埃及也有游泳班妳知道嗎？」

「這我怎麼會知道。」她說。「你騙人對嗎？」

「眞的啊。因爲工作上的關係我查過一次資料。」我說。雖然是眞的，也不能怎麼樣。

她看看手錶站了起來。「謝謝。」她說。然後和來的時候一樣無聲地溜出門外去。這就是那一天唯一的特別事情。微小的事情。不過古代埃及人也是繼續從每天一些微小的事情中發現歡喜，過著微不足道的人生，然後死去的吧。一面學學游泳，一面做做木乃伊。這些東西的集積人們稱之爲文明。

9

十一點之後終於沒事可做了。能做的事全部都做了。指甲剪了，澡也洗了，耳朶也清了，電視新聞也看了。伏地挺身和伸展彎曲運動也做了，晚餐吃過，書也看到最後結尾，但還不睏。想再去搭一次從業員電梯，但那時間還早。等從業員往來的蹤跡消失的十二點過後再去比較好。

考慮了各種情況之後，終於決定到二十六樓的酒吧去。茫然地望著窗外不停下著雪的暗夜，一面喝著馬丁尼，一面想埃及人。古代埃及人到底過的是什麼樣的生活呢？我想。是什麼樣的人到游泳班去上課呢？大概是法老一族或貴族，這一類高等級的人吧。時髦而有錢有閒的埃及人。爲了這些人要用，而把尼羅河的一部分區隔開來，想辦法作成類似游泳池一樣的地方，在那裡教授優雅的游泳方式嗎？有像當上電影明星的我的朋友一樣感覺很好的老師，對偉人們以「是的殿下，非常好。只是我想自由式的右手如果能夠再往前筆直地伸出去一點點會更好。」之類的臉色說教著吧。

我可以想像這種光景。像藍墨水一般深藍色的尼羅河水，燦燦亮亮的光輝太陽（當然那裡大概有蘆葦編的屋頂吧），爲了趕走鱷魚和平民而有持槍的衛隊，隨風搖曳的蘆葦草、法老的王子們。然後公主呢？我想。女孩子是不是也學游泳呢？例如克里奧佩特拉。就像茱蒂佛斯特一樣感覺的年輕時候的克里奧佩特拉（埃及豔后）。她也會看到我的朋友游泳教練就著迷嗎？大概也曾經吧。因為那是他的存在事由啊。

不妨拍這種電影，我想。這種影片倒是可以去看。

游泳教練不是出身卑微的人。是以色列或亞西里亞（亞述帝國）一帶王族的公子，但因為戰敗了被帶到埃及來，變成奴隸。雖然變成奴隸但他的感覺之好依然絲毫沒有喪失。這點跟卻爾登希斯頓和寇克道格拉斯不同。露出潔白的牙齒面帶微笑，優雅地小便。如果讓他拿起夏威夷的四弦琴的話，好像就能站在尼羅河岸唱起『Rock-a-Hula Baby』似的。這種角色非他莫屬。

然而，有一天法老一行人通過他面前。他在河岸上割著蘆葦，那時候正好船翻覆在河裡。他毫不猶豫地跳下河裡，以耀眼的自由式游到那邊，抱起一個小女孩一面和鱷魚競爭著一面游回來。極其優雅地。就像在科學實驗室裡點上瓦斯火時一樣極優雅地。法老看在眼裡非常佩服，對了。讓這個青年來當王子們的游泳教練吧，他想。前一位教練因為出口不遜而在一星期前才剛被丟進無底的深井裡去。因此，他便當上了王族游泳班的教練了。總之，因為他感覺很好，大家都對他著迷。到了晚上宮女們便在身上塗上各種香料潛進他的牀上。王子們和公主們也對他心服口服。這裡可以放進像『出水芙蓉』和『國王與我』加起來似的豪華大場面。他和王子、公主們可以一起表演類似水上芭蕾羣舞般的節目慶祝法老的生日。法老龍心大悅，於是他的股價又上漲了。但他並不因此而驕傲。他十分謙虛。經常面帶微笑，優雅地小便。宮女潛進牀上來時他會花一小時前戲，讓對方確實達到高潮，結束後還撫摸對方的頭髮說「妳是最棒的」。非常體貼。

和埃及宮女睡覺不知道是怎麼樣一回事，我試著想了一下，但腦子總是無法浮現具體印象。勉強想要喚起印象時，無論如何都會浮現二十世紀福斯公司的『埃及艷后』來。伊麗莎白泰勒和理察波頓和雷克斯哈里遜演的糟糕的電影。那些用附有長柄扇子為伊麗莎白泰勒呼啦呼啦搧著扇子的好萊塢式異國風味腿長皮膚黑的女孩子們。以各種大膽姿勢，取悅著他。埃及的女人們擅長這方面的事情。

於是，茱蒂佛斯特般的克里奧佩特拉昏了頭似地為他著迷。

或許有些平凡，不過不這樣的話就不成其為電影。

他自己也迷上了茱蒂克里奧佩特拉。

不過迷上茱蒂克里奧佩特拉的不只是他而已。膚色漆黑的阿比西尼亞王子也癡戀著她。一想到她就會禁不住地手舞足蹈起來。這怎麼說都必須由麥可傑克森來演才行。他因為熱戀而從阿比西尼亞千里迢迢地穿越沙漠來到埃及。在商旅隊的營火之前抱著手鼓一面唱著『Billie Jean』一面跳舞。眼睛映著星光而閃閃發亮。於是當然游泳教練和麥可傑克森之間有了糾葛。變成了情敵。

我想到這裡的時候，酒保走過來，很抱歉似地說很抱歉我們快要打烊了。一看時鐘已經十二點十五分了。留下來的客人只有我一個人。酒保幾乎把所有東西都收拾好了。要命，怎麼會這麼長時間去想這麼無聊的事呢，我想。既無意義又愚蠢。怎麼回事。我在帳單上簽字，把留下的馬丁尼喝乾，站起來。然後走出酒吧，雙手插在口袋裡等電梯來。

但茱蒂克里奧佩特拉由於習俗的關係必須和弟弟結婚，我想。那幻想的劇本沒有辦法從腦子裡趕走。一幕又一幕接連湧上腦海。個性軟弱而彆扭的弟弟。誰來演好呢？伍迪艾倫，不可能。這一來就變成喜劇了。在宮廷裡說不好玩的笑話經常會用塑膠鐵槌敲自己的腦袋。不行啊。

關於弟弟的事以後再想。法老還是由勞倫斯奧利佛來演。他有頭痛的毛病，經常用食指壓著太陽穴。看不順眼的人就把他丟進無底深井裡去，或弄到尼羅河讓他和鱷魚戰鬥。充滿智慧而殘酷。有時候也會把人眼瞼拿掉放逐到沙漠裡去。

想到這裡電梯門開了。無聲地滑溜溜地開了。我走進裡面時按了十五樓的按鈕。然後繼續想事情。並不想去想那種事的。但想停都停不下來。

舞台一轉變成了荒涼的沙漠。沙漠深處的某個洞窟裡一個被法老放逐的預言家在那裡沒有人知道地孤獨活著。他的眼瞼被割掉了，但總算能橫越過沙漠奇蹟式地生存下來。他披著羊皮遮避烈日，他在黑暗中活著。吃蟲子、啃乾草。並獲得內在的眼睛預言著未來。法老的終將沒落、埃及的黃昏、還有世界的轉變。

是羊男，我想。爲什麼在這種地方突然會出現羊男呢？

門又滑溜溜無聲地開了。我恍惚地一面想著事情一面走出外面。羊男，他是從埃及時代就存在的嗎？或者這些都只不過是我腦子裡產生出來的無意義的幻想而已呢？我還依然把手插在口袋裡站在黑暗中想著這回事。

黑暗？

當我一留神時，周圍是一片黑暗。看不見一點微小的光線。在我後面的電梯門關上之後，周圍漆黑的黑暗降臨了。連自己的手都看不見。也聽不見背景音樂了。『Love Is Blue』或『A Summer Place』都聽不見了。空氣冷冰冰的，一股黴臭味。

我一個人站定在那樣的黑暗中。

10

那是可怕的完全的黑暗。

無法識別任何一件有形狀的東西。連自己的身體都看不見。甚至無法感知那裡有什麼動靜。在那裡有的只是黑色的虛無而已。

在那樣的黑漆漆裡，自己的存在感覺上變成純粹是觀念性的東西了。肉體在黑暗中溶解，沒有實體的我這個觀念則像個靈媒體所放出來的物質一般飄浮在空中。雖然我被從肉體解放出來了，但還沒有被賦與新的去向。我在那虛無的宇宙中徘徊著。在惡夢與現實的奇妙境界線上。

我暫時在那裡站定不動。身體想動，手腳也像痲痺了似的失去原本的感覺。就像被壓到深海底下去了似的。濃密的黑暗把奇妙的壓力加在我身上。沈默壓迫著我的鼓膜。我設法多少讓眼睛去適應習慣這黑暗。但是沒有用。這不是隨著時間的經過眼睛便會習慣的那種半吊子的黑暗。而是完全的黑暗。就像用黑色顏料重覆塗了好幾層又好幾層似的深得沒有縫隙的黑暗。我試著無意識地探索著口袋。右邊口袋裡放有皮夾和鑰匙環。左邊則有房間的卡片鎖、手帕和一點零錢。但這些東西在黑暗中沒有任何用處。我第一次後悔戒了煙。如果沒戒煙的話，口袋裡應該會有打火機或火柴的。但現在後悔這種事情也沒有用。我手從口袋伸出來，試著往可能有牆壁的方向伸出去。我感覺到黑暗深處有堅硬的縱向平面。牆壁在這裡。牆壁滑溜溜冷冰冰的。以海豚飯店的牆壁來說它太冷了。海豚飯店的牆壁並沒有這樣冷。因爲冷氣經常維持空氣的穩定溫度。鎭定下來慢慢思考一下吧，我告訴自己。

鎭定下來思考。

首先這是和那個女孩所遭遇過的完全一樣的事態。我只是在重蹈覆轍而已。因此沒有什麼可怕的。她也一個人好好經歷過擺脫過這種狀況的。我當然也可以。不可能不可以。因此要鎭定。只要像她所做的那樣去做完全一樣的動作就行了。這個飯店裡潛存著某種奇怪的東西，而那很可能是和我自己有關的事。這家飯店確實有某個地方和那個海豚飯店有連繫。因此我才會來到這裡。對嗎？是啊。我不得不和她一樣地行動，而且必須看清楚她所沒看到的東西。

可怕嗎？

可怕。

要命，我想。不是開玩笑是眞的害怕。覺得好像變成赤裸裸了似的。感覺很壞。深沈的黑暗在我身邊飄著暴力的粒子。而我連那個正像海蛇般無聲地潛近都看不見。無救的無力感支配著我。覺得全身能稱得上毛孔的毛孔都直接曝露在黑暗中似的。襯衫被冷汗濕透了。喉嚨乾乾渴渴的。想要吞唾液都極爲困難。

這裡到底是什麼地方？不是海豚飯店。絕對不對。只有這點是不會錯的。這是什麼別的地方。我不知道穿過了什麼，進到這奇怪的地方來了。我閉上眼睛大大地深呼吸了幾次。

雖然說來有點蠢，不過我好想聽波爾瑪麗亞(Paul Mauriat)大交響樂團的『Love Is Blue』。心想如果現在能聽到那背景音樂的話不知道有多幸福。可以得到多大的鼓舞。理查克萊德門也好。要是現在的話那也可以忍受了。或者Los Indios Tabajaras，或José Feliciano，或Julio Iglesias，或Sergio Mendes，或The Partridge Family，或1910 Fruitgum Company，什麼都可以。現在什麼都可以忍受。什麼都行，只想聽音樂。實在是太靜了。即使是Mitch Miller合唱團，我也可以忍受，Andy Williams和Al Martino的二重唱也可以忍受了。

少來了，我想。無聊事想太多了。但又不可能不去想什麼。什麼都行。想用什麼把腦子裡的空白填滿。因為恐怖。在空白中恐怖會潛進來。

在營火前面敲著手鼓跳著『Billie Jean』的麥可傑克森。連駱駝們都聽得著了迷。

頭腦有點混亂。

頭腦有點混亂。

我的思考在黑暗中輕微地發出回聲。思考竟然會有回聲。不可以一直這樣繼續下去。必須開始行動才行。不是嗎？我不是為了這個而來到這裡的嗎？

我下定決心，在黑暗中摸索著慢慢往右邊開始移步前進。但腳還不太能動。覺得好像不是自己的腳似的。肌肉和神經無法順利連動。我雖然打算移動腳步，但實際上腳卻沒有動。像黑暗的水一樣的黑暗把我完全包住無法逃出。那黑暗無止盡地延伸。一直到地球的芯為止。我正往地球的芯前進著。而且到了那裡之後，就再也無法再回到地上來了。想點別的事吧，我想。不想點什麼的話，恐怖便逐漸支配著身體。想想電影的情節吧。

剛才進行到什麼地方了？到羊男出現的地方。但沙漠的背景到這裡就結束了。畫面又回到法老的宮殿。金碧輝煌的宮殿。整個非洲的財富全都集中在這裡。奴比亞人的奴隸在那裡畢恭畢敬地侍候著。法老就在正中央。音樂響著 Miklos Rozsa 般的調子。法老顯然正煩躁。「埃及一定在腐敗中。」他想。「而且就在這宮殿裡，有什麼不對的事正在進行中。我可以清楚地感覺到。必須糾正才行。」

我一步一步小心謹愼地往前跨步。而且想。那個女孩子居然能夠應付這種事。我眞是佩服極了。突然被放進這種莫名其妙的漆黑裡，而且一個人往那黑暗深處去確認有什麼東西。連我——連事先已經聽說過有這種怪異空間的黑暗存在的我——都覺得這麼可怕。如果沒有任何預告而獨自被丟進這黑暗中的話，我大概不會想要往前進吧。我一定會一直站在電梯前不動吧。

我想起她來。想像她穿著游泳比賽用的黑色光滑的游泳衣，正在游泳班學游泳的樣子。而且我那當電影明星的以前的同班同學也在那裡。她似乎也癡癡地爲他著迷。當他向她提示著自由式的右手該如何往前伸時，她正以陶醉的眼神望著我的朋友。而到了晚上她就溜進他的牀上。我好悲哀。甚至受傷了。這樣不可以，我想。妳什麼都不知道。他只是感覺很好而親切而已。或許他會對你甜言蜜語，讓妳得到高潮，但那只是親切而已喲。那只是單純的前戲問題呀。

走廊往右邊轉彎。

正如她所說的。但在我腦子裡，她正和我那同班同學睡覺。他溫柔地脫掉她的衣服，一一讚美著她身體的每一個部分，而且是眞心地讚美。眞要命。實在佩服。但接著便逐漸生起氣來。這是不對的，我想。

走廊往右轉了。

我的手依然扶著牆壁往右轉過彎。遠方看得見微弱的光。好像穿過幾層濃霧透過來的朦朧微弱的光。

正如她所說的。

我的同班同學正溫柔地吻著她的身體。從脖子、肩膀往乳房慢慢地。攝影鏡頭對著他的臉和她的背。然後鏡頭圓滑地旋轉。於是映出她的臉。但那不是她。不是海豚飯店櫃台的女孩子。那是奇奇的臉。以前和我一起住在舊海豚飯店，擁有美麗耳朵的高級妓女奇奇。什麼也沒說便一聲不響地從我的生命中消失掉的奇奇。我的同班同學和奇奇正在睡覺。那看來像是實際上電影中的一幕似的。分鏡精確。有點過於精確了。甚至可以說是平庸。他們在公寓的一個房間裡相擁著。光線從窗戶的百葉簾照進來。奇奇。爲什麼她會突然出現在這裡？時空正混亂著。

時間正混亂著。

我朝向光前進。腳踏出之後，腦子裡的影像悄然消失了。

淡出。

我在沈默的黑暗中沿著牆壁前進。我決定不再多想。想也沒有用。只有拖延時間而已。什麼也不想，只集中注意力在把腳往前移而已。非常小心、確實地。光幽微地照出周圍。但那並不亮到足夠看清那是什麼樣的場所。只能看見門而已。不記得曾經見過這門。對了，正如她所說的。古老的木製門。那上面附有號碼。但那數字則讀不出來。太暗了，門牌也髒。總而言之這裡不是海豚飯店。海豚飯店裡應該沒有這樣古老的門存在。而且空氣的質也不一樣。這臭味到底是什麼？簡直像是古老的紙的臭味。光偶爾飄忽地搖曳著。大概是蠟燭的光吧。

我站在門前，看了一會兒那光。

然後又再想起那個櫃台的女孩子。那時候我是不是應該和她睡覺呢，我忽然想。我還能夠回到那個現實的世界嗎？還有我還能夠和那個女孩子約會嗎？想到這裡我對現實的世界和游泳班感到嫉妒。或許正確地說那不是嫉妒。那是被擴大被歪曲了的後悔之念也說不定。但表面上看那和嫉妒一模一樣。至少在完全的黑暗中那感覺像是嫉妒本身一樣。眞要命，爲什麼要在這種地方感到嫉妒呢。已經好久沒有對什麼嫉妒了。我是一個幾乎對嫉妒這種感情沒有感覺的人。或許我太個人主義了而無法嫉妒什麼。但現在，我感到令人吃驚程度的強烈嫉妒。而且是對游泳班。

太愚蠢了，我想。有什麼地方的誰會去嫉妒游泳班呢？從來沒聽過這回事。

我吞進一口唾液。發出像是用金屬棒敲在汽油桶正中央一樣巨大的聲音。只不過是吞一口唾液而已。聲音響法好奇怪。就像她說的那樣。對了，我必須敲門才行。要敲門哪。於是我試著敲門。不加猶豫地下定決心。小聲地叩叩兩下。但願聽不見，那樣小聲地。但傳出來的聲音卻是巨大的。那聲音簡直像死本身那樣沈重、冰冷。

我停止呼吸等待著。

有一會兒沈默。和她那時候一樣。不知道經過多少時間。也許是五秒鐘，也許是一分鐘。在黑暗中時間並不確定。會動搖、拉長、或收縮。在那沈默中連我自己都動搖著、拉長著、收縮著。配合著時間的扭曲我自己都扭曲了。像站在照妖鏡前映出來的像一樣。

然後**那聲音**傳來了。咔沙咯吱地被誇張的聲音。是衣物摩擦的聲音。有什麼從地上站起來。然後是腳步聲。

那正朝向這邊慢慢走過來。像是拖著拖鞋似的沙啦、沙啦的聲音。有什麼走過來了。什麼不是人的東西，她說。正如她所說的。那不是人類的腳步聲。是什麼別的東西的。現實上不存在的什麼——但卻存在這裡。

我沒有逃走。可以感覺到汗正沿著背脊流下。但隨著那腳步聲的接近，很奇怪的是我心中的恐怖反而逐漸減淡了。沒問題，我想。這不是邪惡的東西。我可以清楚地感覺到這個。沒有什麼可怕的。只要順其自然就行了。沒問題。我在溫暖的體液的漩渦之中。我緊緊握住門的把手，閉上眼睛，停止呼吸。沒問題。不可怕。我在黑暗中聽著巨大的心音。那是我自身的心音。我被包裹在、包含在自身的心音之中。沒有什麼可怕的事，我對自己說。只是連繫著而已。

腳步聲停下來。那就在我身邊。而且正看著我。我閉著眼睛。連繫著，我想。我和所有的地方連繫著。尼羅河岸、奇奇、海豚飯店、古老的搖滾樂、一切的一切。塗滿了香料的奴比亞宮女們。滴答滴答刻著時間的炸彈。古老的光、古老的音樂、古老的聲響。

「我在等你喲。」那個說。「一直在等你。進來吧。」

那是誰我不用張開眼睛也知道。

是羊男。

11

我們夾著一張小而古老的桌子談話。小而圓的桌子，上面只放著一根蠟燭而已。蠟燭立在粗糙的素燒瓦碟上。那房間裡能夠勉強稱得上家具的只有這而已。因爲連椅子也沒有，因此我把堆在地板上的書當做椅子坐。

那是羊男的房間。細長狹窄的房間。牆壁和天花板的氣氛和以前海豚飯店的房間感覺有點類似，但仔細看又覺得好像完全不同似的。盡頭有窗子。但窗子內側釘上了木板。釘上之後大概已經經過相當歲月了吧，木板縫隙上積著灰色的塵埃，釘頭都生銹了。除此之外什麼也沒有。只是像個四方箱子一樣的房間。沒有電燈。沒有衣櫥。沒有浴室。也沒有牀。他大概在地上睡覺吧。身上還裹著羊的皮衣。地上只空出一個人好不容易可以勉強走過的空間而已。此外便擁擠地堆積著古老的書籍、報紙和收集資料的剪貼簿。全都變色成茶色，有些已經絕望地被蟲子蛀了，有些是被翻得破破爛爛零散脫落了。我大概瞄了一眼，看到的全是和北海道綿羊歷史有關的東西。大概是把從前海豚飯店所有的東西收集在這裡了吧。從前的海豚飯店裡有羊的資料室之類的地方，主人的父親管理著那裡。他們都到什麼地方去了？

羊男透過飄忽搖曳的蠟燭光焰看了我的臉一會兒。羊男巨大的影子在有污點的牆上搖晃著。被擴大誇張的影子。

「好久不見了啊。」他從面罩後面一面看我一面說。「不過沒什麼變哪。瘦了一點吧？」

「是啊。也許瘦了一點。」我說。

「那麼，外面的世界怎麼樣？有什麼改變嗎？我在這裡，外面發生什麼事情都不知道。」他說。

我蹺著腳搖搖頭。「沒什麼改變啊。沒發生什麼大不了的事。只是社會逐漸變得複雜一點了而已。而且事物進展的速度也逐漸加快了。不過其他大致相同。沒有特別改變。」

羊男點點頭。「那麼，下一次的戰爭還沒有開始啊？」

雖然我不知道羊男所想的「上一次戰爭」到底指哪一個戰爭，不過我搖搖頭。「還沒有。」我說。「還沒開始。」

「不過，終究還會開始噢。」他一面摩擦著戴了手套的雙手一面以沒有抑揚頓挫的單調聲音說。「你要注意喲。如果不想被殺的話，要注意一點才好。戰爭這東西是一定會來的。任何時候都一定有。不會沒有。即使看起來沒有也一定有。人類這東西呀，在心底下是喜歡互相殘殺的。而且大家殺到疲倦爲止。殺累了會暫時休息。然後又開始互相殘殺。這是一定的。誰也不能信任，什麼也不會改變。所以沒辦法。如果不喜歡這樣的話，只有逃到別的世界去。」

他穿的羊毛皮衣比從前看來變薄，變髒了幾分。好像毛硬化了整體沾上油脂的感覺。他臉上覆蓋的黑色面罩，也比我記憶中顯得更寒酸。看來好像是湊合著做出來的粗糙假面具似的。但那或許是因爲在這洞穴般潮濕的房間，和微弱幽暗光線的關係吧。而且或許記憶這東西總是不確實而一廂情願吧。但不光只是那服裝而已，連羊男本身也比以前顯得多少疲倦一些了。我可以感覺到這四年左右的期間裡他老了，身體也似乎縮小了一圈。他偶爾會深深嘆息，而那氣息則發出很碍耳的奇怪聲音。好像氣管中有什麼塞住了似的發出喀囉喀囉令人不舒服的聲音。

「我以為你會更早來的。」羊男看著我的臉說。「所以我一直在等你。上次有人來過。我以為是你。但卻不是你。一定是有人迷路闖進來了。好奇怪。其他的人應該不可能這麼簡單地迷路進入這裡的。不過那不去管他我以為你會更早來的。」

我聳聳肩。「我是想過大概會來這裡吧。也覺得不能不來。但很難下決心來。做了好多夢。夢見海豚飯店喏。經常做的那個夢。不過到下決心要來這裡確實花了些時間。」

「想忘記這裡的事嗎？」

「是曾經想過。」我坦白說。然後透著搖搖晃晃的蠟燭光照自己的手看。風從什麼地方吹進來呢？我覺得很不可思議。「我曾經想過如果能忘得了的東西就忘了吧。我想和這裡斷絕關係地活下去。」

「是因為你朋友死了而這樣想嗎？」

「嗯！因為我死掉的朋友。」

「但你終究還是到這裡來了。」羊男說。

「是啊我終究還是回到這裡來了。」我說。「我忘不了這地方。快要忘掉的時候，一定會有什麼讓我想起這裡的事。或許這裡對我來說是個很特別的地方吧。不管我喜不喜歡，我感覺到自己好像被包含在這裡似的。那具體上到底意味著什麼我也不明白。但我可以清楚地感覺到噢。在夢裡這樣感覺。這裡有人在為我哭泣，而且正需要我。因此我決心來這裡。嘿，這裡到底是什麼地方呢？」

羊男注視著我的臉一會兒。然後搖搖頭。「細節我也不知道。這裡是非常寬廣、非常黑暗的。至於有多寬廣，多黑暗，我也不知道。我所知道的只有這個房間而已。其他地方的事我不知道噢。所以我無法告訴你詳細的事。不過總之，你會來到這裡，是因為你來這裡的時候到了噢。我這樣想。所以關於那件事你也不用多想。也許有人透過這個場所為你而流淚吧。也許有人需要你吧。如果你這樣感覺的話，一定是這樣噢。不過那個歸那個，現在你回到這裡來真的是理所當然的事。就像鳥歸巢一樣。是很自然的事噢。反過來說，如果你不想回來的話，這裡就等於完全不存在一樣。」羊男又再搓搓雙手。隨著身體的動作牆上的影子便擴大地搖晃著。簡直就像黑色幽靈正要從頭上襲擊我似的。就像從前的卡通電影一樣。

就像鳥歸巢一樣，我想。被他這麼一說確實有這種感覺。我只是隨波逐流地順著追到這裡來而已。

「嗯，說說看吧。」羊男以安靜的聲音說。「說說你的事情啊。這是你的世界。沒有什麼可以顧慮的。想說的話就照著那樣慢慢說出來好了。你應該是有話要說的。」

我一面望著牆上的影子，一面在幽暗的光線中對他說出自己所處的狀況。我真的是好久沒有這樣坦誠地把自己的心敞開來談自己了。花了好長的時間，像要溶化冰塊似地慢慢地、一件一件地。關於我如何總算是維持著自己的生活。但卻什麼地方也到不了。什麼地方也到不了只是逐漸增長年紀。關於我變得無法認真去愛。我已經喪失那種心的震撼。關於我變得不知道自己該追求什麼才好。關於我對自己現在涉及的事物把自己該做的盡可能做好。但那卻沒有任何用處，我說。我覺得自己的身體逐漸僵硬化了。好像從身體的中心開始肉體組織一點一點地變僵硬下去了似的。我對這個感到害怕。我勉強覺得跟自己有連繫的只有這個地方而已，我說。我漸漸覺得自己好像是被含在這裡的。我不知道這是什麼樣的地方。但我本能地這樣感覺。我是被含在這裡的，我說。

羊男什麼也沒說地一直安靜聽著我說。他看起來幾乎是睡著了。但我說完之後他張開眼睛。

「沒問題，你不用擔心。你眞的是被含在海豚飯店裡喲。」羊男安靜地說。「過去一直被含著，將來也會被含著。一切從這裡開始，一切也將在這裡結束。這是你的地方噢。這個不會改變。你是和這裡連繫著的。這裡跟大家都有連繫。這裡是你的連結點所在喲。」

「跟大家？」

「跟已經失去的東西。尙未失去的東西。跟這些全部啊。那些以這裡爲中心全都連繫在一起。」

我稍微思考了一下羊男說的話。但不太瞭解他想要說的是什麼。未免太模糊了，我跟不上。能不能說明得更具體一點，我說。但羊男沒有回答我這個。他一直沈默著。那是無法具體說明的事。他安靜地搖搖頭。一搖頭，做出來的假耳朵便飄忽地搖動著。牆上的影子大大地搖晃。大得好像牆壁本身就快要崩落下來似的，嘩啦嘩啦地。

「你以後就會明白的。該瞭解的時候到了就會瞭解。」他說。

「嘿，這姑且不提，我還有一件事總是搞不明白。」我說。「海豚飯店的主人爲什麼讓這家新飯店用同樣的名字呢？」

「爲了你呀。」羊男說。「爲了讓你隨時都回得來而讓他們用了同樣的名字噢。因爲如果換了名字，你就不知道該往哪裡去了，不是嗎？海豚飯店就在這裡喲。即使建築物改變了，什麼改變了。那種事都沒關係。在這裡。在這裡等著你。所以名字也就照舊留下了。」

我笑了。「爲了我？爲了我一個人這家龐然巨物的飯店名字才變成『Dolphin Hotel』的嗎？」

「是啊。這很奇怪嗎？」

我搖搖頭。「喂，不是奇怪。我只是有點吃驚。因爲實在是太離譜了吧。總覺得好像不是現實的事似的。」

「是現實的事啊。」羊男安靜地說。「飯店就是這樣現實地存在著啊。『Dolphin Hotel』的看板也確實現實地存在著。不是嗎？這是現實吧？」他用手指咚咚地敲著桌子。蠟燭火焰隨著搖動。

「我也好好地在這裡。在這裡等你。大家都是認眞的。事先想好了。讓你可以好好地回得來。讓大家都能好好地連繫在一起。」

我看了一會兒搖曳的蠟燭。我還無法完全相信。「嘿，爲什麼要爲了我而特地這樣做呢？特地爲我一個人？」

「因爲這裡是爲了你的世界呀。」羊男好像很當然似地說。「不要想得很難。只要你有需求，這就有啊。問題在於，這裡是爲了你而存在的場所這件事。你懂嗎？你不能不瞭解這個噢。這眞的是一件很特別的事噢。所以我們才爲了讓你能順利回得來而做了努力。讓它不損壞。讓它不消失。只是這樣而已呀。」

「我眞的被包含在這裡嗎？」

「當然哪。你被包含在這裡，我也被包含在這裡。大家都被包含在這裡。而這裡是你的世界。」羊男說。

然後把一根手指往上抬。巨大的手指浮上牆壁。

「你在這裡做什麼呢？還有你是什麼呢？」

「我是羊男哪。」他說著以嘶啞的聲音笑了。「正如你所看到的。披著羊的毛皮，活在人所看不見的世界。

被追逐而躲進森林。這是很久以前的事了。想不起來的久了。在那之前我是什麼也想不起來了。總之自從那以來就不在人前露面。不要讓人看見，不要讓人看見，自然而然就變成人家看不見了。而且不知道從什麼時候開始，離開森林住進這裡來。我被安置在這裡，負責看守著這裡。我一樣也需要遮風避雨的場所。森林的野獸一樣也至少有個窩啊。對嗎？」

「當然。」我附合著。

「在這裡我的任務是連繫。你看，就像配電盤一樣啊，把各種東西連繫起來。這是總結點——所以我就連繫下去。爲了避免失散凌亂，好好地，緊緊地繫起來。這是我的任務啊。配電盤。連繫。你有所求，我把有的東西繫上。明白嗎？」

「有一點。」我說。

「那麼。」羊男說。「現在，你需要我。因爲你正混亂著。你不知道自己想要什麼。你迷失了，被散失了。想要到什麼地方去，卻不知道該去哪裡。你失去了各種東西。各種連繫的結都鬆開了。但卻找不到代替的東西。因此你正感到混亂。覺得自己好像跟什麼都沒有關聯。而實際上也跟什麼都無關。你所關聯的地方只有這裡呀。」

我試著想了一會兒。「或許正是如此吧。正如你說的。我迷失了，被散失了。正混亂著。跟什麼地方都沒關聯。只有跟這裡有關聯。」我把話切斷。用燭光照著看自己的手。

「但我感覺到了什麼噢。有什麼正想要跟我連繫。所以夢中有人在尋找我，爲我流淚。我一定正要跟什麼連繫上了吧。我這樣覺得。嘿，我想試著再一次從頭做起。而且因此需要你的力量。」

羊男沈默著。我也沒有其他話可說了。沈默非常沈重，簡直感覺像在深深深深的洞穴底下似的。沈默的重力在我肩上沈甸甸地壓著。連我的思考力都在那重力的支配之下。我的思考在那濕濕的重力之下像披著深海魚般不舒服的僵硬外衣。蠟燭的火焰不時發出嘰哩嘰哩的聲音搖晃著。羊男眼睛向著那火焰。好長一段時間沈默繼續著。然後羊男抬起臉看我。

「為了讓你能順利和那什麼連繫上，我會盡力試著做看看。」羊男說。「不知道順不順利。我有些上了年紀。也許不比從前那麼有力了。我也不知道能幫你多少忙。總之我會盡力做做看。不過，就算順利行得通，也許你也不會變幸福也不一定噢。只有這點連我也無法保證。在那邊的世界或許已經沒有你該去的地方了。我不能明確說。但正如你剛才自己說過的那樣，你看來已經相當僵化了。一旦僵化的東西是不能恢復原狀的。你也已經不再那麼年輕了。」

「我該怎麼做才好呢？」

「你到現在為止失去了很多東西。失去很多重要的東西。那不是因為誰的問題。問題在你附加在那上面的東西。你每次失去什麼的時候，就在那上面留下了什麼別的東西。簡直就像做記號似的。你不應該這樣做的。你應該為自己留下的東西也留在那裡了。就因為這樣，你自己也逐漸一點一點地消磨下去了。為什麼呢？你為什麼要這樣做呢？」

「不知道。」

「不過，那大概是沒辦法的事吧。就像某種宿命似的。怎麼說呢？我想不起適當的話語……」

「傾向。」我試著說。

「對，就是這個。傾向。我這樣想。就算讓你重新再活一次，你大概一定還會做一樣的事吧。這就叫做傾向噢。而且這所謂傾向的東西，在越過某一點之後，已經無法回到原來的地方了。太遲了噢。這東西我一點也幫不上忙。我所能做的只有看守這裡，把各種東西幫你連繫起來而已。除此之外我什麼也不能。」

「那我該怎麼做才好呢？」我試著再問一次剛才一樣的問題。

「就像剛才說過的一樣，我也會盡可能去做。試著讓你能順利連繫上。」羊男說。「不過光是這樣還不夠。你也要盡量去做才行。不能老是安靜不動地坐著想而已喲。那樣是什麼地方也到不了的。明白嗎？」

「我明白。」我說。「所以我到底該怎麼做才好呢？」

「跳舞啊。」羊男說。「只要音樂還響著的時候，總之就繼續跳舞啊。我說的話你懂嗎？跳舞啊。繼續跳舞啊。不可以想為什麼要跳什麼舞。不可以去想什麼意義。什麼意義是本來就沒有的。一開始去想這種事情時腳步就會停下來。一旦腳步停下來之後，我就什麼都幫不上忙了。你的連繫會消失掉。永遠消失掉噢。那麼你就不得不在這邊的世界生活了。會漸漸被拉進這邊的世界來喲。所以腳不能停。不管你覺得多愚蠢，都不能在意。好好地踏著步子繼續跳舞。這樣子讓那已經僵化的東西逐漸一點一點地放鬆下來。應該還有一些東西還不太遲。能用的東西要全部用上噢。要全力以赴噢。沒有什麼可怕的事。你確實是累了。疲倦、害怕。任何人都會有這樣的時候。覺得一切的一切好像都錯了似的。所以停下腳步。」

我抬起眼睛，又再注視著牆上的影子一會兒。

「不過只能夠跳舞。」羊男繼續說。「而且要跳得格外好。好得讓人家佩服。這樣的話或許我就可以幫助你也不一定。所以跳舞吧。只要音樂還繼續響著。」

跳舞吧。只要音樂還繼續響著。

思考又回響了。

「嘿，你說的這邊的世界到底是指什麼？你說我變僵化了之後，就會從那邊的世界被拉進這邊的世界。但這裡是爲了我而成立的世界對嗎？這個世界是爲我而存在的對嗎？如果是這樣的話，我進入我的世界，這有什麼問題呢？你不是說這裡是現實上存在的嗎？」

羊男搖搖頭。影子又再大搖大擺著。「在這裡有的，是和那邊不一樣的現實啊。你現在還無法在這裡生活。這裡太暗，太大了。我很難用我的話對你說明這個。就像剛才說過的，連我也不太明白詳細的情形。這裡當然是現實噢。你跟我現實上正這樣談話著。這個不會錯。但是，現實並不只有一個而已。現實有好幾個。現實的可能性很多。我們選擇了這個現實。爲什麼呢？因爲這裡沒有戰爭。而且我們沒有任何東西可以捨棄。但是你不同。你生命的溫熱還依然清楚地保留著。所以這裡對現在的你還太寒冷。這裡也沒有吃的東西，你不該來這裡的。」

羊男這麼一說，我才發現房間的溫度好低。我雙手揷在口袋裡，身體輕微顫抖著。

「冷嗎？」羊男問。

我點點頭。

「時間不多了。」羊男說。「待得越久會越冷。你差不多可以走了。這裡對你來說太冷了。」

「還有一件事想問你。我剛才忽然想起來。忽然發現。我覺得自己過去的人生之中好像一直都在尋找你似的。而且覺得過去好像在各種地方看過你的影子似的。你好像以各種形式在那裡似的。那形影非常模糊。或許只是你的一小部分而已。但現在試著回想起來，覺得那些好像全都是你。我這樣覺得。」

羊男用手指做了一個曖昧的形狀。「對呀，正如你所說的。正如你所想的。我們經常都在那裡。我們以影子、以片斷，在那裡。」

「可是，我不懂。」我說。「現在我可以這樣清楚地看見你的臉和形體。以前看不見的，現在卻像這樣看得見了。爲什麼呢？」

「那是因爲你已經失去很多東西了。」他安靜地說。「而且可以去的地方變少了的關係。所以你現在可以看見我們的形影。」

我不太明白他話的意思。

「這裡是死的世界嗎？」我乾脆放膽問問看。

「不是。」羊男說。而且大搖著肩膀吐氣道。「不是的。這裡不是死的世界。你、還有我們，都還好好的活著。我們兩個人，都一樣清楚地活著。兩個人還這樣呼吸著，談話著。這是現實啊。」

「我無法理解。」

「跳舞啊。」他說。「除此之外沒有辦法。很多事情但願能更清楚地說明。但沒辦法。我們能告訴你的只有這樣。跳舞。什麼都不用想，盡可能把舞跳好。你不能不這樣做。」

溫度急速下降。這種寒冷我有記憶，我一面顫抖一面忽然想起來。那含有濕氣的透骨冷氣，我以前在某個地方曾經經驗過一次。遙遠的從前，遙遠的地方。但想不起來那是在哪裡。快要想出來了，但又怎麼也想不起來。腦子裡有某個地方麻痺著，麻痺而僵硬著。

麻痺而僵硬著。

「你可以走了。」羊男說。「在這裡，身體會凍僵掉。下次再見吧。只要你需要的話。我們隨時都在這裡。我們在這裡等著你。」

他一面拖著腳步一面送我到走廊轉彎角。他一走路就發出那沙啦、沙啦、沙啦……的聲音。然後我跟他說再見。並沒有握手，也沒有特別道別。只說了再見而已。於是我們就在黑暗中分開了。他回到狹小細長的他的房間去，我朝著電梯的方向走。我按了按鈕，電梯便慢慢升上來。而且門無聲地開了，明亮柔和的光線溢出走廊包住我的身體。我走進電梯裡，靠在牆上靜一會兒。門自動地關上，我依然安靜靠在牆上。

那麼，我想。但「那麼」之後卻沒有下文。我正處於思考的巨大空白的正中央。無論往何處去，都永遠是空白。什麼地方也到不了。正如羊男所說的，我既疲倦又害怕。而且一個人孤伶伶的。像在森林裡迷失了的小孩一樣。

跳舞啊，羊男說。

跳舞啊，思考回響著。

跳舞啊，我試著出聲地複誦著。

然後按了十五樓的按鈕。

在十五樓走出電梯時，從塡在天花板裡的喇叭傳來亨利曼西尼的『月河』歡迎著我。現實世界——我也許無法變幸福，也許無處可去的現實世界。

我反射地看看手錶。回返時刻是上午三時二十分。

那麼，我想。那麼那麼那麼那麼那麼那麼那麼那麼……思考回響著。我嘆了一口氣。

12

回到房間後，我就先把浴缸放滿熱水，脫掉衣服，讓身體慢慢沈下去。但身體簡直泡不熱。凍徹身體的芯了，泡在熱水裡反而感覺到一股寒氣。我打算在熱水裡泡到那寒氣消失爲止，但在那之前我的意識被蒸氣蒸得迷離，朦朧，因此放棄了走出浴室。我把頭貼在窗玻璃上讓它稍微涼一點，然後在玻璃杯裡斟了一大杯白蘭地咕咕地喝乾，就那樣上牀。什麼也不想，讓沒有一點塵埃的頭腦沈沈入睡吧我想。但不行。要想睡著是絕對不可能的。我依舊抱著僵化的意識躺在牀上。而早晨終於來臨了。陰沈沈灰撲撲的早晨。雖然沒有下雪，但天空沒有一絲縫隙地被灰色的雪雲所覆蓋了，街上的每個角落都被那灰色染遍了。映入眼裡的一切全是灰色的。落魄的靈魂所居住的落魄的街。

我並不是因爲想什麼，而睡不著。我什麼也沒想。要想什麼我的頭腦太疲倦了，然而卻睡不著。我的身體和精神的大部分都希求著睡眠。然而頭腦的一部分卻僵硬了頑強地抗拒著睡眠，因此神經可惡地亢奮著。那正和從以猛烈速度急馳中的特快車車窗裡，想讀取車站名的標示時的焦躁很類似。車站接近了——好吧，心想這次要定睛好好讀取站名——但卻不行。速度太快。可以模糊地看到字形。但卻不知道那是什麼字。剎那間那已經過去了。就這樣無止盡地繼續著。車站一個接一個來到。不知名的邊境的小站。列車汽笛鳴響了好幾次。那高亢的響聲像蜜蜂般刺著我的意識。

這繼續到九點。確認過時鐘指了九點之後，我放棄地起牀。不行啊，睡不著，我想。我到浴室去刮鬍子，但為了好好刮完鬍子，我不得不好幾次對自己說「我現在正在刮鬍子噢」。然後我穿上衣服用刷子梳頭，到飯店餐廳去吃早餐。坐在靠窗邊的位子點了歐陸早餐，喝了兩杯咖啡，啃了一片吐司。一片土司都花了相當長的時間才吃完。灰色的雲連土司都染成灰色。吃起來像棉絮一樣的味道。好像在預言地球終結似的天氣。我一面喝著咖啡，一面反覆重讀著早餐菜單五十次左右。但頭腦的僵硬仍然無法去除。列車依舊繼續急馳著。還聽得見汽笛聲。就像牙膏硬化了一樣，那種感覺的僵硬。我周圍人們熱心地吃著早餐。他們在咖啡裡放砂糖，在土司上塗奶油，用刀子和叉子切著培根、蛋。不斷發出咔鏘、咔鏘餐具和盤子的磨擦聲。簡直像調車場一樣嘛，我想。

我忽然想起羊男。現在這個瞬間他也存在著。他在這飯店的某個小時空的歪斜裡。嗯，他在。而且他正想告訴我什麼。但不行。我無法讀取。速度太快。腦子僵硬著，無法讀出字來。只能讀出停止的東西。(A) Continental Breakfast-Juice(orange、grapefruit、or tomato)、Toast、or……有人跟我說話，要我回答。是誰？我抬起眼睛。是服務生。他穿著白襯衫，雙手拿著咖啡壺。像是拿著什麼獎品一樣。「請問要不要續杯？」他客氣地問。我搖搖頭。他走掉之後，我站起來走出餐廳。咔鏘咔鏘的聲音在我背後繼續響著。

回到房間再度泡澡。這次已經沒有寒氣了。我在浴缸裡慢慢伸展身體，花時間像解開打結的線團似地讓關節一一緩解。指尖也能好好運動了。對，這是我的身體我想。我現在在這裡。在現實的房間中，現實的浴缸中。

並不是在什麼特別快車裡。也聽不見汽笛聲。已經不必再讀取車站名稱了。不必再想任何事了。

走出浴室上了牀看看鐘，已經十點半。要命我想。甚至想乾脆別睡出去散步算了？但正恍惚地這樣想著時睡意卻突然來臨。就像舞台轉暗一般一瞬之間急遽的睡意。我還淸楚記得落入睡眠的那一瞬間。一隻巨大的灰色猿猴拿著鐵槌不知道從什麼地方進到房間裡來，從我腦後使勁地敲下。於是我便像昏倒了似地落入深沈的睡眠。

那是堅硬扎實的睡眠。黑漆漆的什麼也看不見。沒有背景音樂。既沒有『月河』也沒有『Love Is Blue』。簡單而沒有裝飾的睡眠。「16的下面是什麼？」有人問。「41」我回答。「睡著了。」灰色猿猴說。對，我睡著了。在硬硬的鐵球裡我把身體縮成一團像松鼠般沈睡著。好像搗碎樓房時用的那種大鐵球。裡面挖空了。我在那裡面睡著。堅硬、紮實而簡單地……

有什麼在呼喚著我。

是汽笛嗎？

不，不是，不對，海鷗們說。

有人用瓦斯管的火正想燒開鐵球。發出那樣的聲音。

不，不對，也不是這樣，海鷗們齊聲說。像希臘劇的合唱一樣。

是電話，我想。

海鷗們已經不在了。沒有人回答我。爲什麼海鷗們不見了呢？

我伸出手拿起枕邊的電話。「嗨。」我說。但只聽見嗡——的聲音。嗶咿咿咿咿咿咿咿咿的聲音在別的空間響著。是門鈴。有人在按門鈴。嗶咿咿咿咿咿咿咿。

「門鈴。」我試著出聲說。

但海鷗們已經不在了，誰也不會稱讚一聲「答對了。」

嗶咿咿咿咿咿咿咿咿。

我披上浴袍走到門口，什麼也沒問地打開門。櫃台的女服務生溜了進來，把門關上。

腦袋後面被灰色猿猴敲打過的地方還疼。何必這麼用力敲呢我想。眞過份。覺得腦袋好像凹進去了似的。

她看看我穿的浴袍，然後看看我的臉。於是縐起眉頭。

「怎麼在下午三點鐘睡覺呢？」她問。

「下午三點？」我重覆著。我也不太想得起來爲什麼了。「爲什麼呢？」我試著向自己發問。

「什麼時候睡的？到底？」

我想了一想。試著努力想。但什麼都沒辦法想。

「沒關係，不用想了。」她好像放棄了似地說。然後在沙發坐下，用手稍微碰一下眼鏡邊緣，認眞地看我的臉。「不過，你的臉色很難看喏。」

「嗯，我想大概是吧。」我說。

「臉色很壞，而且浮腫。有沒有發燒？有問題嗎？」

「沒問題。只要好好睡一覺就會復原的。不用擔心。我向來很健康。」我說。「妳是休息時間嗎？」

「對。」她說。「我來看看你的臉。因爲覺得有一點興趣。不過如果會打攪你的話我就出去。」

「不打攪。」我說，在牀上坐下。「雖然睏得要死，但不打攪。」

「也不會做怪？」

「也不做怪。」

「大家都這樣說，但卻都做了。」

「也許大家會做，但我不做。」我說。

她考慮了一下，然後好像要確認思考結果似的用手指輕輕壓壓太陽穴。「也許噢。我覺得你跟別人有一點不一樣。」她說。

「而且現在要做什麼也太睏了。」我補充道。

她站起來脫下淺藍色外套，把它像昨天那樣披在椅背上。但這次她沒有來到我身旁。卻走到窗邊去，站在那裡一直眺望著灰色的天空。也許我只穿一件浴袍的樣子，還有臉色很糟糕的關係吧，我想。但沒辦法。我也有我的狀況這東西。總不能以擺好臉色給別人看當做目的而活啊。

「嘿。」我說。「我想上次也說過了，我覺得和妳之間好像有什麼微小地方是相通的。」

「是嗎？」她以無感動的聲音說。並就此沈默了三十秒左右。「例如？」三十秒後她說。

「例如──」我說。但頭腦的旋轉完全停止了。什麼也想不出來。什麼語言也浮不上來。我只是忽然有這種感覺而已。這女孩子和我之間就算只是很微小的東西也不一定，不過是有什麼相通的東西，我這樣覺得。沒有例如，也沒有雖然，什麼都沒有。只是有這種感覺而已。

「不知道。」我說。「很多事情還需要整理。階段性地思考。整理，然後才能確認。」

「不簡單。」她朝著窗玻璃說。她的語氣裡雖然聽不出嘲諷的意味，但也沒有特別佩服的樣子。只是淡淡的，中立式的。

我上了牀，背靠著牀板望著她的姿勢。沒有一點皺紋的白襯衫。深藍色的窄裙。被絲襪包裹著的修長的腿。她也一樣被染成灰色了。因此她看來簡直就像舊照片中的人像似的。看著這樣子感覺眞美妙。覺得自己好像和什麼連繫著似的。我甚至勃起了。那也不壞。灰色的天空，睏得要死的午後三時的勃起。

我望著她相當長一段時間。直到她轉過頭看著我，我還依然一直望著她。

「爲什麼這樣一直看著我呢？」她問我。

「我在嫉妒著游泳班。」我說。

她稍微歪著頭，然後微笑。「怪人。」她說。

「不怪呀。」我說。「只是有點混亂而已。想法有必要整理。」

她來到我身旁，伸手摸摸我額頭。

「嗯，好像沒發燒。」她說。「你好好睡吧。做個好夢。」

但願她一直在這裡我這樣想。在我睡覺的時候也一直在我身邊。但那是不可能的。所以我什麼也沒說。默默地望著她穿上淺藍色外套走出房間而去。她走掉以後，就像交替似地灰色猿猴又拿著鐵槌進到房間來。「沒問題。不用這樣做我都可以睡著的。」我想這樣說。但卻無法順利說出來。於是又挨了一擊。

「25的下面是？」有人問。「71。」我說。「睡著了。」灰色猿猴說。當然哪，我想。那樣用力敲嘛，當然睡著了啊。昏睡，是正確的語言。然後黑暗來臨。

13

連繫的結，我想。

那是晚上九點，我正一個人吃著晚餐。我在午後八時從深沈的睡眠中醒來。和睡著時一樣，我突然醒來。睡眠和覺醒之間並不存在所謂的中間地帶這東西。張開眼睛時我已經在覺醒的中樞了。頭腦的運作好像已經完全恢復正常。灰色猿猴敲過的後腦部疼痛也消失了。身體不再疲倦，也不覺得冷了。一切都可以清楚地回想起來。也有食慾——不如說是猛烈的肚子餓。於是我到第一個晚上去的飯店附近的酒吧喝酒，吃了幾道小菜。烤魚、煮青菜、螃蟹、馬鈴薯之類的，各種東西。酒吧和上次一樣擁擠，一樣吵鬧。各種煙味和氣味，充滿了整個店裡。每個人全都互相大聲怒吼著。

有必要整理，我想。

連繫的結，我在那一團混亂的中心朝自己發問。然後安靜地說出口看看。我有所求，羊男為我連繫上。

那是怎麼一回事我還無法充分理解。實在太過於比喻式的表現了。但那或許是只能夠用比喻式才能夠表現的那種事情吧，我想。因為首先羊男就不可能用比喻式表現來玩弄我。很可能他只會用這種語言來表現。只能用這種形式來向我顯示。

我透過羊男的世界——透過他的配電盤——和各種東西連繫著，他說。而由於那連繫產生混亂。爲什麼產生混亂呢？因爲我已經無法順利追求什麼了。所以那連繫的結變得不能順利運作機能。正混亂著。

我喝著酒，注視著眼前的煙灰缸一會兒。

還有奇奇變怎麼樣了，我想。我在夢中感覺到她的存在。她正在那裡呼喚著我。她對我有所求。因此我才會來到海豚飯店。但她的聲音已經無法傳到我的耳朵來了。訊息被切斷了。就像無線電機器的插頭被拔掉了一樣。

爲什麼很多事情都這樣模糊呢？

因爲連繫正混亂著，大概吧。我必須先弄明白自己在追求什麼。然後藉羊男的助力，把每件事一一連繫上。不管狀況看來是多麼的模糊，只能耐著性子一一去解開了。解開，然後繫上。我必須恢復狀況才行。

到底該從什麼地方開始呢？到處都沒有頭緒。我正懸掛在高牆上。周圍的牆是像鏡子一般的滑溜。我的手沒地方可伸。沒東西可抓。我正走頭無路。

我喝了幾瓶酒，付了帳走出外面。天空正慢慢飄下大片的雪花。那雖然還不是眞正的大雪，但街的聲音已經因爲雪的關係而聽起來和平常不一樣了。我爲了醒酒而在那個街廓繞了一圈。該從什麼地方開始呢？我一面望著自己的腳一面走。不行，我不知道自己在追尋什麼。甚至不知道該往什麼方向走。生鏽了。生鏽而僵化了。像這樣獨自一個人的時候，逐漸覺得好像快要迷失自己了似的。要命，該從什麼地方開始才好呢？總之不得不從某個地方開始。那個櫃台小姐怎麼樣，我想。我對她有好感。可以感覺到我和她之間好像有什麼心靈相通的地方似的。而且覺得如果想和她睡的話就能睡成的樣子。但那又怎樣呢?從那裡又能到什麼地方呢?我想。大概哪裡也去不成吧。或許我只會更迷失吧。爲什麼呢?因爲我無法掌握自己到底在追尋什麼啊。而且只要我還無法掌握自己要什麼的話,正如已經分手的妻說的那樣,我大概還會繼續再傷害不同的對象吧。

我繞了那個街廓一周,然後決定再繞一次。雪安靜地繼續下著。雪落在我的大衣上,稍微停留,然後消失。我一面走著一面繼續在腦子裡整理。在夜的黑暗中人們飄吐著白色氣息從我身旁通過。由於寒冷臉上皮膚都痛了。但我繼續依照順時鐘方向繞著那個街廓,繼續思考。妻的話像咒語般緊緊黏在我頭上。但那是真的。正如她所說的。再這樣下去我大概會永遠傷害和我有關的人,繼續損傷下去吧。

「你回月球上去吧。」說著我的女朋友離我而去。不,不是離去。而是回去。她回到所謂現實這個偉大的世界中去。

奇奇,我想。她應該是第一個頭緒才對。然而她的訊息卻中途像煙一般地消失了。該從什麼地方開始才好呢?

我閉上眼睛尋求解答。但腦子裡沒有任何人。羊男不在,海鷗們不在,連灰色猿猴也不在。空蕩蕩的。在空蕩蕩的房間裡只有我一個人坐著而已。誰也沒有爲我回答。在那房間裡我年老,乾涸,疲倦了。我已經沒在跳舞了。那是悲哀的光景。

站名無論如何都無法讀出。

因爲資料不足,無法解讀。請按消除鍵。

然而回答在第二天下午來到。正如過去一樣沒有任何前兆。突然。像灰色猿猴的一擊一樣。

14

奇怪的是——也許並沒有什麼特別奇怪——那天夜裡我十二點上牀就那樣沈沈睡著了。而醒過來時是早上八點。雖然前面是那樣顚三倒四的睡法，但總之卻正常地在早晨八點鐘醒來了。好像繞了一圈回到原位似的那樣。感覺很舒服。肚子也餓了。於是我又到 Donkin' Donuts 去喝了兩杯咖啡，吃了兩個甜甜圈。然後並沒有特定目的地試著在街頭漫步著。道路結凍得硬硬的，柔軟的雪像無數的羽毛一樣繼續安靜地下著。天空依然不變地滿滿覆蓋著沈重的陰雲。實在不能算是個散步的好日子。但在街上走著覺得精神好像放鬆多了。最近一直持續的沈重壓迫感消失了，連嚴寒的空氣接觸皮膚都覺得很舒服。到底怎麼回事？我一面走著一面覺得不可思議。事情還一件也沒有解決，爲什麼心情會這麼好呢？

我走了大約一小時後，回到飯店時，那個戴眼鏡的女孩子正在櫃台。櫃台裡除了她之外還有一位值班小姐，但那位小姐正在接待客人。她則在接著電話。她拿著聽筒貼在耳朵上，面帶營業用的微笑，無意識地用手指一圈一圈地夾轉著原子筆。看到她那樣子，我想隨便說什麼都好，總之想跟她說話。而且最好是盡可能無意義的話。我在尋找不成意義的傻話題。我走到她那邊去，安靜等她講完電話。她以懷疑的眼光瞄了我一眼，但那依照營業手冊擺出的感覺良好的微笑並沒有中斷。

「有什麼貴事嗎？」她講完電話之後朝向我禮貌地問道。

我乾咳一下。「是這樣的，昨天晚上我聽說這附近的游泳班有兩個女孩被鱷魚咬到死掉了，是眞的嗎？」我盡可能裝成一本正經的臉色隨口說出來。

「哦，是嗎？」像製作精巧的人造花一般的營業用微笑依然掛在臉上她回答。不過看她的眼睛時我知道她正在生氣。看來臉頰微紅，鼻腔好像變硬了。「這種事情我們倒是沒有耳聞，對不起是不是客官您弄錯了呢？」

「非常大的鱷魚，聽看到的人說有 VOLVO 的房車那麼大，那鱷魚突然從天窗敲破玻璃撲進去，一口把兩個女孩呑進去吃掉了，然後還把椰子樹當做飯後甜點吃了半棵才逃掉呢，那鱷魚有沒有被捕到？要是沒被捕到還留在外面的話……」

「很抱歉。」她表情不改地打斷我的話。「客官何不直接打電話問警察呢？我想那樣會比較確實。或者走出大門往右邊一直走就有一家警察局，我想問他們也非常好。」

「說得也是，我會試試看。」我說。「謝謝。但願力量與妳同在。」

「不好意思。」她手碰一下眼鏡框，很酷地說。

回到房間過一會兒，她打電話來了。

「你在說什麼嘛？」她好像在強忍著怒氣似地以安靜的聲音說。「上次不是說過我在工作中不要跟我瞎扯嗎？我不喜歡在工作的時候做這種事。」

「抱歉。」我坦誠地道歉。「我只是想跟妳說話，說什麼都好。想聽妳的聲音。也許是很無聊的玩笑。不過玩笑的內容不是問題。只是想跟妳說話而已。我想應該不會有什麼麻煩吧。」

「我會緊張啊。以前也說過了吧？在工作中，我是非常緊張地在做的。所以希望你不要來擾亂。不是約好了嗎？我說過不要盯著我看的。」

「我沒有盯著妳看。只是跟妳說話而已呀。」

「那以後也不要像那樣跟我說話。拜託你。」

「好。我答應不跟妳說話。不看妳，不跟妳說話。像花崗岩一樣安靜乖乖地不動。嘿，不過妳今天晚上有空嗎？或者今天是有登山課的日子嗎？」

「登山課？」她說出口之後嘆了一口氣。「又開玩笑了。」

「對，是開玩笑。」

「我經常跟不上這種笑話。登山課什麼的。哈哈哈。」

她像在讀寫在牆壁上的字一樣地以乾乾的平板的聲音說哈哈哈。然後掛斷電話。

我就那樣再等了三十分鐘看看，電話已經不再打來了。在生氣呢。我的幽默感經常是完全不被對方理解的。正如我的認眞經常完全不被對方理解一樣。因爲想不起有什麼別的事可做，因此決定到外面走一走。順利的話也許會遇到什麼也說不定。也許可以發現什麼新東西。與其什麼都不做不如動一動比較好。做點什麼嘗試比較好。但願力量與我同在。

我走了一小時左右什麼也沒發現。只有身體凍冷了而已。雪還繼續下著。十二點半我走進麥當勞吃了起司漢堡和炸薯條，喝了可口可樂。我完全不想吃這種東西。不過不知道爲什麼偶爾就會不知不覺地去吃。也許身體結構就是做成定期性地需要一些垃圾食物吧。

走出麥當勞又走了三十分鐘。什麼也沒有。只有降雪添加了激烈的程度而已。我把大衣拉鍊拉到最頂上，把圍巾一圈圈地圍到鼻子上面去。這樣還是冷。極想小便。因爲在這麼冷的日子還喝什麼可口可樂的關係。我望望周遭看看有沒有地方可能有廁所的。看到馬路對面有電影院。非常落魄的電影院，不過廁所總是有的吧。而且小便之後，一面看電影一面暖身體也不壞。反正時間多的是。我看看招牌看在演什麼。是連演兩部的日本電影，其中一部是『單戀』。我同班同學演的電影。眞要命，我想。

解決完很長的小便之後，我到販賣店去買熱咖啡，帶著進裡面看電影。雖然正如預料中的空蕩，但場內很溫暖。我坐在座位上一面喝咖啡一面看電影。『單戀』已經開演三十分鐘了，但即使不看前面的三十分鐘，劇情也太過於充分能夠理解了。因爲正如想像中的劇情。我的同班同學演一個長腿而英俊的生物老師。演主角的女生暗戀著他。正如慣例一般崇拜他崇拜得入迷了。而有一位劍道社的男孩子則暗戀她。簡直可以說是dejavu（既視現象）一般的玩意兒。這種電影我也會拍。

只是我的同班同學（五反田亮一是他的本名，當然後來取了一個更氣派的藝名了。很遺憾五反田亮一這名字並不能引起女孩子的共鳴。）比以前扮演的角色稍微複雜了一點。他不僅是英俊而令人有好感而已，同時還背負了過去的傷痛。由於參加過學生運動而如何如何，讓女朋友懷孕了並拋棄了人家又如何如何之類的平凡傷痛，不過反正是比什麼都沒有好一些。偶爾會像猴子往牆上甩黏土一般很笨拙地插入一些這種回憶。甚至插入一些安田講堂鬧學潮時的攻防戰寫實影片。我實在很想小聲喊道「沒有異議！」的，不過覺得很愚蠢而作罷。

總之，不管怎樣五反田君就是演這樣一個負傷的角色。而且還是相當賣命地演出。不過電影本身很糟糕，而導演則沒有半點才華。有一半台詞是幼稚得令人羞恥的笨東西。令人啞然的無意義畫面漫長地延續著。女孩子的臉老是無意義地變成特寫。因此不管他多賣力演出，看來也只不過是從旁邊浮上來而已。我漸漸覺得他很可憐起來。看著都覺得心痛。但試著想想又覺得他在某種意義上或許從以前開始就一直過的是這種令人心痛的人生吧。

有一個牀戲的地方。五反田君星期天早晨在自己公寓的房間正和女人睡覺時，演主角的女孩子帶著親手做的餅乾或什麼的來造訪。要命，簡直和我想像的完全一樣嘛。五反田君和我預料的一樣在牀上也溫柔體貼。感覺非常好的做愛。彷彿氣味極好的腋下。性感而凌亂的頭髮。他撫摸著她赤裸的背。攝影鏡頭迴旋移轉照出那女人的臉。

Déjà vu（既視感）。我吞了一口氣。

那是奇奇。座位上的我身體凍僵了。後面聽得見咔啦咔啦咔啦瓶子滾動的聲音。是奇奇。正如在那走廊的黑暗中所看見的形象一樣。奇奇眞的和五反田君睡覺。

連繫著，我想。

♪ ♪ ♪ ♪

奇奇出現的地方只有這一幕。她在那個星期天早晨和五反田君睡覺。只有這樣。五反田君星期六夜裡在某個地方喝醉了找了她，帶回自己的公寓。並且到了早晨再抱她一次。就在這時候自己的學生演女主角的女孩子來了。糟糕的是門忘了上鎖。這樣的一幕。奇奇只有一句台詞。「這是怎麼回事呢？」而已。女主角深受打擊往外跑走之後，五反田君茫然了，奇奇這樣說。眞糟糕的台詞。但那是她所說的唯一的話。

「這是怎麼回事呢？」

那是不是眞的奇奇的聲音，我不確定。因爲我不能正確記憶奇奇的聲音，而且電影院的擴音器聲音也很糟糕。但她的身體我還記得。背部的形、脖子和光滑的乳房依然是和我記憶中一樣的奇奇。我身體仍僵硬著一直盯著銀幕上的奇奇。那一幕在時間上大約是五分或六分鐘，我想大概是這樣。她被五反田君抱著，愛撫著，看來似乎很舒服似地閉著眼睛嘴唇微微顫抖。並輕輕地嘆息。那是不是演技呢？我無法判斷。嗯，大概是演技吧。因爲這是電影啊。但我全然無法接受奇奇在做著演技這件事本身。我因此而相當混亂。因爲，如果那不是演技的話，她就是眞的被五反田君抱著而陶醉著，如果是演技的話，在我心中她的存在意義便動搖了。對，她是不該去演戲的。不管怎麼說我都強烈地嫉妒那電影。

游泳班，然後是電影。我開始嫉妒很多東西。這是良好的徵候嗎？

然後主角女孩子打開門。於是她目擊兩個人赤裸擁抱著。呑一口氣，閉上眼睛。然後跑掉。五反田君感到茫然。奇奇說「這是怎麼回事呢？」。茫然的五反田君的特寫。淡出。

從此奇奇就不再出現在畫面上了。我根本不管劇情，只是小心地盯著畫面注意看，但她的身影從此絲毫沒有再出現。她和五反田君在某處相遇認識，和他睡覺，並在他的人生的一幕裡列席見證，然後消失而去。是這樣的一個角色分配。就跟我一樣。忽然出現，列席見證，消失而去。

電影結束，場內燈光亮起。音樂播出。但我的身體還僵硬著，眼睛一直睨著白色銀幕。這是現實嗎？我想。電影結束後，那好像完全不是現實。為什麼奇奇會上電影呢？何況又是和五反田君在一起。眞呆。我一定是在什麼地方搞錯了。回路弄錯了。在某個地方把想像力和現實交錯混亂了。我只能夠這樣想，不是嗎？

我走出電影院在附近繞著走了一會兒。並且一直想著奇奇的事。「這是怎麼回事呢？」她繼續在我耳邊呢喃著。

這是怎麼回事呢？

但那是奇奇。沒錯是她。被我抱著的時候，她也是那樣的表情，那樣嘴唇微顫著，那樣輕輕嘆息著。那不是演技。是眞的。但那卻是電影啊。

我眞不明白。

時間越過去，我越不能信任自己的記憶了。那只是幻想吧？

一個半小時後我再度走進那家電影院。並且再看一次『單戀』。星期天早晨，五反田君抱著女人。看得見女人的背。鏡頭旋轉。女人的臉出現。是・奇・奇・。沒錯。主角女孩子走進來。吞一口氣，閉上眼睛。跑掉。五反田君感到一陣茫然。奇奇說「這是怎麼回事呢？」。淡出。

完全一樣的重複。

雖然如此電影結束後，我還是完全不能相信。我想一定有什麼地方搞錯了吧。為什麼奇奇會和五反田君睡覺呢？

第二天，我再到電影院去看看。並坐在位子上試著再看一次『單戀』。我一直靜靜等著那一幕來到。非常焦躁不安。終於等到那一幕。星期天早晨，五反田君抱著女人。女人的背出現。鏡頭旋轉。看見女人的臉。是奇奇。沒錯。主角女孩進來，呑一口氣，閉上眼睛。跑掉。五反田君感到一陣茫然。奇奇說「這是怎麼回事呢？」

我在黑暗中嘆一口氣。

OK，這是現實。沒有錯。是連繫著的。

15

我深深沈入電影院的座位，雙手手指交叉在鼻子前面，對自己發出和每次一樣的問題。那麼，我現在該怎麼辦呢？

每次都一樣的問題。不過有必要靜下來好好思考。有必要好好整理。我應該做的事情。

要把連繫的混亂解除。

確實有什麼混亂著。那不會錯。奇奇、我和五反田糾纏在一起。雖然我找不到爲什麼會變這樣的原因，但總之是糾纏在一起。我必須把它解開。透過回歸現實性的自我回歸。或許這不是連繫的混亂，而是和那無關所持續產生的新的連繫也未可知。但不管怎麼樣，以我來說大概只能試著從這條線去探索吧。不要讓這條線斷掉地小心探索下去。這就是頭緒。總之開始動吧。不要停下來。繼續舞吧。好好舞得讓大家佩服爲止。

跳舞啊，羊男說。

跳舞啊，思考回響著。

不管怎麼樣，回東京吧。我想。繼續待在這裡也沒有用。我造訪海豚飯店的目的已經充分達成了。回到東京重新調整態勢開始試著探索那連繫的結吧。我把外套拉鏈拉上，戴上手套，戴上帽子，把圍巾一圈圈圍到鼻子上走出電影院。雪越下越激烈，甚至看不見前面了。整條街像冷凍的屍體一般絕望地堅硬地凍結了。

我一回到飯店，就打電話到全日空航空公司的辦公室，預約了下午第一班往羽田的班機。「因爲下大雪，所以說不定起飛前會決定延遲或不飛，這樣可以嗎？」負責預約訂票的小姐說。沒關係，我說。既然決定回去了，就希望能早一刻回到東京。然後我整理好行李，到樓下去結帳。然後走到櫃台去，把戴眼鏡的女孩叫到租車服務台。

「因爲臨時有急事，我要回東京了。」我說。

「謝謝惠顧，歡迎再度光臨。」她一面笑瞇瞇地露出營業性的微笑一面說。也許像這樣突然說出要回去多少傷了她的心吧，我想。她好容易受傷。

「嘿。」我說。「我還會再來喲。不久的將來。那時候兩個人再一起吃飯，慢慢聊一聊。我還有事情必須好好跟妳談。不過現在我不得不回東京去整理很多事情。階段性的思考。前瞻性的姿勢。總合性的展望。這些需要我去做。這些結束之後，我還會來。要花幾個月我不知道。不過我眞的會回來。如果要問爲什麼？這裡對我來說……也就是說怎麼說呢，因爲我覺得這是個很特別的地方。所以我遲早會回來的。」

「嗯噢。」看來她是有些否定地說的。

「嗯噢。」而我則是比較肯定地說的。「不過我說的話聽起來一定很呆吧。」

「沒這回事。」她沒有表情地說。「只是幾個月之後的事情，我無法想像而已。」

「我倒不覺得有那麼久噢。還會再見的。爲什麼嗎？因爲我跟妳之間有某種相通的地方。」我像要說服她似地說。但她看來並沒有被說服。「妳不覺得嗎？」我試著問。

她只用原子筆頭在桌上咚咚地敲著而已，並沒有回答我的問題。「那麼，你難道這就要搭下一班飛機回去了嗎？」她說。

「是這樣打算。只要有飛的話。不過這種天氣，不知道會不會飛。」

「如果你搭下一班飛機回去的話，我想拜託你一件事，可以嗎？」

「當然。」

「其實有個十三歲的女孩子必須回東京去。她媽媽有事不知道先到什麼地方去了。而那女孩子，一個人被留在這飯店裡。不好意思，你可以把那女孩帶回東京嗎？行李還不少，一個人搭飛機也叫人擔心。」

「我眞不明白。」我說。「爲什麼做母親的會把小孩一個人丟下不管，自己卻跑到什麼地方去呢？這不是太亂來嗎？」

她聳聳肩。「是啊，是很亂來的人。是個有名的女攝影師，人有點怪。一心血來潮就會馬上跑到什麼地方去。把小孩的事都忘光。不是嗎？因爲是藝術家，一有什麼，滿腦子就被那一件事佔滿了。事後想起來才打電話來我們這裡。說把小孩留在這裡了，希望我們幫她安排飛機讓她回東京。」

「那她自己來帶不就好了嗎？」

「我也不知道。總之接下來的一星期因爲工作上的關係，無論如何必須留在加德滿都。而且她是個名人，又是我們的常客，總不能得罪她。雖然說只要把她帶到機場，然後她就可以一個人回去了，話說得輕鬆，但總不能這樣。因爲是女孩子，萬一有個什麼，我們也傷腦筋哪。那會變成責任問題。」

「要命。」我說。然後我突然想到一件事，於是脫口試問看看。「嘿，那女孩子是不是頭髮長長的，穿著搖滾樂運動外套，每次都在聽隨身聽的？」

「對呀。怎麼，你認得嘛。」

「要命。」我說。

♪ ♪ ♪ ♪

她打電話到全日空辦公室，預訂了和我同一班飛機的位子。然後打電話到那女孩的房間，要她把行李整理好立刻下來，說是因爲找到可以一起回去的人了。沒問題，因爲是很熟的好人，她說。然後把服務生喊來。叫他到她房間去拿行李。然後叫飯店的機場接送專車。動作嚴謹非常俐落。眞能幹。妳好俐落，我說。

「我不是說過我喜歡這工作嗎？我適合做啊。」

「不過，人家開個玩笑妳就會生氣。」我說。

她又用原子筆頭咚咚地敲著桌面。「那又是另外一回事。我不太喜歡人家跟我開玩笑或逗趣，從以前就這樣。這樣我會非常緊張。」

「嘿，我完全沒有要讓妳緊張。」我說。「正好相反。我是想讓妳放鬆才開玩笑的。雖然或許是很無聊而無意義的玩笑，不過我也是盡我的力量努力在說笑話啊。當然有時候對方並不像我自己所想的那樣覺得有趣。不過我並沒有什麼惡意。並不是在笑妳。我說笑話，是對我來說有這種必要。」

她稍微抿著嘴注視著我的臉。以站在山丘上眺望洪水退掉後的遠景般的眼神。然後她像在嘆氣，像從鼻子哼氣似的，發出複雜的聲音。「對了可以給我一張名片嗎？站在把一個女孩子委託你的立場上。」

「立場上。」我嘴裡一面含糊地嘀咕著，一面從皮夾裡抽出名片交給她。我畢竟也是有名片的。大概有十二個人忠告過我，名片還是有必要帶的。她好像在看一塊抹布似地一直注視著那張名片。

「可是妳的名字呢？」我試著問。

「下次見面的時候再告訴你。」她說。然後用中指碰一下眼鏡的樑架。「如果能再見面的話。」

「當然能再見面哪。」我說。

她露出新月般清淡而文靜的微笑。

十分鐘後女孩子和服務生一起下到門廳來。服務生拿著Samsonite的巨大行李箱。簡直可以裝得下一隻站直的德國牧羊犬那麼大的行李箱。確實總不能把帶著這種東西的十三歲女孩子丟在機場不管就走掉。她今天穿著印有「TALKING HEADS」的運動衫，窄管牛仔褲和皮靴。上面披著看來很高級的毛皮外套。和上次見到時一樣，她令人感覺到一種好像能透明看穿似的奇妙的美。非常微妙的——即使明天就消失掉也不奇怪的——那種美。不過那美卻彷彿會令看見的人產生某種不安定的感情似的。大概因爲那太過於微妙了吧。「TALKING HEADS」我想。不錯的樂團名字。好像傑克・凱魯亞克（Kerouac）小說的一節似的名字。

「對我說話的頭在我旁邊喝著啤酒。我非常想小便。我去小便噢，我對對我說話的頭說。」

好叫人懷念的凱魯亞克。現在不知道怎麼樣了。

女孩子看看我。但這次她沒有微笑。好像在縐眉似地看我，然後看戴眼鏡的女孩。

「沒問題，他不是壞人。」她說。

「沒有看起來那麼壞。」我也補充一句。

女孩子又再看我。然後一副沒法子似地點了幾次頭。好像在說，沒有選擇餘地似的。因此我感覺好像對她做了非常糟糕的事似的。就像變成吝嗇鬼爺爺似的。

吝嗇鬼爺爺。

「妳不用擔心，沒問題的。」她說。「這位叔叔很會說笑話，還會告訴我們一些很高明的事，對女孩子很體貼。而且是姊姊的朋友。所以沒問題，噢？」

「叔叔？」我啞然地說。「我還不是叔叔。才三十四歲呢。說我是叔叔太過分了吧。」

不過沒有人聽我說話。她牽起女孩子的手往停在大門外的豪華轎車的方向走去。服務生已經把Samsonite搬進車子裡了。我提起自己的提袋從後面追上。叔叔，我想。眞過分。

搭往機場豪華轎車的只有我和那個女孩子。天氣太糟了。到機場的路上，不管看什麼方向都只能看到冰和雪而已。簡直是極地。

「嘿，妳叫什麼名字？」我試著問女孩子。

她一直注視著我的臉。然後輕輕搖頭。一副眞要命似的感覺。然後好像在找什麼似的慢慢回頭看看四周。不管看任何方向都只能看見雪。「雪。」她說。

「雪？」

「名字啊。」她說。「那個。雪。」

然後她從口袋拉出隨身聽來，沈浸在個人的音樂中。到達機場爲止，她連一眼也沒再看過我。

眞過份，我想。雖然後來我才知道，雪眞的是她的名字。不過那時候，怎麼想都覺得只是她當場即席胡謅的名字。因此我有一點受傷。她偶爾從口袋拿出口香糖來一個人嚼著。卻連一片也沒有問過我要不要。雖然我並不想吃什麼口香糖，但總覺得禮貌上也該問我一聲才是啊。因爲這種種，使我覺得自己好像變成一個非常寒酸的上了年紀的老人似的。沒辦法我只好把身體深深沈入座位，閉上眼睛，並回想以前的事。我想起和她年齡差不多時候的事。說起來我那時候也收集過搖滾樂的唱片。45轉的單曲唱片。Ray Charles的『Hit the Road, Jack』，Ricky Nelson的『Travelin' Man』。Brenda Lee的『All Alone Am I』，這些唱片我有一百張左右。每天反覆聽著直到歌詞都可以背起來。我試著在腦子裡回想『Travelin' Man』的歌詞並唱出來。也許令人難以相信，歌詞居然全部記得，雖然是無聊得要命的歌詞，但唱唱看居然順口就唱出來了。年輕時候的記憶力眞不得了。實在記了好多無意義的事。

And the China doll
down in Old Hongkong
waits for my return.

Talking Heads的歌確實很不一樣。時代改變了——times are changing……

♪ ♪ ♪ ♪

我把雪一個人留在候機室，到機場櫃台去買票。我想等事後再算，於是用信用卡付了兩人份的費用。訂票員說離登機時間還有一小時，不過也可能會更延遲。「等一下會廣播，請注意聽。」她說。「總之目前能見度很差。」

「天氣會不會轉好？」我試著問一問。

「氣象預報是這樣，不過不知道要花幾個鐘頭。」她好像很厭煩似地說。同樣的事情已經說了兩百遍左右，誰都會覺得厭煩吧。

我回到雪的地方，說因爲雪還下個不停，所以飛機可能會延遲。她略微瞄了我一眼然後露出〈哦〉的表情。但什麼也沒說。

「因爲還不知道會怎麼樣，所以行李暫時不要Check in。一旦Check in之後，要領出來會很麻煩。」我說。

〈隨便你〉她臉上表示。但什麼也沒說。

「只好暫時在這裡等著了。雖然並不是多有趣的地方。」我說。「對了，妳吃過中飯沒？」

她點點頭。

「要不要到咖啡廳去？想不想喝點什麼？咖啡、可可、紅茶或果汁，什麼都可以？」我問她看看。

可可。

〈要不要呢？〉她臉上表示。感情表現很豐富。

「那就走吧。」我說著站起來。於是推著Samsonite行李箱，和她一起走到咖啡廳去。咖啡廳很擁擠。看來每一班飛機都延後，大家一樣都露出疲倦的臉色。在那吵雜的店裡，我點了咖啡和三明治代替午餐，雪喝了可可。

「嘿，妳在那家飯店住了幾天哪？」我問問看。

「十天。」她想了一下之後說。

「妳媽媽什麼時候走的？」

「三天前。」簡直像在唸初級英語會話那樣地說。

「學校在放春假嗎？一直放假？」

她看了一會兒窗外的雪。然後說

「沒上學，一直沒上。所以不用管我。」她說。然後從口袋拿出隨身聽來，把耳機套在耳朵上。

我喝著剩餘的咖啡，看著報紙。最近我好像老是在惹女孩子生氣。爲什麼呢？只是運氣不好嗎？還是有什麼其他更根本的原因呢？

大概只是運氣不好吧，我下結論。看完報紙之後，我從提袋裡拿出福克納 *The Sound and the Fury*《聲音與憤怒》的袖珍本來看。福克納和菲力普・K・狄克的小說，在神經有某種倦怠感時讀起來，非常能夠理解。我在這種時刻來臨時，一定會讀他們之一的小說。除了這種時候之外則不讀。中間雪上了一次洗手間。並換了隨身聽的電池。過了三十分鐘左右，傳來廣播聲。往羽田的班機延遲四小時起飛的廣播。只有等天氣轉好了。我嘆了一口氣。眞要命，在這裡還要等四個小時之多。

但沒辦法。因爲這事先已經有警告過了。想一點比較積極的事吧，我想。積極思考的力量。五分鐘積極思考，或許靈機一閃就有什麼好創意。也許順利，也許不順利。不過總比在這吵雜而煙味彌漫的地方茫然地耗時間要好得多。我對雪說在這裡等一下，然後走到機場租車公司的櫃台去。並說我想租車子。櫃台小姐立刻爲我辦好手續。一輛附有汽車音響的 Corolla Sprinter 。他們用小型巴士把我送到租車辦公室，在那裡把 Corolla 的鑰匙交給我，辦公室在離機場大約十分鐘左右的地方。是一輛附有雪地輪胎的白色 Corolla。我開著那輛車，回到機場。然後走到咖啡廳，對雪說「我們開車到這附近兜三個小時吧。」

「可是雪下得那麼大，說是開車兜風，但什麼也看不見不是嗎？」她有點吃驚地說。「而且到底要去哪裡？」

「哪裡也不去。只是開著車跑而已。」我說。「不過可以大聲聽音樂。妳不是想聽音樂嗎？我讓妳好好聽個夠。光用隨身聽耳朵會聽壞喲。」

她一副是嗎似地搖搖頭。不過我說走吧並站起來時，她便也站起來跟著來了。

我把行李扛起來放進車後行李廂，慢慢把車開出雪下個不停的道路上，漫無目的地跑著。雪從肩帶皮包裡拿出錄音帶，放進汽車音響裡，按下開關。David Bowie 唱起『China Girl』。然後是 Phil Collins, Jefferson Starship, Thomas Dolby, Tom Petty & the Heart brakers, Hall & Oates, Thompson Twins, Iggy Pop, Bananarama。這些一般女孩子普通會聽的音樂一直繼續放著。The Stones 唱起『Goin´ to a Go-Go』

「我知道這首曲子。」我說。「從前 Miracles 唱過，Somkey Robinson 和 Miracles。在我十五、六歲的時候。」

「哦？」雪一副沒什麼興趣似地說。

「Goin´ to a Go-Go。」我也配合著曲子唱起來。

然後 Paul McCartney 和 Michael Jackson 唱『Say Say Say』路上車子很少。甚至可以說幾乎沒有。雨刷煞費其事地把沾在車窗上的雪片啪噠啪噠啪噠地拂落著。車子裡很溫暖，搖滾樂唱得很舒服。連 Duran Duran 聽起來都很舒服。我相當放鬆地偶爾和著錄音帶一面唱著一面在筆直的道路上筆直地前進。雪看來似乎心情稍微輕鬆了一些。她把那九十分鐘的錄音帶全聽完之後，眼睛開始停在我從租車公司借來的帶子上。「這是什麼？」她問。我回答是一些老歌。在回機場的路上，可以消磨時間。「我想聽聽。」她說。

「不知道妳會不會喜歡，因爲都是些老歌。」我說。

「沒關係，隨便都可以。因爲這十天左右一直在聽一樣的帶子。」

於是我把那錄音帶設定好。首先是 Sam Cook 唱的『Wonderful World』「雖然我對歷史的事不太清楚……」不錯的歌。Sam Cook，在我初中三年級時被子彈打死了。Buddy Holly『Oh Boy』。Buddy Holly 也死了。是飛機失事。Bobby Darin『Beyond the Sea』。Bobby Darin 也死了。Elvis『Hound Dog』。Elvis 也死了。麻藥中毒。全都死了。然後是 Chuck Berry 唱。『Sweet Little Sixteen』。Eddie Cochron『Summertime Blues』。Everly Brothers『Wake Up Little Susie』。

「你記得好清楚啊。」雪似乎很佩服地說。

「這倒是眞的。我以前也和妳一樣那麼熱心地聽過搖滾樂啊。」我說。

「跟妳差不多年齡的時候。每天趴在收音機前面，把零用錢都存起來買唱片。搖滾樂。我曾經覺得全世界沒有比這更棒的事了。光是聽著都覺得很幸福。」

「現在呢？」

「現在也還聽。也有喜歡的曲子。不過已經沒有那麼熱心記歌詞。也沒有以前那麼感動了。」

「爲什麼呢？」

「爲什麼噢？」

「告訴我啊。」雪說。

「大概是已經明白眞正的好東西並不多吧。」我說。「眞正的好東西非常少。什麼都一樣噢。書也好，電影也好，音樂會也好，眞的好的很少。搖滾樂也是這樣。好曲子聽收音機一個小時頂多有一曲。其他都是大量生產的垃圾一樣的東西。不過以前並沒有認眞想過這種事。聽什麼都蠻快樂的。因爲年輕嘛，有的是時間，而且在談戀愛。不管無聊的東西，或微不足道的事情，都可以把震動心弦似的感覺寄託在上面。我說的妳能瞭解嗎？」

「好像有一點。」雪說。

因爲正播著 Del Vikings 的『Come Go with Me』，因此我和著那曲子一起唱了一會兒。「妳會不會覺得無聊？」我問看看。

「不會。還不錯。」她說。

「不錯。」我也說。

「你現在不戀愛了嗎？」雪問道。

關於這個我認眞想了一下。「很難回答的問題。」我說。「妳有喜歡的男孩子嗎？」

「沒有。」她說。「討厭的傢伙倒有很多。」

「我瞭解這種心情。」我說。

「還不如聽音樂比較輕鬆。」

「這種心情我也瞭解。」

「眞的瞭解？」雪說，瞇細了眼睛懷疑地看我。

「眞的瞭解。」我說。「大家把這叫做逃避。不過這也很好，我的人生是我的東西，妳的人生是妳的東西。只要淸楚自己要的是什麼，妳就去過妳喜歡的生活好了。人家怎麼說都不必去管它。那些傢伙都讓大鱷魚吃掉好了。我從前，像妳這種年紀的時候這樣想。現在還是這樣想。這或許是我的人格沒有成長也不一定。或許我永遠是對的。我還不太淸楚。不太能夠解答。」

Jimmy Gilmer『Sugar Shack』。我一面從齒縫間吹出口哨一面開著車。道路的左手邊是雪白延伸的原野。「Just a little shack made out of wood, Espresso coffee tastes mighty good」。好歌。一九六四年。

「嘿。」雪說。「你好像有一點怪喲。別人有沒有這樣說？」

「沒有。」我否定地說。

「結婚了嗎？」

「結過一次。」

「離婚了啊？」

「對。」

「爲什麼？」

「太太逃走了。」

「真的嗎？」

「真的啊。太太喜歡上別的男人，一起跑到什麼地方去了。」

「好可憐。」她說。

「謝謝。」我說。

「不過我好像可以瞭解你太太的心情。」

「怎麼說？」我試著問。

她聳聳肩什麼也沒說。我也不想再追問。

「嘿，要不要吃口香糖？」雪問。

「謝謝。不過不用。」我說。

我們感情稍微變好一點，The Beach Boys的『Surfin' U.S.A.』我們兩個人伴唱合唱的部分。像「inside-outside-U.S.A.」之類簡單的部分。不過很開心。『Help Me Rhonda』重覆的短句也兩個人一起唱。我還沒有丟掉。我還不是吝嗇鬼爺爺。就在這之間雪逐漸變小。我回到機場，把鑰匙送回租車櫃台。並把行李Check in，三十分鐘之後進到登機門裡去。結果飛機遲了五小時後起飛了。雪在飛機一起飛後立刻睡著。她的睡臉漂亮得不得了。美得好像是用某種非現實的材料所作出的精細雕像一般。看起來好像如果有人用力一碰就會損壞似的。那種美。空中服務員送果汁來，看見她的睡臉時露出非常眩眼的表情。然後朝我微笑。我也微笑了。我點了琴酒tonic。然後一面喝著，一面想奇奇的事。我試著在腦子裡讓她和五反田在牀上擁抱的映像一遍又一遍地再生重現。鏡頭在周圍繞著打轉。奇奇在那裡。「這是怎麼回事呢？」她說。

這是怎麼回事呢？思考回響著。

16

在羽田機場領出行李，我問雪家住在哪裡。

「箱根。」她說。

「好遠哪。」我說。已經晚上八點多了，現在不管搭計程車或搭什麼，要回到箱根都沒那麼容易。「東京有沒有熟人？親戚，或熟朋友之類的。」我試著問。

「雖然沒有這種人，不過赤坂有一間公寓。雖然是小公寓，但媽媽到東京的時候常用到。可以住那裡，因爲沒有別人。」

「沒有家人嗎？除了媽媽以外。」

「沒有。」雪說。「只有我和媽媽兩個人而已。」

「哦。」我說，好像是有點複雜的家庭，不過那都跟我沒關係。「總之先搭計程車到我那裡。然後一起到什麼地方吃個晚飯。吃過飯後，我再用車子送妳回赤坂的公寓。這樣好嗎？」

「都可以。」她說。

我召了計程車到我澀谷住的公寓。然後叫雪在門口等，一個人回到屋裡，把行李放下，換成不是重裝備的普通便裝。普通球鞋、普通皮夾克和普通毛衣。然後用我的 Subaru 車載著雪，到開車十五分鐘左右距離的義大利餐廳去吃飯。我吃了義大利餃子和生菜沙拉，她吃了義大利蛤蜊麵和菠菜。然後點了一盤脆皮炸魚兩個人分著吃。炸魚份量相當多，但她好像非常餓的樣子，此外還連甜點都吃了。我喝了 espresso 咖啡。

「好好吃。」她說。

什麼地方有美味的餐廳，這種事情我最清楚，我說。並談起到處找有好東西吃的餐廳也是我的工作。

雪默默聽著我的話。

「所以很清楚。」我說。「法國有嗚嗚叫著找地下香菇的豬，我就跟那個一樣。」

「你不太喜歡你的工作嗎？」

我搖搖頭。「不行，我沒辦法喜歡，非常不喜歡。沒有任何意義的事啊。找美味的餐廳。登在雜誌上向大家推薦。請到這裡，請吃這個。但爲什麼非要這樣做不可呢？大家各自吃自己愛吃的東西不是很好嗎？對嗎？爲什麼非要連餐廳都一一告訴人家不可呢？爲什麼連菜單的選法都要人家教呢？而且這些被介紹出來的餐廳，有名之後味道和服務也隨著逐漸走下坡。十有八、九是這樣。因爲供給和需求失調了啊。這就是我們在做的事噢。找到一些什麼，然後把它一一仔細地貶低下去。找到雪白的東西，就把它弄成滿是污垢。人們把這個叫做資訊。把生活空間裡每個角落都不遺漏地一網打盡，叫做資訊的洗練化。我對這個覺得徹底厭煩。而自己就在做著。」

雪從桌子對面一直注視著我。好像在看什麼稀奇的生物似的。

「不過你還在做噢？」

「因爲是工作啊。」我說。然後我突然想起坐在對面的只不過是個十三歲或差不多如此而已的女孩子。要命，我到底在對這樣一個小女孩說什麼啊？「走吧。」我說。「夜已經深了，我送妳回那公寓去。」

坐上Subaru，雪隨手拿起滾落在那邊的錄音帶塞進汽車音響裡。那是我自己錄的一些老歌帶子。我平常一個人一面開車一面聽那些。The Four Tops的『Reach out, I'll Be There』。因爲路上很空，很快就到赤坂了。我問雪公寓在哪裡。

「不想告訴你。」雪說。

「爲什麼不想告訴我呢？」我問。

「因爲還不想回家。」

「嘿，已經晚上十點多了。」我說。「好長好辛苦的一天。累得像狗一樣睏了。」

雪從旁邊的座位一直盯著我的臉。雖然我眼睛看著前方路面，但卻繼續感覺到她的視線在我左側的臉頰上。不可思議的視線。雖然那裡頭並不含有什麼感情，但那視線卻令我心砰砰跳著。注視了我一會兒之後，她的視線轉向相反一側的窗外。

「我不睏哪。而且現在回公寓去也是一個人，我想再兜一會兒。聽一聽音樂。」

我想了一下。「再兜一個小時，然後回去好好睡覺。這樣好嗎？」

「這樣好。」雪說。

我們一面聽著音樂，一面在東京街頭團團轉著。而且想到這樣做著，會使得大氣污染，臭氧層破壞，噪音增加，人們神經焦躁，地下資源枯竭。雪則把頭靠在椅背上，一句話也沒說地呆呆望著夜晚的街頭。

「聽說妳媽媽在加德滿都？」我試著問。

「對。」她好像很累地回答。

「那麼在她回來之前，妳是一個人囉。」

「回箱根的話有幫忙的歐巴桑。」她說。

「哦。」我說。「常常有這種事嗎？」

「你是說把我丟下不管嗎？常有啊。她只要一想到攝影就滿腦子只有攝影的事。雖然沒有惡意，但她就是這種人。換句話說只考慮到自己。把我的存在都忘了。跟雨傘一樣。只是單純地忘記。於是一個人忽然到什麼地方去了。如果想去加德滿都，就滿腦子只有那一件事。當然事後會反省會道歉，不過立刻又會做出一樣的事。心血來潮說要帶我一起到北海道去，於是把我帶去，帶我去雖然很好，但我每天都只在飯店的房間裡聽隨身聽，媽媽幾乎都沒回來，我一個人吃飯……。不過我已經想開了。這次也是說過一星期就會回來的，不過不能相信。說不定又從加德滿都到什麼地方去呢。」

「妳媽媽叫什麼名字？」我問問看。

她說了名字，我沒聽過那名字。我說，好像沒聽過。

「她有工作上的名字。」雪說。「她一直用雨這名字在工作。所以把我的名字叫做雪。你不覺得很呆嗎？她就是這種人。」

我知道雨。誰都知道她。非常有名的女攝影師。只是不在大眾媒體上露面。也不參加應酬。連本名都沒有人知道。只做喜歡做的工作。以特立獨行出名。拍些具有攻擊性的銳利寫眞。我搖搖頭。

「那麼妳父親是那個小說家嗎？牧村拓，確實是這樣吧？」

雪聳聳肩。「他不是那麼壞的人，只是沒有才華。」

我過去曾經讀過幾本雪的父親寫的小說。年輕時候寫的兩本長篇和一本短篇集還不錯。文章和觀點都新鮮。而且書也還算賣得相當暢銷。本人也像變成文壇寵兒般了。在電視、雜誌等各種地方露面，對社會的各種事象發表意見。並且和當時新進的攝影師雨結婚。那是他的頂點。然後就糟糕了。並沒有什麼特別的理由，但他突然寫不出像樣的東西了。接著寫的兩、三冊是一無是處的東西。評論家殘酷地評論，書也賣不出去。然後牧村拓居然完全改變風格。從天眞純樸的青春小說作家突然轉向實驗性前衛作家。但缺乏內容則依然不變。文體也像是從法國一帶的前衛小說一部分一部分抄襲而來拼湊起來的令人厭煩的東西。雖然如此仍然有幾個連想像力的碎片都沒有、卻喜歡新東西的評論家讚美。然而過了兩年，評論家果然也覺得這不行了吧，於是什麼都不再說了。爲什麼會發生這種事情呢？我不明白。但總之他的才華在最初的三本就完全枯竭了。不過雖然如此，文章還是相當能寫。因此就像被去勢的狗，憑著過去的記憶而嗅著雌狗屁股的氣味一樣，在文壇周邊徘徊著。那時候雨已經和他離婚了。正確地說，雨已經看穿他了。至少社會上的說法是這樣。

但牧村拓並沒有就這樣結束。他以冒險作家的表現方式在工作上拓展新領域。一九七〇年代初期。告別前衛，邁向行動與冒險。他探尋世界的祕境，寫出有關的文章。和愛斯基摩人一起吃海豹，在非洲和原住民一起生活，到南美洲採訪遊擊隊。並以激烈言詞批評書齋型作家。最初這也沒什麼不好，但十年都做一樣的事之間——這也是理所當然的——大家也開始膩了。畢竟世界上並沒有那麼多冒險的種子。現在已經不是英國傳教士探險家 David Livingstone 或挪威南極探險家 Roald Amundsen 的時代了。冒險的質薄弱，只有文章冠冕堂皇。而且實際上那連冒險都稱不上。他所謂的「冒險」多半有經理人、或編輯、攝影師等大隊人馬同行。如果和電視扯上關係，則大約有十個左右的工作人員或贊助廠商跟著來。連導演都有。越是後期導演就越多。這種事情只要是業界的人大家都知道。

他大概不是那麼壞的人。只是沒有才華。女兒這樣說。

我們對這位作家父親沒有再多談。雪似乎不想談，而我也不特別想談。

我們沈默了一會兒聽著音樂。我握著方向盤，望著前面藍色ＢＭＷ的車尾燈。雪一面用靴子尖端配合著Solomon Burke的旋律打著拍著，一面看著街頭的風景。

「這輛車子很好噢。」過一會兒後雪說。「叫什麼？」

「Subaru。」我說。「是中古的舊型Subaru。一般不太有人會特地出口讚美的。」

「我雖然不太懂，不過坐著好像有一點親密感。」

「我想那大概是因爲我很愛這部車子的關係吧。」

「這樣就可以產生親密感嗎？」

「調和性。」我說。

「我不太懂。」雪說。

「我和車子互相幫忙。簡單地說，也就是，我進入這個空間。我覺得我愛這車子。於是這裡就產生這種空氣。於是車子也感覺到這種空氣。我也覺得很舒服。車子也覺得很舒服。」

「機器也會心情好嗎？」

「當然會。」我說。「不知道爲什麼。但機器也會有心情好的時候，和生氣的時候。雖然理論上無法解釋，不過以經驗來說是這樣。不會錯。」

「就跟人類相愛一樣嗎？」

我搖搖頭。「跟人類不同。這種事情，是只限於當場的感情。對人的感情則和這不一樣。會配合對象而經常產生微細的變化。會動搖，會困惑、會膨脹、會消滅、會被否定、會受傷。多半的情形是不能以意識去統御的。和對Subaru不一樣。」

雪對這個想了一下。「你跟太太意見不能溝通嗎？」雪問。

「我一直以爲可以溝通。」我說。「但我太太並不這麼想。見解不同。所以她走掉了。大概覺得與其修正見解的不同，不如到別的男人那裡去，還比較簡單吧。」

「不像Subaru那麼順利噢？」

「大概是這樣吧。」我說。要命，這難道是適合跟十三歲女孩談的事嗎？

「嘿，你對我怎麼想？」雪說。

「我對妳幾乎還一無所知。」我說。

她又再一直盯著我左側的臉頰。我覺得左邊臉頰好像快要打開一個洞了似的。那樣銳利的視線。我知道了，我想。

「妳大概是我到目前爲止約會過的女孩子裡最漂亮的女孩子。」我一面看著前方路面一面說。「不，不是大概，而是不會錯最漂亮的。如果我才十五歲的話，一定會愛上妳。但我已經三十四歲了，沒那麼容易戀愛。不想再不幸下去。還是Subaru比較輕鬆。這樣行嗎？」

這次雪以平板的視線看了我一會兒。然後說「怪人。」被她這樣一說，我覺得自己眞的變成人生的殘敗者似的了。大概沒什麼惡意吧。但被她這樣說，倒是很介意。

♪ ♪ ♪ ♪

十一點十五分我回到赤坂。

「好了。」我說。

這次雪乖乖告訴我那公寓的所在地。是一棟用紅色屋瓦蓋的雅緻大廈，在乃木神社附近安靜的路上。我在那前面把車子停下，熄了引擎。

「關於錢。」她仍坐在座位上安靜說。「飛機票，餐費等。」

「飛機票錢等妳母親回來後再還就行了。其他的我來出。妳不用介意。我不做各自付帳的約會。只要飛機票就行了。」

雪什麼也沒說，只聳聳肩，打開車門。然後把嚼過的口香糖丟在盆栽裡。

「謝謝。哪裡哪裡。」我一個人出聲說著彬彬有禮的台詞。然後從皮夾拿出名片交給她。「如果妳媽媽回來了請把這交給她。然後如果妳一個人遇到什麼麻煩事的話也可以打電話到這裡。能幫忙的話我會盡力。」

她拿起我的名片瞪了一會兒。然後塞進大衣口袋。

「好怪的名字。」雪說。

我從後座拉出沈重的行李皮箱，搭電梯搬到四樓。雪從肩袋拿出鑰匙打開門。我把行李箱放進屋裡。餐廳兼廚房和臥室，並附有浴室的格局。建築物還很新，房間裡像樣品屋一般整理得很雅潔。餐具、家具和電氣用品一應俱全，而且全都是別緻而高價的東西，卻幾乎聞不到所謂生活氣息這東西。總之是付了錢全部花三天時間買齊的那種感覺。品味很好。但有點超現實。

「我媽只偶爾用到。」雪追蹤著我的視線說。「她在這附近有攝影棚，在東京的時候，幾乎都像住在那裡似的。在那裡睡覺在那裡吃飯。這裡只偶爾回來而已。」

「原來如此。」我說。似乎是很忙碌的人生。

她脫下毛皮大衣掛在衣架上，點著瓦斯暖爐。然後不知道從什麼地方拿來 Virginia Slim 的香煙盒，在嘴上含了一根，用紙火柴很酷地擦火點煙。十三歲的女孩子抽煙，我覺得不是好事。對健康不好，皮膚也會變粗。但她抽煙的姿勢卻無可挑剔地有魅力。因此我什麼也沒說。好像用刀子切出來似的薄而銳角的嘴唇上，靜靜銜著濾嘴，點火時長睫毛像合歡樹的羽葉般慢慢美麗地伏下。落在額頭上細細的前髮配合著她的小動作而柔軟地搖著。眞完美。如果我是十五歲，一定會愛上她，我重新想到。而且是像春天的雪崩一般宿命性的戀愛。而且會變成不知道如何是好，大概會變得不幸吧。雪讓我想起以前認識的一個女孩子。我十三或十四歲時喜歡上的一個女孩子。當時所體驗到的那種凄切心情又忽然重新復甦了。

「要不要喝咖啡或什麼？」雪問。

我搖搖頭。「已經晚了該回去了。」我說。

雪把香煙放在煙灰缸站起來，送我到門口。

「小心香煙的火和暖爐噢。」我說。

「好像爸爸一樣。」她說。頗正確的評語。

♪ ♪ ♪ ♪

回到澀谷的公寓，我在沙發上躺下來喝啤酒。並檢查一下從信箱拿出來的四、五封信。每封都沒什麼重要，全是和工作有關的信。等稍後再看，我只拆封了就先丟在桌上。身體好疲倦。什麼都不想做。但情緒卻非常亢奮，不可能順利睡著。好長的一天，我想。拉得好長好長的一天。好像花了一整天在搭雲霄飛車似的。身體還在搖晃著。

結果我到底在札幌待了幾天呢，我試著想想。但想不起來。各種事情一一發生之後，睡眠時間混亂了。天空又是沒有界線的灰色。發生的事和日期錯綜混淆在一起。首先是和櫃台小姐約會。打電話給以前的工作搭檔，請他調查有關海豚飯店的事。和羊男見面談話。到電影院裡去看奇奇和五反田君演出的電影。和十三歲的漂亮女孩合唱 Beach Boys 的歌，然後回到東京。總共幾天？

無法計算。

一切都等明天再說了，我想。可以明天再想的事，就明天再想吧。

我到廚房去在玻璃杯裡倒了威士忌，什麼也沒加地就那樣喝起來。並且吃了幾片還剩一半的餅乾。餅乾和我的頭腦一樣有些潮濕。我以很小聲放令人懷念的 Modernaires 唱令人懷念的 Tommy Dorsey 的老唱片。就像我的頭腦一樣有些過時的。而且裡面還有雜音。不過不會帶給任何人麻煩。自己自然會完結。什麼地方也不會去。就像我的頭腦一樣。

這是怎麼回事呢？我腦子裡奇奇這樣說。

攝影機鏡頭繞圈子旋轉著。五反田君端正的手指優雅地在她背上爬行。簡直像在探尋隱藏在那裡的水路似的。

這是怎麼回事呢，奇奇？我確實正相當混亂。我對自己沒有以前那麼有自信了。愛和中古 Subaru 車是兩回事。是這樣嗎？我嫉妒著五反田君端正的手指。雪是否把香煙的火星好好熄滅了？是否確實把瓦斯暖爐的開關關掉了？好像爸爸一樣。完全沒錯。我對自己沒有自信。而且我大概會在這個高度資本主義的大象墓場般的地方，像這樣一面自言自語一面腐朽下去吧？

不過一切都等明天再說了。

我刷了牙，換了睡衣，然後把玻璃杯裡剩下的威士忌喝乾。正準備上牀時，電話鈴聲響了。我站在屋子正中央楞了一下一直注視著電話機，但終於拿了起來。

「現在把瓦斯關掉了。」雪說。「香煙的火也弄熄了。這樣可以了吧？安心了嗎？」

「這樣很好。」我說。

「那麼晚安。」她說。

「晚安。」我說。

「嘿，」雪說。然後停了一下。「你在札幌的那家飯店裡看見了穿羊毛皮的人對嗎？」

我以好像正在孵著有裂痕的蛋似的模樣，把電話機抱在胸前並在牀邊坐下。

「我知道噢。我知道你看見那個了。雖然我一直沒有說出來，不過我知道噢。從一開始我就知道了。」

「妳跟羊男見過面嗎？」我試著問。

「嗯嗯。」雪曖昧地說。咯地彈了一下舌頭。「不過那件事下次再說。下次見面再慢慢說。今天已經睏了。」

於是她咔鏘一聲掛斷電話。

太陽穴好痛。我到廚房去喝威士忌。我的身體毫無辦法地止不住繼續搖晃著。雲霄飛車又開始發出聲音動了起來。

連繫著，羊男說。

連繫著，思考回響著。

各種事情開始一點一點地連繫起來。

17

我靠在廚房流理台上又再喝了一杯威士忌，想著到底是怎麼回事。我也想過從這邊再打一通電話去給雪。問她為什麼知道羊男的事。不過我有些太累了。好長的一天。而且她說「下次再說。」而掛了電話。只好等下次再說了吧。而且，我想，我也不知道她公寓的電話號碼。

我上了牀，但並沒有睡，卻盯著枕頭邊的電話看了十分或十五分。因為覺得或許雪會再打電話來也不一定。或者不是雪而是別的什麼人。這種時候，電話這東西令人覺得像是被留下來的定時炸彈似的。誰都不知道它什麼時候會響起來。只有可能性在刻著時間。而且仔細看時，電話這東西形狀好奇怪。非常奇怪。雖然平常沒留意到，但一旦一直注視它時，那立體性卻令人感覺到不可思議的切實感。電話看來好像非常想對你訴說什麼的樣子，相反的看來又好像是非常憎恨被所謂電話這形態所束縛著這件事似的。那看來就像是被賦與笨拙肉體的純粹概念似的。電話。

我想起電信局。線路聯繫著。那線從這個房間一直聯繫到任何地方去。原理上我可以和任何人聯繫。甚至可以打電話到安克拉治去。也可以打到海豚飯店、可以打給分手了的妻。其中有無數的可能性。聯繫點在電信局。電腦處理著那聯繫點。以數字排列轉換聯繫的結點，溝通因而成立。經過電線或地下電纜、或海底隧道或通訊衛星，我們互相聯繫，巨大的電腦統御著這些。然而不管在方式上是多麼優越、精密，如果我們沒有想要說話的意志的話，那麼它什麼也無法聯繫。而且假定擁有想要說話的意志，但像這次這樣如果不知道對方的電話號碼（忘記問了），也沒辦法聯繫。其次就算確實問過號碼，也可能遺忘，或遺失電話號碼簿。即使記得號碼，也可能會撥錯。那麼，我們就無法聯繫上。我們是極不完全的，不反省的族類。還有。假定我把這些條件都清除掉，就算我能夠打電話給雪，她也可能會說「現在不想說話。再見（咔鏘）」地掛斷電話也不一定。這麼一來所謂會話這東西也不能成立。那只不過是單方面的感情提示而已。

電話似乎對那事實感到焦躁似的。

她（或許是他，在這裡我暫且把電話這東西以女性形來掌握）爲了自己的不能以純粹概念自立而感到焦躁。爲了意見溝通是基於不確定而不完全的意志爲基礎而感到生氣。那對她來說未免太不完全，未免太偶發性、未免太被動了。

我一隻手肘支在枕頭上望了一會兒那樣的電話。不過那是毫無辦法的事。這不能怪我，我對電話說。所謂意見溝通就是這麼回事。是既不完全、又偶發性、又被動性的。她因爲把這當成純粹概念來掌握因此而焦躁。這不是我的錯。相信她到任何地方都會覺得焦躁吧。不過或許屬於我的房間因此使她的焦躁提高了幾分吧。在這層意義上我也覺得有一點責任。我並不是沒有感覺到我或許在不知不覺之間煽動著那不完全性、偶發性和被動性。就像正在扯著後腿。

接著我忽然想起了分手的妻。電話什麼也沒說地一直靜靜地瞪著責怪我。就像妻一樣。我一直是愛妻的。

我們度過相當愉快的時光。也彼此說了許多笑話。性交了幾百次。到各處去旅行。然而，有時候妻會這樣靜靜地瞪著責怪我。半夜裡，安靜地，一直瞪著我。她在責怪我的不完全性、偶發性和被動性。她在焦躁生氣。我們相處得很好。但她所追求的東西，她腦子裡所描繪的東西，和我的存在之間有決定性的差距。妻追求著意見溝通的自立性之類的東西。意見溝通彷佛是舉著一塵不染的白旗引導人們奔赴光輝的無血革命般的形象似的。完全性是將不完全性吞下並治癒似的狀況。這是對她而言的所謂愛。對我則當然不是這樣。對我來說所謂愛是將不靈巧的肉體藉著被賦與的純粹概念，通過地下電纜也好，電線也好的繁雜途徑，好不容易才在某個地方聯結上的東西。是非常不完全的東西。有時候也會跳線。連號碼都弄不清楚了。有時也會有打錯的電話打進來。但那不能怪我。只要我們是存在這肉體之中一天，永遠就是這樣。原理上是這樣。我這樣對她說明。說過好幾次、好幾次。

但有一天，她就出走了。

或許我煽動了、助長了那不完全性吧。

我一面望著電話，一面想起和妻交往的時光。但在出走之前的最後三個月左右，她一次也沒和我睡覺。因爲她和別的男人睡覺。雖然那時候我還完全不知道她和別人睡覺。

「嘿，很抱歉，你去別的地方跟別人睡吧。因爲我不會生氣。」她說。我以爲她在開玩笑。但她竟然是認眞的。我並不想跟別的女人睡覺，我說。因爲我眞心不想啊。可是我希望你跟別人睡，她說。而且我想我們彼此都重新想一想以後的事情吧，她說。

結果我並沒有跟什麼人睡覺。雖然我不能說自己在性方面是個有潔癖的人，卻不會爲了要重新想一想而去和女人睡覺。而是想跟誰睡才會睡。

然後過不久她就離家出走了。如果我那時候照她說的那樣去和別的地方的別的女孩睡了的話，妻難道就不會離家出走嗎？她是不是想藉著這樣做，而讓和我之間的意見溝通能夠稍微自立一些呢？但那未免太傻氣了。因爲我那時候完全不想跟別的女人睡。但我並不太瞭解她在想什麼。因爲關於那件事她具體上什麼也沒說。離婚之後，也什麼都沒說。只是極象徵性地說了而已。有關重要的事情她總是採取象徵性的說法。

高速公路的雜音過了十二點還不中斷。偶爾響起摩托車激烈的排氣聲。雖然那聲音是透過隔音密閉玻璃矇矓地傳來的，但那存在感卻沉重而濃密。那個存在於那裡，和我的人生接近著。我被確實地規定在地表的某個部分。

電話看膩了之後，我閉上眼睛。一閉上眼睛，彷彿迫不及待似的無力感便無聲地塡滿那空白。非常俐落，而快速地。然後睡意慢慢來臨。

♪ ♪ ♪ ♪

吃完早餐，我翻閱通訊錄，打電話給一個認識的從事影劇方面經紀工作的人。由於雜誌採訪工作的關係，過去和他接觸過幾次。因爲是早上十點，他當然還在睡覺。我爲吵醒他道過歉後，便說我想知道五反田君的聯絡電話。他雖然嘀嘀咕咕地抱怨了一下，但還是把五反田君所屬的製作室電話號碼告訴我。算是實力中堅的製作室。我試著撥了那號碼。等負責的經紀人接了之後，我說出雜誌名稱，並說想跟五反田君聯絡。是採訪嗎？

對方問道。正確說並不是，我回答。那麼有什麼事？對方問。這倒也是正當的疑問。我有一點私事，我說。什麼樣的私事呢？對方問。我們是初中的同班同學，而且有點事情無論如何必須跟他聯絡，我說。請告訴我名字，對方說。我告訴他我的名字。他把名字記下來。有重要的事噢，我說。由我這邊來幫你傳達好了，對方說。我想直接跟他談，我說。這種人有好多啊，他說，光是初中同班同學就有幾百個人呢。

「真的有重要的事。」我說。「所以如果這次這件事能聯絡上的話，我想我們雜誌這邊在工作上也會給你們方便。」

關於這點對方想了一下。當然這是謊話。我並沒有力量去做這種利益輸送。我的工作只有做做人家要我做的採訪而已。

「不是採訪噢？」對方說。「如果是採訪的話，不透過我是很傷腦筋的，必須要正式來才行。」

不是，是百分之百的私事，我說。

你告訴我你那邊的電話號碼好了，他說。我告訴他。

「是初中的同班同學噢？」他嘆了一口氣說。「我知道了。今天晚上或明天我會讓他打電話給你。當然那要他本人願意才行噢。」

「那當然。」我說。

「他是個忙人，而且說不定不想跟初中同學談話也不一定。又不是小孩子，我總不能勉強把人家拉到電話筒前面哪。」

「那當然。」

然後對方一面打呵欠一面掛斷電話。沒辦法。才早上十點。

中午之前我開車到青山的紀伊國屋去買菜。我把 Subaru 停在 SAAB 和賓士之間。簡直就像我自己的身分似的身架狹小的舊型 Subaru 。但我喜歡到紀伊國屋買東西。雖然說起來很傻，這裡賣的生菜可以保持新鮮最久。爲什麼我不知道。但就是這樣。或許在打烊後把生菜集合起來加以特殊訓練吧。即使是那樣我也完全不吃驚。在高度資本主義社會，各種事情都有可能。

我把電話答錄機設定好，但沒有任何錄音留言。誰也沒有打電話來。我一面聽著收音機播出來的『Theme from Shaft』一面把買回來的青菜一一包裝好放進冰箱。那個男人是誰？-Shaft！

然後我又到澀谷的電影院去看『單戀』。這已經是第四次了。但不能不看。我大概算好時間走進電影院，恍惚地等著奇奇出現的一幕，把精神集中在那一幕。希望不要看漏細節。情景還是依然不變。星期天早晨。到處都有的慵懶星期天光線。窗戶的百葉簾。女人赤裸的背部。男人在那上面爬行的手指。牆上掛著 Le Corbusier 的畫。牀的枕頭邊放著 Cutty Sark 的酒瓶。有兩個玻璃杯，還有煙灰缸。Seven Stars 香煙盒。房間裡有音響組合。也有花瓶。花瓶裡插著像是瑪格麗特菊似的花。地板上散落著脫下的衣服。還看得見書櫥。鏡頭繞圈子轉著。是奇奇。我不禁閉起眼睛。再張開眼睛。五反田君抱著奇奇。輕巧溫柔地。「不對呀。」我想。而且不禁脫口而出。有四個坐在對面座位的年輕男人瞟我一眼。主角女孩子出現了。她的頭髮梳著馬尾巴。棉布風衣和藍牛仔褲。紅色愛迪達鞋。手上拿著蛋糕或餅乾盒之類的東西。她走進房間，然後逃走。五反田君茫然了。他從牀上起身，以注視眩眼的光線似的眼神，凝神注視著她已離去之後留下的空間。奇奇把手搭在他的肩上，憂鬱地說：「這是怎麼回事呢？」

我走出電影院。並且漫無目的地在澀谷街頭到處走。

由於已經開始放春假了，街上充滿了初中生和高中生。他們去看電影，在麥當勞吃著宿命性的垃圾食品，到『Popeye』、『Hotdog Press』或『Olive』之類的雜誌所推薦的店去買一些沒什麼用處的雜貨，到遊樂場去花零錢。那一帶店面門口以大音量播放著音樂。Stevie Wonder，或Hall & Oates，柏青哥店的進行曲，右翼宣傳車的軍歌，一切的一切都渾然化爲一體，製造出像大混沌般的喧鬧吵雜聲。澀谷車站前正在進行著選舉演講。

我一面想起在奇奇背上爬行的五反田君纖細端正的十根手指尖一面在街上走。走到原宿，然後穿過千駄谷走到神宮球場，從青山路朝墓地下走，走過根津美術館，經過「費加洛咖啡店」前，然後走到紀伊國屋。再經過仁丹大樓前回到澀谷。相當長一段距離。到澀谷時天色已經暗了。從斜坡上眺望時，各色霓虹燈開始亮起的街道，身上裹著黑色大衣面無表情的上班族們正像溯著暗流往上游的鮭魚羣般以均等的速度流動著。

回到房間時，看見電話答錄機的紅燈亮著。我打開屋裡的電燈，脫下大衣，從冰箱拿出罐裝啤酒來喝了一口。然後在牀邊坐下試著按了答錄機的再生按鈕。錄音帶倒帶，然後播出留言。

「嗨，好久不見。」五反田君說。

18

「嗨，好久不見。」五反田君說。相當清晰明快的聲音。既不太快、也不太慢、既不太大、也不太小、既不緊張，但也不太鬆懈的聲音。很完美的聲音。我在一瞬之間就知道那是五反田君的聲音。那是一種只要聽過一次就不太容易忘記的聲音。就像他的笑容，整齊清潔的牙齒，和筆直的鼻樑一樣，不容易讓人忘記。我過去從來沒有注意過五反田君的聲音，也從來沒有想起過，但雖然如此那聲音卻像在更深夜靜中清澈的鐘聲響起一般把緊緊貼附在我頭腦角落的潛在意識就在一瞬之間喚醒了。實在眞不得了，我想。

「我今天晚上會在家，所以請你打到我家來。反正我到早晨都不睡覺的。」他說，把電話號碼重複兩次。「那麼到時候再說了。」於是他掛斷電話。從區域號碼判斷，應該離我的公寓不太遠。我把他說的號碼記下來，然後試著慢慢撥看看。在響第六聲之後電話開始答錄。現在正外出，請留話，女人的聲音說。我把自己的名字和電話號碼和時刻錄進去。並且說我會一直在這裡。眞麻煩的世間。掛了電話我走到廚房，把芹菜洗好切細，沾上美乃滋醬，一面喝啤酒一面嚼著時，電話打來了。是雪打的。你現在在做什麼？她說。我在廚房嚼著芹菜喝著啤酒啊，我說。這樣子眞悽慘哪，雪說。也不見得，我說。還有更多更悽慘的事呢。只是她還不知道而已。

「妳現在在哪裡？」我問問看。

「還在赤坂的公寓。」她說。「現在要不要開車到什麼地方去兜風？」

「很抱歉今天不行。」我說。「我現在正在等一通工作上重要的電話。下次再去吧。嘿，對了，妳昨天提到的，妳見到披羊皮的人嗎？我想聽聽那件事。那是一件非常重要的事。」

「下次再說吧。」她說著很乾脆地咔鏘一聲掛斷電話。

眞要命，我想。並且望了一下手上拿著的聽筒。

♪ ♪ ♪ ♪

我嚼完芹菜之後，想想晚飯要吃什麼。義大利麵吧，我想。把兩粒大蒜厚切，用橄欖油炒。把平底鍋傾斜讓油流到一邊，花長時間用文火爆香。然後把紅辣椒整顆放進油裡面。和大蒜一起炒。在尚未炒出苦味之前就把大蒜和紅辣椒取出。這取出的時間相當難捉。再把火腿切好放進去，炒到表面快要起酥爲止。然後把預先燙好的義大利麵放進去，上面輕輕灑一把瀝乾水分切碎的荷蘭芹菜末。然後再配上清爽的 Mozzarella 乳酪和番茄沙拉。不壞。

不過正在燒水準備燙義大利麵時，電話鈴響了。我把瓦斯關掉走到電話旁，拿起聽筒。

「嗨，好久不見。」五反田君說。「好懷念哪。還好嗎？」

「還好啊。」我說。

「經紀人說，你好像有事找我？總不會是想再一起解剖青蛙吧？」然後他很開心似地哈哈笑起來。

「不是，倒是有點事情想請教你。所以雖然我想你可能很忙，總之還是打個電話試試看。有點奇怪的事。其實是這樣的……」

「那麼，你現在忙嗎？」五反田君問。

「不，沒什麼忙的。因爲很空正想要做晚餐呢。」

「那正好。如果方便的話，我們一起到外面吃晚飯吧。我也正想跟誰吃飯，正在找對象呢。一個人默默的吃也沒什麼味道啊。」

「不過這樣可以嗎？我突然打電話給你。也就是說，那個……」

「不用客氣呀。反正每天時候到了肚子就餓，不管喜不喜歡，飯總是非吃不行。又不是爲了你才勉強吃這頓飯的。我們慢慢吃飯也喝一點酒，兩個人談談從前的往事吧。好久沒見老朋友了。只要你不嫌麻煩的話，我倒很想見你呢。或者這樣會打攪你嗎？」

「怎麼會呢？是我有事找你的啊。」

「那麼我現在就去接你。你那裡，是什麼地方？」

我把住址和公寓名字告訴他。

「嗯，這離我家很近。大概二十分鐘左右就到得了。你準備立刻動身吧。我現在肚子好餓了。不能等久。」

就這麼辦，說著我掛斷了電話。然後歪著頭想。從前的往事？

我和五反田君之間有什麼從前的往事呢？我完全不能理解。我跟他當時感情並沒有特別好，話也沒說過多少。他是光榮好班的優等生，而我說起來則算是比較不起眼的存在。我連他到現在還能記得我的名字都覺得是奇蹟呢。從前的往事到底指什麼？有什麼值得一談的？不過不管怎麼樣，當然是總比被冷淡反應好得多了。

我迅速刮了鬍子，在橘紅色條紋襯衫上，穿一件 Calvin Klein 的斜紋毛西裝外套，打上以前的女朋友送我的生日禮物 Armani 的針織領帶。並穿上剛洗過的藍牛仔褲，準備穿剛買不久的雪白 YAMAHA 網球鞋。這些是我衣櫥裡最時髦的服裝了。而且我想但願對方能理解這種時髦。在我以往的人生中一次也沒有和電影明星一起吃過飯。不知道這種時候該穿什麼樣的衣服才好。

準二十分後他來了。一位五十歲左右舉止端莊言語有禮的司機來按我的門鈴，說五反田君正在下面等候。有司機的話應該是開賓士車吧，我想，果然是賓士。而且是非常大的銀灰色賓士車。看來像一艘汽艇一般。玻璃車窗是看不透裡面的。司機爲我打開車門發出咔喳一聲舒服的聲音，我上了車。五反田君就在裡面。

「嗨，好懷念哪。」他臉上堆滿咪咪的微笑。因爲沒握手什麼的，我總算大爲鬆一口氣。

「好久不見了。」我說。

他穿著極平常的V字領毛衣，上面披一件深藏青色風衣，穿一件倒了毛的奶油色燈芯絨長褲。鞋子是褪了色的 Asics 慢跑鞋。但他的穿著果然不簡單。雖然是不怎麼樣的衣服，但由他穿起來卻顯得非常高尙而且看起來令人覺得舒服。他一面微笑著一面看我的服裝。

「很時髦嘛。」他說。「品味很好。」

「謝謝。」我說。

「好像電影明星一樣。」他說。不是諷刺，只是開玩笑而已。我笑了，他也笑了。因此兩個人都稍微放鬆些了。然後五反田君環視車子裡。

「怎麼樣？很棒的車子吧？這個，是有必要時，製片公司租給我們的。連帶司機一起。有這個既不怕會出事，也不擔心酒醉開車、很安全。對他們來說，對我來說，都很快樂。」

「原來如此。」我說。

「我自己不開這玩意兒。我自己喜歡比較小的車。」

「Porsche 嗎？」我問。

「Maserati。」他說。

「我倒喜歡比那更小的車。」我說。

「Civic？」他問。

「Subaru。」我說。

「Subaru。」五反田君說，點點頭。「這麼一說我以前也開過。我第一次買的車。當然不是用報帳，是用自己的錢買的。用第一次演電影的片酬買的中古車。我非常中意那部車。都開著去攝影片廠。那是拍第二部當準主角的時候噢。立刻就被人家指點。你要是想當明星的話，就不要開什麼 Subaru。於是我才換車。世界就是這樣。不過眞的是一部好車。很實用。又便宜。我很喜歡喏。」

「我也喜歡哪。」我說。

「你想我爲什麼開 Maserati？」

「不知道啊。」

「因為有必要支出開銷經費。」他好像在抖出一個不太好的祕密似地皺起眉說。「經紀人要我多用更多更多經費。說是用得不夠。所以才買貴車子。買貴車子經費可以報很多。大家都快樂。」

眞要命，我想。難道大家都不想想經費以外的事嗎？

「肚子餓了。」他說著搖搖頭。「想吃厚厚的牛排。可以陪我嗎？」

我說隨便由他決定，於是他告訴司機要去的地方。司機默默點頭。然後五反田君看著我的臉微笑，「好了。」他說。「我們來談談私事，你一個人正在準備做晚飯，那麼你難道是單身嗎？」

「是啊。」我說。「結婚，又離婚了。」

「那麼，跟我一樣。」他說。「結婚，又離婚了。因此付了瞻養費嗎？」

「沒付。」我說。

「一毛錢都沒有？」

我搖搖頭。「不接受。」

「幸運的男人。」他說。然後微微笑著。「我也沒付瞻養費，不過因為結婚變成一文不名。我的離婚你多少知道一點吧？」

「模糊地。」我說。他除此之外什麼也沒說。

他在四、五年前和一個紅女明星結婚，兩年多一點就離婚了。週刊雜誌寫了很多關於這件事的花花草草。但正如往例一樣，眞相如何卻不清楚。結果對方女明星家人和他之間的交涉似乎很惡劣。這是經常有的情況。對方女明星不管公私兩方面都密密聚滿了強悍的親友族類。他說起來則是比較公子哥兒式長大的，過慣了一個人悠哉生活的類型。當然不可能順利。

「眞不可思議。覺得不久之前才一起做理科實驗的，再一次見面時彼此居然已經是離婚經驗者了。你不覺得不可思議嗎？」他笑笑地說。並用食指尖輕輕撫摸眼瞼。「對了，你又怎麼會離婚的？」

「非常簡單哪。有一天老婆走掉了啊。」

「突然？」

「對。什麼也沒說。突然就走了。我連預感都沒有。回到家就不在了。我還以爲她到什麼地方去買東西了呢。於是我做了晚餐等她。但到早上都沒回來。過了一星期、過了一個月也沒回來。然後離婚申請書就寄來了。」

關於這件事他想了一會兒。然後嘆一口氣。「這種說法也許會傷害你，不過我覺得你比我幸福。」他說。

「爲什麼？」我問。

「我的情況，老婆沒離家出去，是被我趕出去的。名副其實。有一天就把她趕出去了。」然後他透過玻璃窗一直注視著遠方。「眞是很慘。從頭到尾她都是有計劃的。全盤周密的計劃。就跟詐欺一樣。在我不知不覺之間，各種東西的名義逐漸換掉了。那眞的是不得了的厲害。我對這些一點都沒留意到。我們是委託同一位會計師全盤處理財務的。我信任他。把印鑑、證書、股票、帳簿全託他管，她說因爲報稅需要叫我託給他，我也就一點都不懷疑的託給他保管。我對這種細微事情很不擅長，如果能託人辦就託人辦。然而那傢伙卻跟她的親戚勾結起來。當我發現的時候，已經變成一文不名了。就像連骨髓都被吸乾了似的。於是我像趕走一隻無用的狗一樣把她趕出去。學到很多。」於是他又微笑起來。「就這樣我也稍微成長了一點。」

「已經三十四了。大家就算不願意也都要長大的。」我說。

「確實是這樣，正如你所說的。就是那樣。不過，人也眞奇怪噢。一瞬之間就變老了。眞的是這樣。我從前以爲人是一年一年逐漸順序上年紀變老的。」五反田君一直注視著我的臉說。「但卻不是這樣。人是在一瞬之間變老的。」

♪ ♪ ♪ ♪

五反田君帶我去的，是六本木僻靜的一角，一家看來很高級的牛排屋。賓士車一停在大門口，立刻就有經理和服務生從店裡出來迎接我們。五反田君對司機說一小時左右之後來接我們。賓士車便像一隻很聽話的魚一般，無聲地消失在夜之黑暗中去了。我們被帶到稍微靠裡面的牆邊坐位。店裡雖然都是一些服裝時髦的客人，但穿著燈芯絨長褲和慢跑鞋的五反田君看來卻是最有品味的。不知道爲什麼。不過總之他是沒辦法地醒目。我們一進去，客人們全都抬起眼睛來瞄他一眼。看了兩秒鐘之後才又把視線轉回去。大概再看久一點就會失禮了吧。眞是複雜的世界。

我們坐下來之後，首先點了蘇格蘭威士忌加冰塊。「爲了分手的老婆們。」他說。於是我們喝威士忌。

「這件事很傻。」他說。「不過我現在還是喜歡她。雖然遇到那麼糟糕的事，但我還是喜歡她。忘不了她。沒辦法喜歡別的女人。」

我一面望著水晶玻璃杯中被化成形狀極其高尙的冰一面點頭。

「你呢？」

「你是說我對分手的老婆怎麼想嗎？」我問。

「對。」

「不知道。」我坦白說。「我不希望她走掉。但她卻走掉了。我不知道是誰不對。但那是已經發生的事，已經變成既成事實了。而我則花時間努力想去習慣那個事實。而且除了去習慣之外，我盡量什麼都不去想。所以不知道。」

「嗯。」他說。「嘿，談這種事情，對你來說很痛苦吧？」

「沒這回事。」我說。「這是事實啊。總不能逃避事實。所以不是說痛苦吧。我不太清楚那種感覺。」

他啪吱一聲輕輕彈響手指。「對，就是這樣。搞不太清楚那種感覺。正如你所說的。就像引力發生變化了似的感覺。連痛苦都不是。」

服務生走過來，我們點了牛排和沙拉。兩個人都要五分熟。然後我們又點了第二杯威士忌。

「對了。」他說。「你有什麼事找我啊。先聽聽那件事吧。趁著還沒喝醉。」

「事情有點奇怪。」我說。

他以很舒服的笑臉對著我。雖然受過很好的訓練，但卻不令人討厭的笑臉。

「我喜歡聽奇怪的事噢。」他說。

「我最近看了你演的電影。」我說。

「『單戀』」他說著皺起眉頭，小聲說。「很爛的片子。爛導演。爛劇本。每次都一樣。跟那部電影有關的人都想忘記那件事。」

「我看了四次。」我說。

他以注視虛無似的眼神看我。「我可以打賭，那部電影沒有任何地方有人看過四次的。在這銀河系宇宙的任何地方都沒有。跟你賭什麼都可以。」

「有一個我認識的人出現在那部電影裡。」我說。然後我補充「除了你之外。」

五反田君用食指尖輕輕按著太陽穴。然後瞇細眼睛看我。

「誰？」

「我不知道名字。是那個演星期天早晨跟你睡覺的女孩子。」

他喝一口威士忌，然後點了幾次頭。「奇奇。」

「奇奇。」我反覆一次。奇妙的名字。感覺好像是別人似的。

「那是她的名字啊。至少大家都只知道那名字。在我們小小的奇怪世界裡她是以奇奇的名字來往的，這就夠了。」

「能跟她聯絡上嗎？」

「不行。」他說。

「爲什麼？」

「我就從頭說起吧。首先第一點奇奇就不是職業演員。所以事情有點麻煩。演員不管有名沒名，大家都清清楚楚屬於某個製片公司。所以可以立刻取得連繫。大多數人都是坐在電話前面等聯絡的。但奇奇卻不是。她不屬於任何地方。她只是偶然出現在那部電影裡而已。是完全打工性質的。」

「她爲什麼會去演那部電影呢？」

「是我推薦的。」他很乾脆地說。「我對奇奇說要不要演電影？並向導演推薦奇奇。」

「爲什麼？」

他喝了一口威士忌，嘴唇歪斜一下。「因爲那女孩有類似才華般的東西呀。怎麼說呢，存在感。她有那種東西。可以感覺到噢。雖然不是有多麼美。或者演技能力怎麼樣。但只要有那女孩子在，畫面就有張力。很紮實。這種東西，應該算是一種才華。所以讓她演演看。結果很好噢。大家都很喜歡奇奇。不是我自豪。那一幕拍得很好噢。很眞實。你不覺得嗎？」

「是啊。」我說。「很眞實。確實是。」

「所以，我想讓那女孩子就那樣繼續進入電影圈。因爲我想她可以演得很好。但不行。她消失了。這是第二個問題。她消失了。像煙霧一般。像朝露一樣。」

「消失了？」

「嗯，名副其實地消失了。大概是一個月左右前的事了，她沒來試鏡。只要能來試鏡，那部新電影她一定可以拿到演出相當重要角色的機會，我這樣爲她從旁安排。而且在前一天還通過電話，把時間確實敲定好。我說不要遲到，一定要準時來喲。但結果奇奇卻沒露面。就到此爲止。斷了消息。到處找不到她。」

他抬起一根手指招服務生過來，點了兩杯威士忌續杯。

「我有一點疑問。」五反田君說。「你跟奇奇睡過覺嗎？」

「有。」我說。

「所以，嗯，也就是說，如果我說跟她睡過覺的話，你會受傷吧？」

「不會受傷。」我說。

「幸虧。」五反田君似乎安心了似地說。「我不善於說謊。所以我聲明在先。我跟她睡過幾次。是個好女孩。雖然有點怪，不過有一點像會對你訴說什麼似的地方。如果當上演員就好了。也許會有好的表現。眞可惜。」

「沒有她的聯絡地方嗎？本名或什麼的？」

「不行啊。無從調查起。誰也不知道。只知道她叫奇奇。」

「電影公司的財務部不是有付款傳票嗎？」我說。「付片酬的傳票。那些應該都需要有本名、住址的。因爲要扣繳所得稅呀。」

「當然那個我也試著查過了。但還是不行。她沒有拿片酬。因爲沒拿錢，所以也沒有收據。是零啊。」

「爲什麼沒拿錢呢？」

「你問我，我也傷腦筋。」五反田君一面喝著第三杯威士忌一面說。「大概是不想讓人家知道姓名和地址吧？我不清楚。她是個謎一樣的女人。不過我跟你之間有了三個共通點。第一初中上同一個理科實驗班。第二兩個人都離婚了。第三都和奇奇睡過覺。」

終於沙拉和牛排送來了，很棒的牛排。就像圖畫中所畫的那樣正確的五分熟。五反田君好像非常舒服似地吃著。他的餐桌禮儀非常不嚴謹，在禮儀教室大概拿不到好分數，但和他一起用餐倒覺得很輕鬆，而且看著他吃好像非常美味的樣子。以女孩子的眼光來看大概會說很有魅力吧。這種舉止動作就是想學也不是短時間可以學會的。這是與生俱來的。

「那麼，你是在什麼地方認識奇奇的？」我一面切肉一面試著問看看。

「是在什麼地方啊？」他考慮了一下。「對了，是叫女孩子的時候，她跟著來的。所謂女孩子，就是，用電話叫的。你懂嗎？」

我點點頭。

「自從離婚之後，大致上是一直跟這種女孩子睡覺。因爲不麻煩。不是這行業的就不太方便，而如果以同行當對象又會被雜誌寫翻天。只要打一通電話就來了。費用很高噢。不過可以保守祕密、絕對保密。是製片公司的人幫我介紹的。女孩子也都很漂亮。輕鬆啊。因爲她們是專家。不過還不世故油條。彼此都快樂。」

他切著肉慢慢品嚐著吃，再喝一口威士忌。

「這裡的牛排不壞吧。」他說。

「不壞。」我說。「沒得挑剔。好餐廳。」

他點點頭。「不過一個月來個六次也會膩的。」

「爲什麼來到六次呢？」

「因爲認識啊。我進來沒有人會騷動。服務生也不會竊竊私語。客人都習慣了名人，因此不會盯著你看。正在切肉的時候沒有客人會來要求你簽名。如果不是這種餐廳的話實在沒辦法安心吃飯，說眞的。」

「好像是很辛苦的人生嘛。」我說。「經費也不能不多花。」

「完全沒錯。」他說。「對了，說到哪裡了？」

「說到叫應召女郎的地方。」

「對。」說著五反田君用餐巾擦擦嘴角。「於是，有一天我叫了一個經常叫的認識的女孩。但是，那個女孩不在。於是來了另外兩個女孩。大概是要我從中挑一個的意思吧。因爲我是貴賓，所以服務很好。其中的一個就是奇奇。我想怎麼辦好呢？要選嫌麻煩，因此就跟兩個人睡了。」

「哦。」我說。

「不受傷嗎？」

「沒問題。如果是高中時代也許會受傷也說不定。」

「高中時代我也沒做過這種事。」五反田君笑著說。「總之，就是跟那兩個人睡了。不可思議的組合。也就是說，另一個女孩子非常華麗。甚至可以說華麗得火辣辣的。非常漂亮，身體每個細部都花了錢。這不是謊言喏。我在這個圈子也看過各種各樣的漂亮女人了，但那在其中仍然算是相當出色的。個性很好、頭腦也不差。還滿能夠談的。然而奇奇卻不是這樣。她不算多美。嗯，是漂亮噢。不過，那邊俱樂部的女孩子，全都是美得亮眼的。她說起來卻是……」

「輕鬆型的。」我說。

「對，就像你說的。輕鬆型的。眞的。洋裝穿的也是家常服，不太說話，也不太化粧。好像怎麼樣都無所謂似的感覺。不過，很不可思議喲，心會逐漸被她那邊所吸引，被奇奇那邊喏。三個人做完之後，大家坐牀上一面喝酒，一面聽音樂，一面談話。我很久沒有那麼快樂。就像學生時代一樣。一直有好久都不能像那樣放輕鬆。然後我們三個人睡過幾次。」

「是什麼時候的事？」

「離婚後半年左右之後，所以對了，大約一年半左右之前的事吧。」他說。「那樣三個人睡了大約五次或六次，我想。我沒有和奇奇光兩個人睡過。爲什麼噢？是可以那樣睡的啊。」

「爲什麼呢？」我也試著問問看。

他把刀子和叉子放在盤子上，再用食指輕輕按太陽穴。那似乎是他在思考事情時的習慣動作。有魅力，如果是女孩子的話可能會這樣說吧。

「或許是害怕吧。」五反田君說。

「害怕？」

「怕跟她兩個人單獨相處。」他說。並拿起刀子和叉子。「奇奇身上，有什麼會刺激人、挑逗人的東西。至少我有這種感覺。雖然非常模糊。不，那不能說是挑逗。我說不上來。」

「是啓示、引導。」我試著說。

「嗯，也許是也不一定。我搞不太清楚。因爲我所感覺到的是非常模糊的東西。沒辦法正確說。不過，總之跟她單獨相處，不知道爲什麼我沒有這勇氣。雖然我的心一直被她吸引。我說的話你能不能多少瞭解一點？」

「我覺得好像可以瞭解。」

「總之，即使跟奇奇兩個人睡，我想我也沒辦法放輕鬆吧。我覺得如果跟她發生關係的話我也許會走到更深的地方去似的。有一點這種感覺。但我並不希望這樣。我只是想放輕鬆而跟女孩子睡的。所以我沒有跟奇奇兩個人睡過。雖然我非常喜歡她。」

然後我們默默地用餐。

「試鏡那天奇奇沒有來，我打了電話到俱樂部去試試看。」過了一會兒五反田君像是想起來似地說。「並指名叫奇奇。但她不在。他們說她不見了。消失了噢，忽然。或者對方約好如果我打電話就說奇奇不在也不一定。這我就不知道了。因爲無從確認。但不管怎麼樣，她就從我眼前消失了。」

服務生走過來把盤子收下，問道，餐後咖啡要不要上了？

「與其咖啡不如想再喝酒。」五反田君說。「你呢？」

「我陪你喝。」我說。

第四杯威士忌送來了。

「你猜我今天白天做了什麼？」五反田君說。

不知道，我說。

「我一直在當牙醫的助手。爲了實習一個角色。我現在正在電視連續劇演牙醫的角色。我演牙醫，中野良子演眼科醫師。兩家醫院都在同一個區域，兩個人是從小就認識的青梅竹馬，但一直不能順利結合……這種故事。雖然是很常有的事，反正電視連續劇都是常有的故事。你看過嗎？」

「沒看過。」我說。「我不看電視。只看新聞。連新聞都一週只看兩次左右。」

「聰明。」五反田君點著頭說。「眞無聊的節目。要不是自己演的我也絕對不看。不過很受歡迎。眞的非常受歡迎。經常會發生的事總是受大眾支持。每星期都有好多觀眾來信。全國的牙醫都寫信來。說手勢不對，或治療法錯誤之類的，各種細節的抗議都會來。說是這種馬馬虎虎的節目看了令人生氣。不喜歡就不要看嘛。你不覺得嗎？」

「或許。」我說。

「可是，每次有醫師或學校老師的角色總是會找上我。我已經演了無數醫生的角色了。還沒演的大概只有肛門科醫師。因爲那在電視上拍出來不好看。連獸醫都演過。婦產科醫師也演過。學校老師各種學科也都演過了。也許你不相信，我連家事科的老師都演過。爲什麼噢？」

「大概你讓人家有信賴感吧？」

五反田君點點頭。「大概噢。我想多半是這樣。從前，我也演過個性彆扭的中古車業務員。一隻眼睛是義眼，只是嘴巴很行的角色。我非常喜歡那個角色。覺得很值得去演。自己也感覺演得不錯。但不行。觀眾來信很多。說讓我去演那種角色太不應該，甚至說太可憐了。還說如果再讓我演這種角色，他們就不買提供那節目廠商的商品了。那時候廠商叫什麼來的？是不是獅王牙膏之類的，或者是Sun Star呢，我忘了。不過總之我的角色中途就消失了。消滅掉了。雖然是相當重要的角色，但自然地消滅了。可惜還滿有意思的角色……。從此以後又恢復醫師、醫師、老師、老師的連續。」

「好像很複雜的人生啊。」

「或者是單純的人生。」他笑著說。「嗯，反正，今天在那個牙醫那裡一面當助手，一面學習醫療技術。我已經到那裡去好幾次了。技術也相當提高了。眞的噢。連醫師都誇獎我。說眞的單純治療我好像已經學會了。誰都不知道是我。因爲戴著口罩啊。不過，患者跟我說話都會覺得非常放鬆。」

「信賴感。」我說。

「嗯。」五反田君說。「我自己也這樣覺得。而且那樣做著的時候，自己也覺得非常放鬆。我自己就經常想，其實或許我很適合當醫師或老師也不一定。如果現實上我去做那種職業說不定我會過得很快樂。那並不是不可能的事。如果想做的話是可以做到的。」

「現在不快樂嗎？」

「很難回答的問題。」五反田君說。而且這次用手指尖按著額頭正中央。「重要的是信賴感的問題。正如你所說的。自己能不能信賴自己。觀眾信賴我。但那是虛像。只不過是形象而已。如果把開關關掉映象消失，我就變零。對嗎？」

「嗯。」

「不過如果我當了眞的醫師或老師，就沒有開關。我經常都是我。」

「不過現在演戲的你也是經常存在的啊。」

「有時候覺得非常疲倦，對這個。」五反田君說。「非常疲倦。頭很痛。已經搞不清楚所謂眞正的自己了。到什麼地步是自己，到什麼地步是扮演的人物角色。有時會失去自己。自己和自己的影子之間變成看不見界線了。」

「任何人多少也都會這樣啊。不光是你。」我說。

「當然這我知道。任何人有時候都會迷失自己。只是我的情況這種傾向太強了。怎麼說呢？是致命的。從以前就這樣噢。從以前就一直是這樣。說眞的我以前很羨慕你。」

「我嗎？」我吃一驚地反問。「我眞不明白。我有什麼地方値得讓人羨慕的？我一點都沒想到。」

「怎麼說呢？你看起來總是好像一個人獨自在做著自己喜歡做的事。不管別人怎麼評價、怎麼想，你都不太介意，看來好像都在輕鬆地做著自己想做的事。好像把自己這東西確保得很好似的。」他把裝著威士忌的玻璃杯稍微舉高，透著光瞧著。「嘿，我一直是優等生。從懂事以來一直是這樣。成績很好。也很受歡迎。長相不錯。老師和父母都相信我。經常是班上的領頭。體育也行。我一揮球棒，總是打出長球。不知道爲什麼。但就是可以打中。你大概不瞭解那種心情吧？」

不瞭解，我說。

「所以每次有棒球賽，大家都來找來。沒有理由拒絕。一有辯論大賽，一定也會找我當代表。老師會叫我做。拒絕不了，一做又得優勝。有學生會長選舉時沒有理由不出來。大家都認爲我會出來。考試的時候大家都預測我可以拿到好成績。上課中遇到什麼困難問題出現時，老師多半會找我發問。我一次也沒遲到過。好像不是我自己似的。我只是單純覺得這樣做適合我而這樣做而已。高中時代也這樣。差不多是一樣。對了，我跟你上不同的高中。你上公立高中，我去上私立的升學高中。我高中時代參加足球隊。雖然是以升學爲目的的學校，但足球相當強。差一點就可以打進全國大賽了。我跟初中時候大體一樣，是個理想的高中生。成績好、體育萬能、又有領導力。是附近女校女孩子愛慕的對象。我有過女朋友噢。是個漂亮女孩子。每次足球賽都會來爲我加油，因此而認識。不過並沒有做，只有愛撫而已。我到她家去，父母親不在的時候用手摸，很急地。但那也很快樂。我們在圖書館約會。好像可以入畫般的高中生。NHK的青春故事一樣。」

五反田君喝一口威士忌，搖搖頭。

「上大學之後，情況有些改變。當時鬧學潮。所謂全共鬥。當然我又當上了領導。有活動的地方一定有我帶頭。這已經註定了。搞障礙封鎖、跟女孩子同居、吸大麻、聽Deep Purple。那時候，大家都在做這些。機動隊進來，我被捉去拘留所關了些時候。然後變成沒事可做，被一起住的女孩子邀了就試著去演戲。起初是存著好玩的心，演著演著逐漸就變得認眞起來。雖然是新人，但也讓我演好角色。自己也知道自己有這方面的才華。擅長去扮演什麼，很自然。做了兩年左右，開始紅起來。那時候滿亂來的。喝了很多酒、跟很多女人睡覺。不過大家那時候都那樣，電影公司的人來，說要不要演電影試試看。因爲有興趣就去演演看。還不錯的角色。演一個容易受傷的高中生。馬上下一個角色就找上門來。電視也來了，然後就那樣定型了。一忙起來就把劇團辭掉。辭職的時候當然經過一番爭執。但沒辦法。總不能永遠一直演那地下劇呀。我對更廣大的世界感興趣。於是就像這樣子。變成醫師和老師的專家。我演了兩支廣告片。胃藥的，和即溶咖啡。這就是所謂那個廣大的世界。」

五反田君嘆一口氣。雖然是非常迷人的嘆氣法，但嘆氣畢竟是嘆氣。

「你不覺得好像是畫出來的人生嗎？」

「也有很多人是不太能入畫的。」我說。

「這倒也是。」他說。「我承認我很幸運。不過試著想想，我什麼都沒有選擇。而且半夜裡忽然醒過來時一想到這個，我就會害怕得不得了。所謂這個存在到底在什麼地方？我這個實體到底在什麼地方？我覺得我好像只是沒話說地在扮演著一個接一個分配給我的角色而已。我並沒有自主性地做過任何選擇。」

我什麼話也不能說。覺得好像說什麼也沒用吧。

「我是不是談太多自己的事了?」

不會呀,我說。「想說的時候就說好了。我不會到處去張揚。」

「這個我倒不擔心。」五反田君看著我的眼睛說。「這件事我從頭到尾都不擔心。我從一開始就相信你。爲什麼我不知道。不過就是這樣。對你我可以談。覺得安心。我並不是對誰都這樣談的。倒不如說,幾乎對誰都沒談過。跟分手的老婆談過。非常誠實地。我們經常談,我們處得很好。互相瞭解。也彼此相愛。直到大家圍上來把我們搞得一團糟爲止。如果只有我和她兩個人的話,到現在應該還好好的。但她精神上有很不安定的地方。她是在嚴謹的家庭長大的,太過於依賴家人了。不能自立。而我……不,話題扯太遠了吧。這又是另一回事了。我想說的是以你爲對象我可以安心談,只是,光聽我講不知道會不會給你帶來困擾。」

不會,我說。

然後他提到理科實驗班的事。說他經常都很緊張。他總是想好好把實驗做完。對理解力比較差的女生也必須好好爲她們說明。在那期間他很羨慕我以自己的悠哉步調做好我的功課。不過我完全想不起來初中理化實驗時間,自己到底做了什麼呢?因此我完全無法理解他到底羨慕我什麼。我記得的只有他手法非常俐落地做好實驗而已。而且他用瓦斯火燒東西、用顯微鏡看東西的動作非常優雅。女孩子們簡直就像面對奇蹟似地視線一直盯著他的一舉一動。我之所以很悠哉,是因爲他把難的部分全部幫我做完了,理由只有這個而已。

但關於這點我什麼也沒說。只是沈默地聽著他的話而已。

過一會兒之後,有一個四十左右他認識的穿著不錯的男人走過來,拍了一下他的肩膀,說嗨!好久不見。手上戴著閃閃發亮令人眩眼的豪華勞力士錶。他在開頭的五分之一秒左右瞄了我一眼,然後就把我的存在忘掉。

簡直像看到玄關的擦鞋墊時一般的眼神。就算我繫的是Armani的領帶，但他在五分之一秒內就知道我不是名人了，他和五反田閒聊了一陣子。「最近怎麼樣」，「噢，好忙啊」、「再找個時間去打高爾夫吧」，之類的話。然後勞力士男人再拍了一次五反田君的肩膀說「那麼再見」就走了。

男人走掉之後，五反田君皺了五釐米左右的眉之後，舉起兩根手指招服務生，說買單。帳單送來後他看也不看一眼就用原子筆在上面簽名。

「你不用客氣，反正可以報經費。」他說。「這甚至稱不上花錢，而是經費。」

謝謝你的招待，我說。

「不算招待，是經費。」他以無表情的聲音說。

19

五反田君和我，坐上他的賓士車，開到麻布巷子裡的酒吧去喝酒。我們在櫃台靠裡的位子上各喝了幾杯雞尾酒。五反田君酒量似乎不錯，怎麼喝都完全不醉。從語氣和表情都看不出像變化的變化。他一面喝酒一面談起各種話題。關於電視台有多無聊。導演頭腦有多差。演員們有多低級簡直令人嘔吐。上新聞節目的評論家有多詐。他的話相當有趣。表情生動活潑，觀察尖酸辛辣。

然後他說想聽聽我的情況。你是怎麼走過你的人生來的？他說。於是我把自己的人生概略地談起。大學畢業後，和朋友開了事務所做廣告和編輯之類的工作。結婚，又離婚。工作雖然進行順利，但因為有一點狀況而辭掉了。現在是一個自由作家。雖然賺不了什麼大錢，但反正也沒時間花錢……。概略談起來時，覺得好像是滿安靜的人生似的。好像不是我的人生似的。

不久之後酒吧裡客人開始逐漸多起來，談話有些不方便。也有些人眼光偶爾會瞟他一眼。「到我家去好了。」五反田君說著站起來。「就在附近，沒有任何人，而且有酒。」

他的公寓在從那酒吧轉兩、三個彎的地方。他跟賓士車司機說可以回去了。那是一棟很豪華的大廈。有兩座電梯，其中一座需要專用的鑰匙啓動。

「這大廈的房子是我離婚的時候被趕出家裡之後，事務所爲我買的。」他說。「因爲如果名演員被太太趕出家門變成一文不名去住公寓的話很難看。會破壞形象。當然我是要付租金的。形式上是我向事務所租的。租金則又可以報經費。正好。」

他的房子在最頂樓。寬闊的客廳和兩個房間，並附廚房。還有陽台，從那裡可以淸淸楚楚眺望東京鐵塔。家具品味不錯。從簡單、淸潔來看，應該是花了不少錢的。客廳是木質地板，上面則鋪了幾塊大小不同的波斯地毯。每塊花紋都很高雅。沙發大大的，既不太硬也不太軟。效果很好地配置了幾盆大型觀葉植物盆栽。從天花板垂下來的照明吊燈和桌上的檯燈是義大利摩登風格的東西。裝飾品很少。只有在餐具架上排了幾個像是明朝瓷器似的盤子而已。房間整理得一塵不染。大概有請女傭每天來淸掃吧。桌上放著『GQ』建築雜誌。

「很棒的房子。」我說。

「好像可以用來拍片噢？」他說。

「確實有這種感覺。」我重新把房子環視一周之後說。

「請室內設計師設計的話都會變成這個樣子。變成像攝影現場似的。拍起來很上鏡頭。我有時會敲敲牆壁看看。因爲會錯覺是不是片廠搭的布景。好像有點缺乏生活氣味。只是表面看來不錯而已。」

「那麼，你把生活氣味住出來就好了啊。」

「問題是我沒有生活。」他以無表情的聲音說。

他把唱片放在B&O的唱盤上，放下唱針。喇叭是令人懷念的JBL的P88型。JBL是神經質的Stadio

Monitor流傳全世界前的時代，喇叭還以正常聲音響著的時代傑出產品。他放的是Bob Cooper的老LP。「要喝什麼？你想喝什麼？」他問。

「什麼都可以。喝你想喝的。」我說。

他走到廚房去，用托盤端出裝了幾瓶伏特加酒、Tonic水和滿冰罐的冰塊，三個切成一半的檸檬來。於是我們便安靜地一面聽著清潔的西海岸爵士樂一面喝加了檸檬的伏特加Tonic。確實生活氣味是很稀薄，我想。雖然說不上什麼地方怎麼樣，不過就是有點稀薄的感覺。但並不因爲稀薄，而有什麼不自由的感覺。主要是想法問題。對我來說，這是非常令人覺得靜得下來的房子。我坐在舒服的沙發上放鬆地喝著酒。

「曾經有過很多可能性。」五反田君一面把酒舉到臉的高度透過天花板的燈照著看一面說。「如果我想的話，甚至可以當成醫生。大學時候我也選過教育學分。要想進一流公司上班也行。但結果卻變成這樣。過這種生活。眞奇怪。眼前排出各種牌。我可以任意選的。我想我選任何一種應該都會順利的。我有自信。因此反而沒有去選擇。」

「我可從來沒有看見過什麼牌。」我坦白說。他瞇細了眼睛看我的臉，然後咧嘴一笑。他大概以爲我在開玩笑吧。

他在玻璃杯裡加了續杯的酒，擠上檸檬，把皮丟棄在垃圾桶。「連結婚我都是順其自然的。我跟我太太合演一部電影，不知不覺間變得親近了。在出外景時一起喝酒，租了車子去兜風。演完電影之後，還約會過幾次。周圍的人也覺得我們是相配的一對，猜想我們會結婚吧。結果就順理成章似地結婚了。我想你大概不會瞭解吧，這眞的是個很小的圈子。就像生活在巷子底的連棟住宅一樣。一旦形成一股流勢之後，眞的就會產生一股實在的力量。不過我眞的喜歡她。她是我這一生所得到的東西裡最正常的東西之一。結婚之後我才認識到這個。而且我很認眞地想保有她。但卻不行。當我認眞地想要選擇那個時，那個就會逃走。女人是這樣，角色也是這樣。如果是對方自動來的話，我是可以處理得極好。但如果是我自己去求來的話，全都會從我的手指縫間溜走。」

我沈默著，一句話也說不出來。

「不是我想法消極。」他說。「我到現在還喜歡她。只有這樣而已。有時候我這樣想。如果我不再當演員，她也不再當演員，兩個人能夠悠閒地一起過日子不知道有多棒。不需要住時髦的大廈。也不需要開賓士車。什麼都不需要。只要有個平凡的工作，有個平凡的小家庭就夠了。也想要孩子。下了班跟朋友順路到一家小酒館去喝一杯，閒扯些話發些牢騷。然後回到家她就在家裡。用分期付款買一部喜美或Subaru車。這樣的生活。仔細想想我所希望的是這種生活噢。只要她在家，就好了。但卻不行。她要的不是這種生活。我家人對她都懷著希望。她母親是典型的後台星媽。父親是個拜金主義。哥哥當她的經紀人。弟弟老是惹麻煩。總是需要花錢爲他收拾殘局。妹妹當歌星正開始走紅。她實在無法擺脫。而且她自己從三、四歲開始就一直深深被灌輸這種價值觀。一直在這個世界裡扮演著童星的角色，活在被塑造的形象中。和你我完全不同。她不瞭解所謂現實世界這東西。不過卻是個心非常美的女人。擁有非常清純的東西。這點我知道。但卻不行。沒辦法。嘿，你知道嗎，我上個月還跟她睡過覺。」

「跟已經分手的太太？」

「對。你不覺得不正常嗎？」

「也沒什麼不正常。」我說。

「她到這屋子裡來。我不知道她爲什麼來的。她打電話來，說可以去玩嗎？我說當然可以。於是兩個人便像從前一樣地喝酒，聊天，然後睡覺。非常棒噢。她說她還喜歡我。我說如果能跟妳從頭來過不知道有多好。她什麼也沒說。只是微笑著聽我說而已。我談到平凡的家庭。就像剛才跟你說的那些。她依然還是微笑地聽著。但其實她從頭開始就沒有聽。跟她談也沒什麼反應。完全沒有用。她只是覺得寂寞想要有人抱她而已。碰巧那個對方是我而已。或許這說法很過份也不一定，但確實是這樣。她跟我和你完全不同。對她來說寂寞這東西是要別人代爲消解的感情。只要有人幫她消解就行了。那樣就完畢。此外就沒下文了。但我卻不是這樣。」

唱片放完了，沈默來臨。他把唱針舉起來，暫時想了一下什麼。

「嘿，要不要叫女孩子？」五反田君說。

「我都無所謂。隨你高興好了。」我說。

「你有沒有花錢跟女人睡過？」他問。

沒有，我說。

「爲什麼？」

「想都沒想過。」我坦白回答。

五反田君聳聳肩，對這點想了一下。「不過今天晚上你不妨陪陪我。」他說。「我來叫跟奇奇一起來過的女孩。或許她知道一點她的事也不一定。」

「一切由你安排。」我說。「不過我想這個總不會也以經費報帳吧？」

他一面笑著一面把冰放進玻璃杯。「或許你不相信，不過可以報噢，這個。制度是這樣成立的。名義上是宴會服務公司，還給你正式的乾乾淨淨閃閃發亮的收據呢。設計複雜得就算有人查帳，也不那麼容易知道。而且跟女人睡覺也大大方方地成爲接待費。眞是厲害的世間。」

「高度資本主義社會。」我說。

♪　♪　♪　♪

在等女孩子來時，我忽然想起奇奇漂亮的耳朵，我試著問五反田君有沒有看過奇奇的耳朵。

「耳朵？」他莫名其妙地看我的臉。「沒有，沒看過。也許看了，但不記得。她耳朵怎麼樣嗎？」

沒什麼，我說。

♪　♪　♪　♪

兩個女孩子來的時候是十二點稍過的時分。其中一個就是五反田君以「華麗」形容過的和奇奇搭配成一組的女孩子。她確實非常「華麗」。好像那種在某個地方邂逅，雖然當時沒有交談，但事後一直還讓你記得見過面的那種典型的女孩子。會勾起男人永遠的夢的那種女孩子。不落俗套。品味良好。她在雙排扣風衣裡，穿了綠色卡西米亞毛衣。和極普通的毛裙子。裝飾品只戴了簡單小巧的珍珠耳環。感覺像是品味高尚的大四女生。

另外一位女孩子穿著冷色系的洋裝戴著眼鏡。我不知道居然也有戴眼鏡的妓女。但卻是眞的有。她雖然不算華麗，但依然是非常有魅力的女孩。手腳修長，曬得很黑。她說上星期到關島去一直在游泳。頭髮短短的，並用髮夾整理得很好。她戴著銀手鐲。動作很拘謹，肌膚光滑像肉食獸一般優雅地緊繃著。

我看到她們時，忽然想起高中的同班同學。雖然程度有別，但這兩種典型的女孩子班上大約都有一個。既漂亮又優雅的女孩子，和好動而有活力感的有魅力的女生。簡直像同學會一樣，我想。開完同學會，消除緊張之後，和氣味投合的伙伴開二次會正喝著酒時的那種氣氛。雖然是很愚蠢的聯想，但眞的這樣覺得。五反田君所謂放輕鬆的意思我多少有些明白了。他好像跟這兩個都睡過的樣子，女孩子們和他都輕鬆地打招呼。「嗨！」或「你好嗎？」這種感覺。五反田君介紹我說是中學同班同學，現在在寫作。你好，女孩子們微笑地說。沒關係，都是朋友，的那種微笑。在現實世界裡不太看得見的那種微笑。你好，我也說。

我們或坐在地板上，或躺在沙發上，喝著白蘭地蘇打，一面聽著Joe Jackson, Chic, Alan Parsons Project的LP一面聊各種話題。氣氛非常放鬆。我們很陶醉在那氣氛中，女孩子們也很快樂。五反田君以那個戴眼鏡的女孩爲對象表演著牙醫的演技。確實很高明。看來比眞的牙醫還要像牙醫。眞有才華。

五反田君坐在戴眼鏡的女孩旁邊。他小小聲地說著什麼，女孩子不時咯咯地笑著。在那之間比較華麗的那個女孩輕輕靠到我肩上握住我的手。散發出非常美妙的香氣。讓人胸口覺得呼吸困難起來的那種香氣。眞的很像同學會，我想。就像雖然那時候我說不出口，但其實我很喜歡你。爲什麼你沒有追求我呢似的，男人的，少年的，夢。那種印象。我挽住她的肩膀。她輕輕閉上眼睛，以鼻尖探索著我的耳下。然後在我的脖子上親吻。輕柔地吸吻著。忽然留神時，五反田君和另一個女孩子已經不見蹤影。大概到臥室去了吧。把燈關暗一點好嗎？她說。我找到壁上的照明開關把燈關了，只留下桌上小檯燈的光。再一留神時，唱片已經換成Bob Dylan的錄音帶。曲子是『It's All Over Now, Baby Blue』。

「慢慢地幫我脫。」她在耳邊細語著。我依照她說的慢慢地把她的毛衣、裙子、襯衫、絲襪之類的脫下。我反射地想把脫下的衣服疊起來，但又想到沒這個必要於是作罷。她也把我的衣服脫下。Armani領帶Levi's的牛仔褲，和T恤襯衫。然後她只剩下光滑的小胸罩和內褲，站在我前面。

「怎麼樣？」她一面微笑一面問我。

「很棒。」我說。她的身體非常漂亮。美麗，而滿溢著生命感，清潔，而性感。

「怎麼棒法？」她問。「表達得詳細一點。如果能表達得好的話我會對你很體貼喲。」

「讓我想起從前。高中時候。」我坦白說。她一時感到有點不可思議似地瞇細了眼睛微笑著看我。「你這個人有一點特別喲。」

「回答得不太妙嗎？」

「一點也不。」她說。於是來到我身旁，爲我做了我三十四年的人生之中沒有人曾經爲我做過的那種事。纖細而大膽地，很不容易想得到的那種事。但有人想到了。我把全身的力氣放鬆，閉著眼睛，把身體任她擺佈。那和我到目前爲止所經驗過的任何做愛都不一樣。

「不壞吧？」她在我耳根呢喃著。「不壞。」我回答。

那就像美好的音樂一樣撫慰著心，讓肉體溫柔地放鬆，讓時間的感覺麻痺。在這裡有的是洗練的親密感，是空間和時間安詳的調和，是以限定的形式做完美的溝通。況且這還可以經費報銷。「不壞。」我說。Bob Dylan正在唱著什麼歌。是什麼呢？這？是『激雨（Hard Rain's A-Gonna Fall）』。我輕輕抱住她。她放鬆力量進入我的手腕中。一面聽著Bob Dylan一面以經費抱著一個華麗的女子總覺得怪怪的。在令人懷念的一九六〇年代這種事情令人難以想像。

這只不過是一種映象而已，我想。只要一按掉開關一切都會消失掉。三D的性映象。性感的香水氣味，溫柔的肌膚感觸，和溫熱的吐氣。

我循著一定的路線確實地攀登而射精之後，我們兩人便走到浴室去冲澡。然後只圍著大浴巾就回到客廳，小口啜著白蘭地聽Dire Straits之類的LP。

你做寫作的工作是寫什麼樣的東西？她問。我大概說明了一下工作內容。好像不怎麼有趣的工作她說。看是寫什麼而定，我說。我所做的是所謂文化上的剷雪工作，我說。我所做的則是官能上的剷雪，她說。於是笑了。嘿，要不要兩個人再來剷一次雪，她說。於是我們在地毯上相交。這次是極簡單，而緩慢的。但不管是採取怎麼簡單的型態，她都很知道要怎麼樣讓我喜歡。為什麼會知道這種事呢？我覺得很不可思議。

我們一面並躺在大型長浴缸中，我一面試著問她有關奇奇的事。

「奇奇。」她說。「好懷念的名字。你認識奇奇呀？」

我點點頭。

她像小孩子一般噘起嘴唇，呼地嘆了一口氣。「她已經不見了。她突然就消失掉了。我們感情還滿好的。常常兩個人一起去買東西、喝酒。但她什麼也沒說就突然不見了。大概一個月、或兩個月前。但這也不是什麼稀奇的事。做這種工作也不必辭職，只要想退出就默默退出。她不見了很可惜。因為我跟她很投緣。但是，也沒辦法。我又不是在做獵人工作。」她以修長漂亮的手指撫摸著我的下腹，輕輕觸摸著陰莖。「你跟奇奇睡過嗎？」

「從前我們一起住過一陣子。大約四年前。」

「四年前哪。」說著她微笑了。「好久以前的事啊。四年前我還是個乖乖的高中女生呢。」

「有沒有什麼辦法能見到奇奇？」我試著問她。

「很難喏。眞的不知道她到什麼地方去了。就像我剛剛也說過的那樣，她只是純粹消失掉了。簡直就像被牆壁吸進去了似的。沒有任何線索，就算想要找也無從找起吧。嗨，你到現在還在喜歡奇奇嗎？」

我在浴缸中慢慢伸展著身體，抬頭看天花板。我到現在還在喜歡奇奇嗎？

「不知道。不過跟這個無關，我無論如何都必須見到她才行。我一直強烈感覺到奇奇好像想見我。我一直繼續夢見她。」

「好奇怪。」她看著我的眼睛說。「我也常常夢見奇奇。」

「什麼樣的夢？」

她沒有回答。好像想了一下卻只是微笑而已。好想喝酒，她說。我們回到客廳坐在地板上聽音樂，喝酒。她靠在我胸前，我摟著她赤裸的肩。五反田君不知道是不是和他那配對的女孩睡著了，竟完全沒有從房間出來。

「嘿，或許你完全不相信，跟你像這樣在一起好快樂。眞的。跟工作或演技之類的無關好快樂。這不是說謊噢。你相信嗎？」她說。

「我相信。」我說。「我也是這樣覺得非常快樂。很放鬆。好像在開同學會似的。」

「你這個人很特別喲。」她一面吃吃地笑著一面說。

「關於奇奇的事。」我說。「有沒有別人知道。她的住址、或本名之類的？」

她慢慢搖著頭。「我們幾乎不談這些事。大家都隨便取個假名過日子。比方奇奇之類的。我是May。另一個女孩叫媽咪。大家都是用片假名兩個字。至於私生活，大家都不知道，也不過問這種事。只要對方不提自己的話，這邊也不問。這是禮貌。不過感情倒滿好噢。會一起出去玩。但那卻不是現實噢。對方是什麼樣的人我並不清楚。我是May，她是奇奇。我們並沒有現實的生活。我們該怎麼說呢，只是形象而已。浮在空中。飄飄的。所謂名字也是取在幻想中的記號而已。因此我們都盡可能尊重對方的形象。這個你懂嗎？」

「我懂。」我說。

「雖然在客人之中也有人同情我們，但並不是那樣一回事。我們並不是為了錢而做這個的。我們在做這個的時候，其實也很快樂。我們俱樂部是採取嚴密的會員制的，因此客人素質都很好，大家都讓我們覺得很快樂。我們也很以這形象的世界為樂噢。」

「快樂的剷雪者。」我說。

「對，快樂的剷雪者。」她說。然後親吻我的胸前。「有時候丟丟雪球。」

「May。」我說。「從前眞的有一個叫做咩的女孩子。在我事務所隔壁的牙醫做掛號服務。是生在北海道農家的女孩子。大家都叫她山羊咩。皮膚黑黑瘦瘦的。是個好女孩。」

「山羊咩。」她重覆地說。「你的名字呢？」

「小熊維尼Pooh。」我說。

「好像童話一樣。」她說。「好極了。山羊咩和小熊維尼Pooh。」

「像童話一樣。」我也說。

「吻我。」May說。我抱著她吻。很棒的吻。好懷念的吻。然後我們喝了記不得是第幾杯的白蘭地蘇打，聽Police的唱片。Police，又一個無聊樂團名字。爲什麼要取什麼Police這樣的名字？但我在想著這個之間，她已經在我手臂裡呼呼地沈睡了。在我手臂中睡著時的May看來已經不再是個華麗的女子。她看來像是一個到處都有的極普通的容易受傷的少女。好像同學會一樣，我又想。時鐘已繞過四點。周遭靜悄悄的。山羊咩和小熊維尼Pooh。只不過是單純的印象。可以用經費報銷的童話。Police。又是奇妙的一天。好像快速繫上了卻又連繫不上。順著線索前進，終於又噗哧地斷了。跟五反田君談過了。對他甚至開始懷有某種好感了。跟山羊咩認識，跟她睡覺。好棒。我變成了小熊維尼Pooh。官能上的剷雪。但什麼地方也沒到達。

我在廚房煮著咖啡時，其他三個人醒過來起身了。那是早晨六點半。May穿上浴袍。媽咪只穿著五反田君的貝斯禮睡衣的上身，五反田君則穿著那下身。我穿著牛仔褲和T恤。我們四個人到餐桌前坐下來喝咖啡。還烤了麵包吃。互相遞著奶油和橘子果醬。FM正播著『獻給您巴洛克音樂』。Henry Purcell。像露營的早晨一樣。

「好像露營的早晨一樣。」我說。

「郭公鳥叫了，咕—咕。」May說。

七點半五反田君用電話叫計程車送女孩子們回去。臨走時，May吻了我一下。「如果你能順利見到奇奇的話請幫我問候她。」她說。我悄悄遞一張名片給她，說如果妳知道了什麼消息請打電話給我。她點點頭，說會。

「下次有機會再一起剷雪吧。」May眨一眨眼說。

「剷雪？」五反田君說。

剩下兩個人時，我們又再喝了一杯咖啡。是我泡的咖啡，我很擅長泡咖啡。靜靜的太陽無聲地昇起，東京塔眩眼地閃亮著。看著這個時，我想起從前雀巢咖啡的廣告。確實那上面也出現早晨的東京塔。東京的早晨以咖啡開始……也許不是也不一定。不管怎麼樣。但總之東京塔在朝日之下閃亮著，我們在喝著咖啡。於是我忽然想起雀巢咖啡的廣告。

這是平常人們正急於趕上班、上學的時候。但我們卻不然。跟華麗的專業女子享樂一夜，正恍惚地喝著咖啡。然後接下來可能會沈沈睡個長覺。不管喜不喜歡，而且就算程度有別，我們——我和五反田君——都和極普通的世間生活模式脫離了。

「今天現在開始你要做什麼？」五反田君頭轉向我這邊說。

「回家睡覺啊。」我說。「沒有任何特別的預定。」

「我現在開始睡一覺，中午要跟人碰面，談事情。」他說。

然後我們暫時沈默，再度眺望東京塔。

「怎麼樣，快樂嗎？」五反田君問。

「很快樂啊。」我說。

「結果，怎麼樣？奇奇的事有沒有問出什麼？」

我搖搖頭。「只是忽然消失了。正如你說的那樣。一點線索都沒有。連個正確名字都不知道。」

「我也會幫你向電影公司的人打聽一下奇奇的事。」他說。「如果順利的話或許能知道一點什麼。」

然後他撇了一下嘴唇，用湯匙柄搔搔太陽穴。好有魅力，要是女孩子們的話會這樣說吧。

「嘿，不過你跟奇奇見了面，又打算怎麼樣呢？」他問。「想重修舊好，或這一類的嗎？或者只是戀舊而已？」

不知道，我說。

這我也不清楚。見了面要怎麼樣，只能等見了面再想。

喝完咖啡後，五反田君用他那輛一塵不染的茶色瑪莎拉蒂車送我回澀谷的家。雖然我說我坐計程車回去，但他說反正很近便送我。

「下次再打電話約你可以嗎？」他說。「能跟你談話很高興。我不太有可以談正常話題的對象。如果你不介意的話，最近我想再見個面。行嗎？」

「當然。」我說。並為牛排餐、酒和女孩子道謝。

他什麼也沒說只是靜靜搖搖頭。即使沒有語言也可以充份明白他想說的意思。

20

接下來的幾天沒發生任何事安靜地過去了。每天雖然有幾通和工作有關的電話進來，但我一直設定電話答錄而沒有接聽。我的重要性似乎還沒有衰退。我做做吃的，到澀谷街上每天看一次『單戀』。因爲是春假，因此電影院雖然不至於客滿但也相當擁擠。觀眾幾乎都是高中生，或初中生。正常的大人觀眾只有我一個。他們是爲了看主演的女孩子和偶像歌手的模樣而到電影院來的，至於電影情節或品質如何則無所謂。他們一看到想看的明星出現時便大聲哇哇叫。像野狗收容所一般吵鬧。想看的明星沒出現時，大家都喀沙喀沙、啪啦啪拉地出聲吃著東西，或互相高聲吼著「哇塞」或「呀呼」。我忽然想道乾脆整個電影院燒光大概比較清靜吧。

『單戀』開演時，我很注意地盯著片頭字幕看。確實有奇奇的名字小小地出現。

奇奇出場的場景結束後，我走出電影院在街上恍恍惚惚地閒逛著。每次大概都走相同的路線。從原宿、神宮球場、青山墓地、表參道、仁丹大樓、到澀谷。途中偶爾也會喝杯咖啡休息一下。春天已經確實來到地上。發出令人懷念的春天氣息。地球正很有耐心地守著規矩繞太陽繼續公轉。宇宙的神祕。每次冬去春來時我都會想到宇宙的神祕。爲什麼每次都會發出同樣的春天氣息呢？每年每年到了春天一定會發出這種氣息。雖然只是非常微妙而輕淡的氣息，但每次都完全一模一樣。

街上到處貼滿選舉海報。每張都是醜陋的海報。選舉演講車也到處跑。不曉得在說些什麼。只是吵鬧而已。我一面想著奇的事，一面繼續走在那樣的街上。而就在那之間，我發現自己的腳逐漸開始恢復活力了。步伐變得輕鬆、而且確實，接著頭腦的活動也變可以感覺到以前所沒有的敏銳了。雖然只是些微的改變而已，但卻一步一步朝前進了。我擁有了目的，因而極自然地產生這樣的步伐。這是不壞的徵兆。跳舞啊，我想。東想西想也沒辦法。總而言之好好地踩出確實的步子，維持自己的系統吧。並且繼續小心地注意看清楚這流向會把我送到什麼地方去。繼續留在這邊的世界吧。

三月底的四、五天就這樣平安無事地流過了。表面上沒有任何進展。我出去買菜，在廚房做做微不足道的食物，到電影院去看『單戀』，做長散步。回到家裡把電話答錄放來聽，錄的都是和工作有關的電話。夜裡一個人讀書、喝酒。每天都是同樣的反覆。在做著這些之間，以艾略特詩和Count Basie的演奏而聞名的四月終於來臨。夜裡一個人喝著酒時，忽然想起和山羊咩May做愛的事。劊雪。那是奇妙而獨立的記憶。和任何事都不相關聯。和五反田君，和奇奇和任何人都無關。那感覺像是極眞實的夢一樣。連細部都記得一淸二楚，在某種意義上甚至比現實更鮮明，但結果那卻是和任何事都不相連繫的眞實的夢。不過我覺得那對我似乎是一件非常可喜的事情。以非常限定的形式所做的心的互相接觸。兩個人盡量努力尊重彼此的幻想也好形象也好。沒問題，我們都是好朋友式的微笑。露營的早餐。郭公鳥叫了。咕—咕。

奇奇和五反田君是怎麼樣睡的？我試著想像。她是否也和May一樣爲五反田君做極性感的服務呢？那種服務是屬於那家俱樂部的女孩子大家都學會的做爲職業上基本技術的know-how嗎？或者那只不過是May

的個人性東西呢？我不知道。總不能去問五反田君。和我住在一起時，奇奇對做愛算起來是被動性的。我抱她時她便溫柔地回應我，但絕不會自己主動要求，或積極地做什麼。當被我擁抱時，奇奇身體的力量是放鬆的，我想她是非常放鬆地享受著。而且我對那樣的做愛從來沒有一次覺得不滿。因為抱著放輕鬆的她是很棒的事。柔軟的身體，安詳的氣息和溫暖的性器。我有了這些就足夠了。因此我實在無法想像她對誰——例如五反田君——做積極的職業的性服務。但或許那單純只是因為我的想像力不足而已吧？

所謂妓女是如何區別私生活和營業用的做愛的呢？那對我是意想不到的問題。正如我對五反田君說過的那樣，因為我以前從來也沒有和妓女睡過一次覺。雖然和奇奇睡過。奇奇是妓女。但不用說我當時並不是和做為妓女的奇奇睡覺，而是和以個人的奇奇睡覺。而相反地，我是和以妓女的May睡覺，而沒有和個人的May睡覺。因此就算會深究這兩種情況，相信也沒有意義吧。這是越深入思考越困難的問題。本來做愛這回事到底什麼地方屬於精神性的，從什麼地方開始是技術性的呢？到底什麼地方是實像而從什麼地方開始是演技呢？充份的前戲是精神性的嗎？或者是技術性的呢？奇奇是不是真的樂於和我性交呢？她在那電影中真的是在做著演技嗎？或者被五反田君的手指探索著背部時真正陶醉了呢？

實像和形象正混亂著。

例如五反田君。他做為醫師的姿勢只是單純的形象而已。但他看來卻比真正的醫師更像醫師。令人擁有信賴感。

我的形象到底又是什麼呢？不，我擁有這種東西嗎？

跳舞吧，羊男說。而且要跳得高明噢，高明得讓大家都佩服。

高明得讓大家都佩服。這麼說來，我畢竟也應該擁有所謂的形象這東西吧。而且如果有的話，大家是否會對我那形象感到佩服呢？大概吧，我想。到底什麼地方有誰會對我的實像感到佩服的呢？

睏了之後，我把玻璃杯在流理台洗好，刷了牙睡覺。醒過來時已經第二天來臨了。一天一天過很很快。已經四月了。四月初。就像 Truman Capote 的文章那樣纖細，容易空虛，容易受傷，而且美麗的四月初的日子，早晨我到紀伊國屋去，買些調理好的青菜。並買了一打罐裝啤酒和三瓶打折的葡萄酒。也買了咖啡豆。還買了做三明治的薰鮭魚。買了味噌和豆腐。回到家把電話錄音播出來聽，有雪的留言。她以不太有趣沒精打采的聲音說十二點會再打一次請在家等噢。然後咔鏘一聲掛斷電話。咔鏘一聲把電話掛斷對她來說彷彿是一種身體語言似的。時針指著十一點二十分。我在廚房泡又熱又濃的咖啡，一面喝著一面坐在地板上讀艾德馬克班的87分局系列的新刊。我從十年前開始就一直想別再讀這種東西了，但每次新刊出來還是忍不住會買來看。要說拿惰性使然當藉口的話，十年的歲月也未免太長了。十二點五分電話打來了。是雪。

「你好嗎？」她說。

「很好啊。」我說。

「現在在做什麼？」她說。

「正想差不多該做中飯了吧。調理得脆脆的生菜和薰鮭魚、切得像剃刀的刀片一般薄並用冰水泡過的洋葱、加 Horseradish 芥末醬做三明治。紀伊國屋的法國奶油麵包很配薰鮭魚三明治。如果順利的話可以做得味道很接近神戶的名店德利卡特珊的薰鮭魚三明治。也有不順利的時候。但有目標，有試行錯誤事情才能成功。」

「像傻瓜一樣。」

「可是很好吃噢。」我說。「如果妳以爲我說謊的話，可以去問蜜蜂。也可以去問三葉草。眞的很好吃。」

「什麼嘛？你說什麼蜜蜂跟三葉草？」

「是比喻呀。」我說。

「要命。」雪半帶著嘆氣地說。「你呀，就不能長大一些嗎？已經三十四歲了吧？以我看來都有點傻氣喲。」

「叫我變更社會化一點嗎？妳說的意思？」

「我想去兜風。」她不理會我的問題而說。「今天傍晚有空嗎？」

「我想應該有空。」我想了一下之後說。

「五點你到赤坂的公寓接我噢。地點還記得嗎？」

「記得。」我說。「嘿，妳從上次以來一直住在那裡嗎，一個人住？」

「嗯，反正回箱根也沒什麼。因爲是在山頂的空屋子啊。那種地方我不想一個人回去。不如在這裡比較有趣。」

「妳媽媽呢？還沒回來嗎？」

「不知道，媽媽的事。她一點都沒聯絡。我想大概還在加德滿都吧。我不是說過了嗎？已經完全不能指望她了。根本不知道她什麼時候回來。」

「錢夠用嗎？」

「錢沒問題。因爲我可以自由使用金融卡。我從媽媽的錢包裡抽一張。她就算遺失一張卡片，也都完全不會發現呢。我要不自衛的話會死掉的。因爲她不太正常，這點事是當然的噢。你不覺得嗎？」

我避免回答只是曖昧地漫應著。「有沒有好好吃飯？」我試著問。

「有啊。你在想什麼啊？不吃可是會死掉吧？」

「我在問妳有沒有吃像樣的東西？」

雪乾咳一下。「肯德基炸雞、麥當勞、Dairy Queen之類的。還有熱烘烘便當。……」

垃圾食物。

「五點鐘我去接妳。」我說。「帶妳去吃一點像樣的東西。因爲妳的食生活實在是實在是太差了。思春期的女孩子應該多吃一點像樣的東西才行。像妳這樣的吃法，長久下去長大以後會變成生理不順噢。雖然要變成怎麼樣是妳的自由。不過如果妳變成生理不順可是會爲周圍的人帶來麻煩喏。妳不能不爲周圍的人設想。」

「像傻瓜一樣。」雪小聲地說。

「對了，如果妳不嫌麻煩的話，可以把妳赤坂公寓的電話號碼告訴我嗎？」

「爲什麼？」

「像這樣單方面式的溝通法不太公平啊。妳知道我的電話號碼。我卻不知道妳的電話號碼。妳心血來潮的時候可以打電話給我，我心血來潮的時候卻不能打電話給妳——這不公平啊。而且像今天約好了要見面，萬一有了什麼急事必須改變預定時，卻沒辦法聯絡，這樣很不方便。」

她似乎有些猶豫似的鼻子小聲哼著，不過最後還是告訴我號碼了。我在手冊上的電話住址欄五反田君下面記下來。

「不過你可不要隨便更改約定噢。」雪說。「這樣任性的對象只要媽媽一個人就已經夠受了。」

「沒問題。我不會隨便改變約定。不是我說謊。當然妳也可以去問蝴蝶，或問苜蓿。很少有像我這樣守約的人。只是世上有所謂的突發事件這東西。無法預料的事情卻會忽然發生。因爲世界是既廣大又複雜的，因此有時候或許會發生我所無法應付的事情。那樣的時候如果跟妳聯絡不上，就非常傷腦筋。我所說的妳明白吧？」

「突發事件？」她說。

「晴天霹靂。」我說。

「但願不會發生。」雪說。

「就是啊。」我說。

但那卻眞的發生了。

21

他們是在下午三點過後來的。兩個人一起來。我正在淋浴時門鈴響起。等我穿上浴袍，打開門爲止門鈴響了八次之多。憤怒像要刺到肌膚上似的響法。我打開門時，兩個男人站在前面。一個四十五歲左右，另外一個看來和我差不多年紀。年齡大的那個個子高高的，鼻子上有傷痕。現在還是初春他卻已經曬得很黑了。像漁夫般深刻現實的曬法。而不是在關島海灘或滑雪場曬的樣子。頭髮看起來很硬，手大得招眼。他穿著灰色長大衣。年輕的那個個子矮小，頭髮有點長。眼睛瞇細，眼光銳利。看來像是前些時期的文學青年似的。有點像在同人雜誌的聚會時把前額的頭髮往上一撩，說道「還是三島行噢。」似的雰圍。以前，大學時班上就有幾個這種同學。這個人穿的則是深藍色立領大衣。兩個人都穿著稱不上時髦的黑色皮鞋。如果掉在路上會讓人想要閃開走過的那種。既便宜、又落魄。這兩位紳士都不屬於我會想積極交上朋友的那種典型。「漁夫」和「文學」是我暫且爲他們取的名字。

文學從大衣口袋掏出警察手冊無言地亮給我看。好像電影一樣，我想。雖然我從來沒有看過什麼警察手冊，不過一眼的感覺是那東西是眞貨。因爲那種落魄相就跟皮鞋的落魄相很相似。不過當他從大衣口袋裡掏出來時，卻竟然像是在推銷同人雜誌似的。

「我們是赤坂警署來的。」文學說。

我點點頭。

漁夫雙手插在大衣口袋裡一句話也沒說。只是若無其事地把一隻腳擱進門口。讓門無法關上。要命，眞像電影一樣。

文學把手冊收進口袋，然後上下檢視我一遍。頭髮還濕淋淋的，身上只穿著浴袍。綠色雷諾瑪的浴袍。當然這是正牌貨，背後確實寫有雷諾瑪的牌子。洗髮精是WELLA。沒有任何羞恥丟人的地方。因此我一直安靜等候對方說話。

「其實是有一點事情想請教。」文學說。「因此很抱歉，如果方便的話，可不可以勞駕到署裡走一趟？」

「請教我，關於什麼呢？」我試著問道。

「這個嘛，到時候再說吧。」對方說。「只是因爲要請教你還需要各種形式和文件之類的，因此希望能請你到署裡走一趟。」

「我換個衣服總可以吧？」我試著問道。

「那當然請便。」文學表情也沒變地說。以非常平板的聲音，非常平板的表情。如果讓五反田君來演刑警或許可以演得更眞實、更高明吧，我忽然想道。所謂現實就是這麼回事。

我在裡面的房間換衣服時，兩個人便開著門站在門口。我穿上平常穿慣的藍牛仔褲和灰色毛衣，斜紋毛外套。把頭髮吹乾梳好，把皮夾、手冊和鑰匙環放進口袋，關上窗子，栓緊瓦斯總開關，關掉電燈，把電話答錄機設定好。然後穿上深藍色的 Topsiders 鞋。兩個人一副很稀奇似地盯著我穿鞋子。漁夫還把一腳擋在門口。

離我家公寓門外不遠的地方，停著一輛不太醒目的巡邏警車。非常普通的警車，駕駛席上坐著一位穿制服的警察。漁夫先上車，然後我上車，最後文學再上車。這也和電影一樣。文學關上門之後，車子便在無言之中發動了。

道路雖然很塞，但巡邏車並沒有鳴響警笛只是慢慢地開。搭乘的感覺和計程車大體上差不多。只是沒有計程儀表而已。前進的時間不如停止的時間來得多，因此周圍車上的駕駛都紛紛偷眼瞄著我的臉。誰都沒有開口。漁夫交抱著雙臂看著前方。文學那邊則像在練習描寫風景似地一臉嚴肅地睨著窗外。到底在描寫什麼樣的風景呢？我想。一定是用莫名其妙的語言做著暗淡的描寫吧。「概念式的春天正伴隨著黑暗的潮流激烈地來臨。那來訪正搖撼起粘貼在都市縫隙之間不知名人們的情念，將其無聲地推流往不毛的流砂而去。」

我想把這樣的文章從頭開始批改看看。所謂「概念式的春天」是什麼？「不毛的流砂」又是什麼？不過中途果然覺得很愚蠢而作罷。澀谷街頭依然充滿了穿著輕率的小丑裝般頭腦不是很好的中學生們。既沒有春情也沒有流砂。

到了警察署，我被帶到二樓的調查室。是一間有小窗的四疊半榻榻米左右大小的房間。從窗戶幾乎不能照進什麼亮光。也許和隔壁的建築物太接近了吧。房間中央擺著一張桌子，兩張事務椅，此外並放有兩張輔助用的塑膠椅。牆上掛著設計簡單得不能再簡單的鐘。只有這樣。沒有別的。既沒掛月曆、也沒掛畫。沒有書櫥、沒有花瓶、沒有標語、也沒有茶器。只有桌子、椅子和掛鐘。桌上放著煙灰缸和筆托，書桌邊堆著文書檔案夾。他們進到房間便把大衣脫下，折起來放在輔助椅上，然後要我坐在鐵製的事務椅上。於是漁夫在我對面坐下。

文學在稍微離開一點的地方站著，啪啦啪啦翻閱著手冊。兩個人暫時都沒說話。我也什麼都沒說。

「那麼，昨天晚上，你在做什麼？」停了好長一段時間之後，漁夫才開口。試著想想漁夫這是第一次開口。

昨天晚上，我想。昨天晚上是什麼樣的晚上？昨天晚上和前天晚上沒有區別。前天晚上和大前天晚上也沒有區別。眞不幸，但卻是事實。我暫時沈默地思考著。花了一些時間才想起來。

「你呀。」漁夫說。然後乾咳。「如果要提法律上的事情怎麼樣會很花時間噢。我只是問一些很簡單的事而已。你從昨天傍晚開始到今天早上爲止在做什麼。這不是很簡單嗎？回答也不會有什麼損失吧？」

「所以我現在在想啊。」我說。

「不想就記不得了嗎？才昨天的事啊。又不是在問你去年八月的事。沒有考慮的必要吧？」漁夫說。

可是我想不起來呀，我想這樣說但沒有說。我相信這種記憶的暫時失落他們是無法理解的。讓他們認爲我頭腦有問題可就糟了。

「我會等你。」漁夫說。「我會等所以請你慢慢想吧。」於是他從上衣口袋掏出 Seven Stars 香煙，用 Bic 打火機點上。「你要抽嗎？」

「不用。」我說。尖端都市生活者不抽煙『Brutus』雜誌上這樣寫著。但他們兩個和那無關抽得很美味似的。漁夫抽著 Seven Stars，文學抽著 Short Hope。兩個人都近乎連續地抽著。他們才不會讀什麼『Brutus』呢。完全沒有一點趨勢概念的人。

「等五分鐘吧。」文學依然以無表情的平板聲音說。「在那之間總可以好好想出來吧。昨天晚上，在什麼地方做了什麼？」

「所以說啊，這個人是知識份子嘛。」漁夫朝向文學那邊說。「我查過他以前也被調查過。還留下指紋呢。參加學生運動。妨害公務執行。書面送檢（傳不到案）。這些事他都很習慣了。老油條噢。討厭警察。法律也很熟練。對憲法所保障的國民權利之類的事知道得很淸楚。差不多快要說幫他找律師來了。」

「不過我們只是請他『任意同行』，詢問他極簡單的問題啊。」文學一副很驚訝似地對漁夫說。「我們也沒說是逮捕啊。眞搞不懂。沒有任何理由找律師來吧？爲什麼非要想得這麼麻煩呢？眞是難以理解。」

「所以呀，我在想，這個人是不是只是單純地討厭警察。總之只要任何冠上警察名字的東西他都在生理上感到討厭。從警車到交通巡警。因此對這些他死也不肯幫忙吧。」漁夫說。

「不過沒有問題的。因爲只要快一點回答，就可以快一點回家。凡是想法實際的人一定都會好好回答的。而且，只是因爲被查問昨天晚上做了什麼事就叫律師，律師也不會來呀。因爲律師也很忙。知識份子的話這一點總該明白的。」

「說得也是。」漁夫說。「只要確實明白這個的話，彼此都可以節省時間噢。我們很忙，這個人也很忙吧。拖拖拉拉的只有浪費彼此的時間，而且也很累。這還相當累人的。」

就在這對口相聲繼續之間那五分鐘已經過去。

「好了。」漁夫說。「怎麼樣，想出什麼來了沒有？」

既想不出來，也不願意去想。不久總可以想出來吧。但總之現在想不起來。記憶依然失落還未恢復。「到底是怎麼回事？首先我想知道。」我說。「不明白到底是怎麼回事我就沒辦法說什麼。我不希望在不明究底的情況下，說出對自己不利的話來。而且先說明事情的由來再質問人也是做人的禮節。你們現在做的完全不合禮節。」

「不想說對自己不利的話。」文學像在檢討文章似地重複說。「他說不合禮節呢。」

「所以我不是說他是知識份子嗎？」漁夫說。「看事情的方法很彆扭。他討厭警察。是訂《朝日新聞》讀著『世界』的。」

「我才沒有訂報紙，也沒讀『世界』」我說。「總之到底爲什麼把我帶到這裡來，你們不告訴我，我就什麼都不想說。你們要怎麼折騰就儘管折騰吧。反正我也是閒著。時間要多少有多少。」

兩個刑警面面相覷一下。

「告訴你事情由來，你就願意回答嗎？」漁夫說。

「大概。」我說。

「這個人倒有若無其事的幽默感啊。」文學一面交抱著雙臂看著牆壁上方一面說。「他說大概呢。」

漁夫用手指摸一下鼻子上方橫向的一道傷痕。看來像是刀傷。相當深、周圍的肉都拉扯著。「我告訴你噢。」他說。「我們可是很忙噢。而且是很認眞的。希望早些把這件事解決掉。我們也不喜歡這樣做。可能的話也想在傍晚六點回家，和家人一起悠閒地吃晚飯。我們旣不恨你，也不怨你。只要你告訴我們昨天晚上你在什麼地方做什麼事，我們對你別無所求。如果沒有什麼可疑的事的話，告訴我們又何妨呢？或者是有什麼慚愧的事所以不能說呢？」

我一直注視著桌上的玻璃煙灰缸。

文學把手冊啪噠敲一下然後收進口袋。三十秒左右大家都不說一句話。漁夫又再含起Seven Stars來點著。

「老油條噢。」漁夫說。

「要不要叫人權擁護委員會呢？」文學說。

「嘿，這種事跟人權扯不上噢。」漁夫說。「這叫做市民的義務啊。市民必須盡可能協助警察的搜查，法律上不是好好寫著嗎？你所喜歡的法律也好好這樣寫的啊。你爲什麼對警察這麼反感呢？你總該也向警察問過路吧？家裡遭小偷的時候也會打電話報警吧？不是彼此彼此嗎？爲什麼這麼簡單的事都不肯幫忙呢？眞的不是很簡單的形式上的問題嗎？昨天晚上，你在什麼地方做什麼了？少找麻煩趕快把事情辦完吧。這樣我們也可以進一步做別的。你也可以回家。萬事ＯＫ。你不覺得嗎？」

「我想先知道事情原由。」我重複說。

文學從口袋拿出衛生紙，發出巨大的聲音擤鼻涕。漁夫從抽屜拿出塑膠尺來，在手掌心啪噠啪噠地拍著。

「你明白嗎？」文學一面把衛生紙丟進桌子旁的垃圾桶一面說。「你正在讓自己的立場逐漸惡化噢。」

「嘿，現在可不是一九七〇年代喲。我們可沒有閒工夫跟你在這裡玩反權力遊戲。」漁夫厭煩了似地說。「那種時代呀，已經過去了噢。所以，我跟你全都被這個社會給埋沒了。已經既沒有權力也沒有反權力喲。誰也再沒有那種想法了。這是個大社會喲。就算興風作浪，也沒有任何好處噢。系統已經穩固地成立了。如果不喜歡這個社會的話，只好等大地震來了。你就去挖洞穴吧。但現在在這裡逞強可沒有任何好處噢。對彼此都一樣。只有消耗而已，如果是知識份子這點應該明白吧？」

「好了，我們也有點累了，口氣或許有點粗魯。那麼很抱歉。我們跟你道歉。」文學一面啪啦啪啦地翻著手冊一面說。「不過，我們也很累喲。不停地工作工作。從昨天晚上開始幾乎沒睡覺。孩子的臉已經五天都沒看見了。飯也沒好好吃過。或許你不喜歡我們這樣，但我們也是爲了社會在工作。而你偏偏在這個節骨眼上逞強什麼也不回答。那我們可要著急喲。你明白嗎？你讓自己的立場惡化的意思，結果就是我們累了脾氣也跟著壞起來喲。本來可以簡單了結的事情也會變成不能簡單了結。事情便搞擰了。當然你有可依賴的法律。也有國民的權利。但那些運用起來很花時間。就在花時間之間，你或許要遭遇不愉快的事也不一定。因爲法律這東西非常複雜，很麻煩費事，有時候無論如何得看現場的運用情形而定。這些，不知道你明白嗎？」

「要是誤解了可傷腦筋，我們並沒有恐嚇你喲。」漁夫說。「他只是在忠告你而已。我們也並不想讓你遇到不愉快的事。」

我沈默地望著煙灰缸。煙灰缸上沒有任何記號。只是一個陳舊的骯髒的玻璃煙灰缸而已。最初應該是透明的吧？現在卻不然了。泛白混濁著，角落裡黏附著煙油。到底放在這桌上有幾年了呢？我試著想。大概有十年了吧，我想像。

漁夫把玩著塑膠尺一會兒。

「好吧。」他好像放棄了似地說。「就把事情原由跟你說明吧。本來我們也有所謂詢問的程序的，不過看來你也有你的苦衷，所以，現在就依你的吧。現在暫且噢。」

於是把尺放在桌上，拿出一個檔案夾，啪啦啪啦翻著，從中拿出一個信封來，把裡面的大型相片抽出來遞到我前面放下。我拿起那三張相片來看。是黑白的實際狀況的相片。一眼就可以看出那不是爲了藝術目的而拍的。相片上映出女人。首先是赤裸的背部朝上趴在牀上的相片。手腳修長，臀部緊繃。頭髮像扇子般散開從頭上把上面遮住。腳稍微張開，看得見性器。手往旁邊伸出垂下。女人看來像在睡覺。牀上並沒有什麼有特徵的東西。

第二張更具眞實性。女人被翻成仰臥。看得見乳房、陰毛和臉。手腳好好調整成立正的姿勢。不用說明女人是死了。眼睛張開，嘴角微妙地僵硬歪斜著。是May。

我看了第三張相片。臉部特寫的相片。是May。沒錯。但她已經不再豪華。她身上只剩下可以說像凍結了的無感動似的東西而已。脖子周圍略微留下像是磨擦過的痕跡。我嘴裡好乾渴，唾液沒辦法順利吞進。手掌皮膚怪怪地刺癢起來。May。她那美好的做愛。我們直到早晨在一起快樂的剷雪，聽Dire Straits，然後一起喝咖啡。而她居然已經死了。現在已經不在了。我想要搖頭。但沒有搖。我把三張相片疊起來。若無其事地還給漁夫。兩個人一直目不轉睛地觀察著我看相片的樣子。這又怎麼樣？我以這種臉色看漁夫的臉。

「你認識這個女人嗎？」漁夫說。

我搖搖頭。「不認識。」我說。如果說我認識的話，當然五反田君就會被捲進這件事裡。因爲他是我和May的介紹人。但現在不能把他給捲進這裡。或許他已經被捲進這事件裡了也不一定。這個我不清楚。如果是這樣的話，而且五反田君已經說出我的名字，還有我和May睡過覺的事的話，我的立場會很糟糕。因爲我供詞就變成謊話了。這樣的話可就不是開玩笑能了事的了。這是賭博。但不管怎麼樣總不能由我這邊把五反田君的名字抖出來。他跟我的立場不同。那樣事情會鬧得很大。週刊雜誌記者馬上會跑來採訪。

「你再好好看一次。」漁夫慢慢地以話中帶有含意的語氣說。「因爲是非常重要的事，所以請你再好好看一次，然後才回答。怎麼樣，記得這個女人嗎？請千萬不要說謊噢。因爲我們可是專家，有人說謊的話我們肯定知道那是謊話。在警察前面說謊，事情會很糟糕。知道嗎？」

我再一次花時間把三張相片看過。雖然眼睛眞想避開，但卻不可能避開。

「不認識。」我說。「不過，已經死了。」

「已經死了。」文學做文學性的複誦。「十分死了。非常死了。完全死了。一看就知道。我們看見了噢，在現場。是個漂亮女孩。竟然赤裸地死了。是個漂亮女孩只要一眼就看得出。不過只要死掉之後，不管是不是漂亮女孩已經沒關係了。是不是裸體也沒關係了。只不過是個死人啊。如果不去管她就會腐爛。皮膚會裂開掀起露出腐肉來。非常臭。會長蟲子。這你看過沒有？」

沒有，我說。

「我們看過幾次。到那種地步的時候，已經不知道是不是曾經漂亮過。只是一堆腐肉而已。就跟腐爛的牛排一樣。聞過那臭味之後有一陣子會吃不下飯。我們雖然是專家，但對那臭味還是不行。那沒辦法習慣。然後如果時間再久一點的話，就只剩下骨頭。到這地步已經不臭了。一切都乾掉了。發白、而漂亮的玩意兒。骨頭是清潔的，眞好。嗯，不過總之，這個女的還不到那個地步。既不到骨頭的地步，也還沒有腐爛。只是死掉了而已。只是變僵硬了。硬梆梆的。也還看得出曾經是漂亮女孩。如果能在她活著的時候和這樣的女孩好好玩一場的話想必很不錯。但看到裸體卻沒有任何感覺。因爲已經死了。我們跟死人是完全不一樣的東西喲。所謂死人哪，就像石像一樣噢。也就是說，有這麼一道分水嶺，只要越過那裡一步就變成零了。變成完全的零。只有等著被燒掉了。不過確實曾經是個漂亮女人。眞可憐哪。要是還活著的話可以一直那麼漂亮的。不知道被誰殺了。這是不行的，這個女人也有生存的權利呀。才二十出頭呢。被人家用絲襪勒死的。而且不是很快就死。是花了些時間才死的。非常痛苦。連自己快要死了都知道。心裡想著，爲什麼我非要在這種地方死不可呢？我還想活下去呀。可以感覺到氧氣逐漸變少快要窒息了。頭腦變成一片茫然。小便也禁不住。想辦法掙扎求救。但力氣卻不夠。終於慢慢地死去。實在不是很好的死法。我們希望能逮捕到讓她這樣死法的犯人。非逮捕不可噢。這是犯罪呀。而且是非常惡質的犯罪。有力氣的人以暴力殺害無力的人。這是不能容許的事。這種事情如果容許存在的話，社會的根基就會動搖。必須把犯人逮捕，予以處罰。那是我們的義務。要不然，或許犯人會再殺害其他的女人。」

「這個女人昨天中午左右在赤坂的高級飯店訂了一間雙人房，五點鐘一個人進去。」漁夫說。「她說是丈夫會來。名字和電話是僞報的。房錢事先付了。晚餐點了一人份的餐在房間裡用。當時還是一個人。七點鐘餐盤送出走廊。然後門外掛起請勿打擾的牌子。第二天十二點是退房時間。十二點半櫃台人員打電話去，但沒有人接。門上還掛著請勿打擾的牌子。敲門也沒有回應。飯店從業員用備份鑰匙打開門。女人已經赤裸地死了。跟第一張相片一樣的模樣。沒有人看見男人來。最高層樓有餐廳，大家經常搭電梯上上下下。進出的人很多。所以這家飯店經常被用來做祕密約會。不容易被發現。」

「皮包裡找不到任何線索。」文學說。「既沒有駕照、也沒有手冊，信用卡、金融卡、什麼都沒有。衣服上沒有名字縮寫字母。有的只是放化妝品道具和三萬圓多一點現金的皮包，和避孕藥而已。其他什麼都沒有。不，只有一件、在皮包最裡面，不太容易發現的地方，放著一張名片。你的名片。」

「眞的不認識嗎？」漁夫好像愼重起見再問一次。

我搖搖頭。如果可能的話，我也很想幫助警察，把殺害她的犯人逮捕。但，我首先不得不爲活著的人著想。

「那麼，你昨天在什麼地方做什麼可以告訴我們嗎？這樣一來你已經知道我們特地請你來這裡想聽你說明的理由了吧？」文學說。

「六點鐘在家裡一個人吃晚飯，然後看書，喝了幾杯酒，十二點前睡覺。」我說。我的記憶好不容易才恢復。大概看了 May 的屍體相片的關係吧。

「在那之間和什麼人見過面嗎？」漁夫問道。

「誰也沒見。因爲一直是一個人。」我說。

「電話呢？有人打電話來過嗎？」

誰都沒打電話來，我說。「九點前後有一通打進來，但我設定電話錄音留言所以沒接。後來聽了是工作有關的電話。」

「爲什麼在家卻設定電話留言錄音呢？」漁夫問。

「現在正在休假中，不想跟工作有關的人說話啊。」我說。

他們想知道那打電話對方的姓名和電話號碼，於是我告訴他們。

「那麼，你一個人吃過晚餐後，就一直在看書嗎？」漁夫問道。

「首先把盤子洗好，然後才看書。」

「什麼書？」

「或許你們不相信，是卡夫卡的『審判』。」

漁夫在紙上寫下卡夫卡的『審判』。因爲不知道字怎麼寫，於是文學告訴他。正如我所預料的他確實知道卡夫卡的『審判』這回事。」

「然後，你說一直看到十二點？」漁夫說。「還喝了酒？」

「傍晚先是啤酒。然後白蘭地。」

「喝了多少?」

我試著回想。「罐裝啤酒兩罐。然後白蘭地四分之一瓶左右。還吃了罐頭桃子。」

漁夫把這些全都記在紙上。還吃了罐頭桃子。「如果還想得起別的請想一想好嗎?不管怎麼細微的事都可以。」

我想了一下,但除此之外什麼也想不起來了。眞的是沒有細微特徵的夜晚。我只是一個人安靜地看書而已。而在那樣沒有特徵的安靜夜晚May卻被什麼人用絲襪勒死了。想不起來,我說。

「嘿,你還是認眞想比較好。」文學乾咳之後說。「因爲你現在正處於非常不利的立場噢。」

「你聽好噢,我什麼也沒做,所以也沒有什麼利不利的。」我說。「因爲我是個自由工作者,所以名片在外面工作接觸的地方到處發。爲什麼那個女孩子會有我的名片,我不知道,但總不能憑這個就說我殺了那女孩吧?」

「如果是毫不相關者的名片的話,不可能特別珍惜地藏一張在皮包的深處吧?」漁夫說。「我們有兩個假設。首先第一這女孩子是你們業界的關係者,在飯店和男人幽會,大概是那對方殺死的。對方男的把皮包裡可以追蹤出線索的東西全都清光帶走了。但因爲只有名片藏在皮包的最裡層,因此忘了拿走。第二,這個女的是職業的。賣春婦。高級賣春。利用高級飯店的。這些人身上是絕對不會帶能讓人查出線索的東西的。但因爲某種原因被客人殺了。因爲從錢沒被拿走看來,犯人或許是異常者。這兩條線可以考慮嗎?怎麼樣?」

我沈默著稍微偏一下頭。

「這兩者之一,都以你的名片爲關鍵。因爲到目前爲止我們只找到這個線索。」漁夫一面用原子筆頭在桌上叩叩地敲著，一面若有含意似地說。

「名片只不過是印了名字的紙片而已。」我說。「既不能當證據也不能當什麼。只有這個根本不能證明什麼。」

「到目前爲止是。」漁夫說。他一直以原子筆頭繼續敲著桌子。「光有這個不能證明任何事。眞是正如你說的。現在鑑識人員正在檢查房間和遺留物。也在解剖遺體。到明天就可以弄清多一些了。理出一些頭緒。只好等到那時候。那麼就等吧。在等的時候也請你想出各種事情。也許要花一個晚上也不一定，但我們會徹底做。慢慢花時間的話，說不定可以想出很多事來。我們從頭開始再好好來過吧。請你好好想出昨天一天的事。從早上一一順序想。」

我看看牆上的掛鐘。鐘一副非常無趣似地指著五點十分。這時我忽然想起和雪的約定。

「可以借一下電話嗎？」我對漁夫說。「我跟人約好五點鐘。是很重要的約。不聯絡會很糟糕。」

「女孩子？」漁夫問。

「是。」我回答。

他點點頭把電話往我的方向推來。我拿出手冊查了雪的電話號碼，撥過去。響第三聲時她來接。

「你要說有事不能來了對嗎？」雪先說了。

「是突發事件哪。」我說明道。「這不能怪我。雖然我覺得很抱歉，但一點辦法也沒有。我被警察找來這裡正被調查。在赤坂警署。要說明話很長，總之好像沒那麼容易放人。」

「警察？你做了什麼呢？到底？」

「我什麼也沒做。只是做殺人事件的參考人被叫來。我被牽連進來了。」

「像傻瓜一樣。」雪無感動地說。

「確實是。」我也承認。

「嘿，不是你殺的吧？」

「當然不是我殺的。」我說。「我雖然很多方面都失敗了，也犯了不少錯誤，但才不會殺人呢。他們只是在問我事情而已。被問了好多。不過總之對妳很抱歉。下次再好好補償妳噢。」

「眞的像傻瓜一樣。」雪說。然後咔鏘一聲把電話用力掛斷。

我也把聽筒放下，把電話還給漁夫。兩個人側耳傾聽著我和雪的談話，但似乎沒有什麼所獲的樣子。不過如果知道我和一個十三歲的女孩約會的話，他們對我的懷疑也許要更加深一層吧我想像。一定把我想成是異常性慾者或什麼的。世間一般三十四歲的男人是不會和十三歲女孩子約會的。

他們從那之後對我昨天一整天的行動，做了細密入微的詳細盤問，並作成文書。在信紙般的下面鋪上厚紙墊，用原子筆以工整的字寫下。沒有任何意義的愚蠢文書。時間和勞力的浪費。上面眞是清楚地記載著我吃了什麼，到什麼地方去了。我連晚餐吃的煮蒟蒻做法都詳細說明。半開玩笑地連柴魚的削法都說明了。但他們玩笑是行不通的。他們一一仔細地把它寫進去。變成相當厚的文書。眞是毫無意義的文書。六點半他們從附近幫我叫外送的便當來。算不上多豪華的便當。說起來是接近垃圾食品。裡面有肉丸子、馬鈴薯沙拉、煮魚捲之類的。調味和材料都是不敢領教的東西。油膩膩的，調味太重。泡菜放了人工著色劑。但漁夫和文學都津津有味地吃著同樣的東西，於是我也就一點不剩地全吃完。因爲如果被認爲是緊張過度食物無法入喉的話就未免太氣人了。

吃完東西，文學幫我們送來淡而微溫的茶。兩個人一面喝茶又一面抽煙。狹小的房間裡充滿了煙味。眼睛痛起來，連上衣都沾上了尼古丁的臭味。喝茶時間過了之後，又開始詢問。無止盡的無意義的累積。『審判』從什麼地方讀到什麼地方？幾點鐘左右換上睡衣？這一類無聊事。我把卡夫卡小說的大概情節向漁夫說明，但那內容似乎並不太能引起他的興趣。或許那故事對他來說太過於日常性了。我忽然擔心佛蘭滋・卡夫卡的小說到底是否能傳到二十一世紀。不管怎麼說，他也把『審判』的概要寫進文書裡去了。爲什麼非要把這些事一一問清楚記入文書裡不可呢？我完全無法理解。眞是佛蘭滋・卡夫卡式的。我逐漸覺得很愚蠢而開始厭煩了。而且覺得累了。頭腦變得無法順利運轉。那未免太過於瑣碎、太過於無意義了。但他們很有耐性地找出所有事象的縫隙而針對那質問，並把我的回答仔細記入紙上。偶爾不知道字如何寫，漁夫便問文學。他們對這作業似乎毫不厭倦的樣子。相信他們也累了，但卻毫不馬虎。仔細聽著任何細微的事情看有什麼漏洞沒有，眼睛閃著亮光。偶爾有一個出去，過五、六分鐘再進來，他們是很強悍的人。

八點之後由文學代替漁夫質問。漁夫手臂果然也累了的樣子，站起來伸伸腰、揮揮手、轉轉脖子。然後又抽煙。文學也在開始質問之前，先抽一根煙。換氣不良的房間裡，簡直像氣象報告的舞台一般，整個房間煙霧瀰漫。垃圾食物和煙草的煙霧。我想到外面去盡情做深呼吸。

我說想去廁所。文學說走出門外往右走到盡頭的左邊。我慢慢小便，深呼吸後回來。在廁所深呼吸也很奇怪，事實上不是很舒服。但想起被殺死的May時便無法奢求什麼了。至少我還活著。至少我還能呼吸。

從廁所回來時，文學再度開始質問。關於那天晚上打電話給我的人，他詳細詢問。是什麼樣的關係？跟什麼樣的工作有關係？因爲什麼事打來？爲什麼沒有立刻接他的電話？爲什麼休那麼長的假？經濟上有這餘裕嗎？有沒有報稅？問著這些細微的事。我回答之後他便和漁夫一樣把那些花時間用漂亮的楷書寫進紙上。這種作業他們眞的認爲有意義嗎？我無法判斷。也許這些不用思考，對他們來說只是日常的作業。佛蘭滋·卡夫卡式的。或許他們是想把我磨累了，以便抽出事實眞相而特地拖拖拉拉地繼續這種無聊的事務作業也不一定。如果是這樣的話。他們眞的達到目的了。我已經累趴趴的，煩透了，不管他們問什麼我都全部照答不誤。不管問什麼都好只想早點結束。

但十一點了那作業還沒結束。連結束的徵候都看不出。十點鐘漁夫走出房間去，十一點回來。他大概去假寐了，眼睛變得有點紅。他檢查了一下自己不在時所記的文書。然後和文學換班。文學端來三杯咖啡。是即溶咖啡。而且還加了糖和奶精。垃圾食品。

我已經厭煩透了。

十一點半我又累又睏，我宣告到此爲止我什麼也不說了。

「眞沒辦法。」文學雙手在桌上交叉著，一面把手指關節弄出啪吱啪吱脆脆的聲音一面做出可憐的樣子。「這個非常緊急，而且對搜查是很重要的。很抱歉，但務必請繼續努力做到最後好嗎？」

「我實在不覺得這種問題會是重要的。」我說。「說眞的我覺得這些好像是很瑣碎的事啊。」

「不過瑣碎的事後來也會很有用的。很多事件的例子就是從瑣碎的事而解決的。相反的也有很多例子是因爲瑣碎的事情疏忽而後悔的。因爲畢竟這是殺人哪。有一個人死掉了。我們當然認眞。很抱歉請你忍耐配合。老實說，如果我們要做的話，也可以拿到拘留許可把你當重要參考人拘留的。不過那樣做只有增加彼此的麻煩。對嗎？需要一大堆文件。而且會變得無法融通。所以就在這裡穩當便利地做吧。只要你配合，我們不會採取粗魯動作的。」

「想睡覺的話，在假寐室睡一下如何？」漁夫從旁插嘴。「躺下來好好睡一覺，或許可以想起什麼來。」

我點點頭。什麼地方都可以。任何地方都比這煙霧瀰漫的房間好。

漁夫帶我到那假寐室去。走在陰氣的走廊，走下更陰氣的樓梯，再走在走廊。這地方似乎一切的一切都滲透著陰慘氣味。他所說的假寐室指的就是拘留所。

「這裡對我來說看來像是拘留所啊。」我露出非常非常乾澀的微笑說。「但願我沒有搞錯。」

「只有這裡呀，很抱歉。」漁夫說。

「別開玩笑了。我要回家。」我說。「明天早上再來。」

「不，我不上鎖。」漁夫說。「嘿，拜託。只有今天就忍耐一天吧。拘留所如果不上鎖也只不過是一間房間對嗎？」

我漸漸覺得這種一問一答已經麻煩透了。算了吧，我想。確實拘留所只要不上鎖也只不過是一間房間而已。總之我累得要命，睏得要命。再也不想跟誰說話了。不想開口了。我搖搖頭，什麼也沒說地進到裡面，就往堅硬的牀上一躺。好懷念的感觸。潮濕的墊子、便宜的毛毯、廁所的臭味。絕望感。

「我沒上鎖噢。」漁夫說著把門關上。發出咔鏘一聲非常冷的聲音。不管上不上鎖，同樣都是冷冷的聲音。

我嘆了一口氣。蓋上毛毯。聽得見有人不知道在什麼地方發出很大的鼾聲。那聲音聽來好像很遠，又好像很近。在我不知不覺之間，地球竟劃分成無法互相通行的好幾個細小絕望的層次，而那聲音感覺好像是從那比較接近的層的某個地方傳來的似的。悲哀、遙不可及、而眞實。May，我想。這麼說來，我昨天晚上還想起妳過。那時候妳還活著嗎?或者已經死了?到底怎麼樣我不知道。不過總之我那時候想起過妳。想起和妳睡覺時的事。我幫妳慢慢脫下衣服時的事。那眞的是,怎麼說呢?就像同學會。就像世界的螺絲鬆掉了似的我好放鬆。眞是好久沒有這樣了。不過,May,現在我不能爲妳做任何事。很抱歉,什麼都不能。我想妳也應該明白的,我們都在過著非常脆弱的人生。對我來說,我不能讓五反田君被捲進醜聞之中。他是活在形象世界裡的男人。如果他跟妓女睡覺,被當做殺人事件的參考人被傳喚的事傳了出去的話,那個形象的世界就會被損壞。節目和廣告也許都要下檔也不一定。要說無聊確實也眞無聊。無聊的形象、無聊的世間。但他把我當朋友來信任,對待。所以我也要把他當朋友對待。這是信義的問題。May,山羊咩,我跟妳兩個人在一起時過得非常快樂。也很高興能夠跟妳睡覺。簡直像童話一樣。雖然我不知道那對妳來說是不是構成一種安慰,但我一直沒忘記,我還記得妳。我們兩個人曾經一起剷雪到天亮。官能性的剷雪。我們在形象的世界中,使用經費擁抱。小熊維尼Pooh和山羊咩。脖子被勒一定很痛苦吧。一定還不想死吧。我想。但我什麼也不能幫妳做。這樣做是不是對的呢?老實說我也不知道。不過,我只能夠這樣做。這是我的活法。我的系統。因此我將閉嘴什麼也不說。很抱歉,山羊咩,至少妳不必再張開眼睛就行了。妳不必再死第二次就行了。

晚安,我說。

晚安,思考回響著。

郭公鳥叫了!咕—咕!May說。

22

第二天依然是同樣類似事情的反覆。早晨我們三個人又默默在同一個房間喝難喝的咖啡，吃麵包。還不太差的牛角麵包。然後文學把電刮鬍刀借給我。我雖然不太喜歡電刮鬍刀，但也只好看開用那刮了鬍子。因爲沒有牙刷，沒辦法只好仔細地漱了口。然後再度開始詢問。無聊的瑣碎問題。合法的拷問。像上了發條的蝸牛一般拖拖拉拉地繼續到中午。他們能夠問的問題到中午全部問完。好像終於再也找不到任何疑問了。

兩個刑警好像約好了似地同時呼地嘆一口氣。我也嘆了一口氣。他們大概因爲把我留在這裡而爭取到一些時間吧，我猜想。不管怎麼說都不可能因爲被殺的女人皮包裡放了一張名片而拿得到拘留許可吧。就算我沒有有效的不在場證明也一樣。因此他們才把我繫留在這麼愚蠢的卡夫卡式迷魂陣中。直到指紋和遺體解剖之類的結果出來，判定我是不是犯人爲止。眞無聊。

不過總之詢問是結束了。我要回家了。然後洗個澡、刷個牙、好好刮個鬍子。喝正常的咖啡。吃正常的飯。

「好了。」漁夫挺直了背，一面咚咚地敲著背一面說。「該吃中飯了吧。」

「既然好像問完了，我要回家了。」我說。

「那還不行。」漁夫有些為難地說。

「為什麼？」我問。

「你是這樣這樣說的，需要簽名。」

「好啊，簽就簽吧。」

「在那之前請你先讀讀看確認有沒有錯誤。一行一行仔細看。因為是非常重要的。」

我把三十頁或四十頁之多，寫得密密麻麻的公文信紙慢慢仔細讀完。經過兩百年之後這種文章或許會在風俗資料方面產生價值也不一定，我一面讀一面想。可以說近乎病態的詳細、而實證性。對研究者或許有用吧。一個在都會中生活的三十四歲單身男性的生活，相當生動地浮現出來。雖然不能說是平均的男性，但至少可以算是時代產兒。但現在在警察局的調查室讀來則只有無聊而已。花了十五分鐘才讀完。不過，算了這已經是最後了。只要讀完這個簽完名就可以回家了。我讀完在桌上咚咚地把紙張理整齊。

「可以呀。」我說。「很好。我對內容沒有異議。簽名吧。在什麼地方簽好呢？」

漁夫一面把原子筆在手指上團團轉著圈子一面看文學那邊。文學拿起放在暖氣機上的香煙盒，從裡面抽出一根，含在嘴上點了火。皺起眉頭望著那煙。我有一種非常討厭的預感。馬正頻臨死亡邊緣，聽得見遙遠的大鼓聲。

「沒那麼簡單，」文學以非常緩慢的語氣說。專家向外行說明時，刻意咬字清晰的說法。「這種文件哪，不親筆寫是不行的。」

「親筆？」

「也就是說，必須請你把這個重新再寫一遍。用你自己的字。要不然在法律上沒有效。」

我望一眼那整疊公文信紙。我連生氣的力氣都沒有了。我想要生氣。而且想要怒吼，這樣做是不對的。也想要敲桌子。你們沒有這樣做的權利，我是在法律上被保護的市民啊。我想站起來立刻回家去。也知道正確說他們沒有阻止的權利。但我實在太累了。累得什麼都不想做了。對誰都不想主張什麼了。覺得與其主張什麼，還不如依照他們說的，做什麼都算了。覺得那樣會比較輕鬆。我變軟弱了，我想。累得變軟弱了。從前不是這樣的。從前會更認眞地生氣的。對垃圾食物、香煙煙霧、電刮鬍刀，這些東西都無所謂了。年紀大了。變軟弱了。

「眞討厭。」我說。「我已經累了。想回家。我有權利回家。誰也阻止不了。」

文學發出像是呻吟又像打呵欠似的曖昧聲音。漁夫一面抬頭望天花板一面用原子筆頭咚咚敲著桌子。咚咚、咚、咚、咚咚、咚咚、咚，像這樣變換節奏地敲著。

「你這樣說的話，事情就麻煩了。」漁夫以乾乾的聲音說。「好吧。如果你這樣說我們就去拿拘留許可。強制拘留起來調查。要是那樣的話可沒有這麼輕鬆噢。嗯，不，對我們倒是更好辦事。嘿，對嗎？」他問文學。

「是啊，那樣反而更好辦。好吧。就這麼辦。」文學說。

「隨你們便。」我說。「不過在拘留許可出來以前，我是自由的。我在家，許可出來的話你們來接我。怎麼樣都行反正我要回家。在這裡我快沒氣了。」

「在拘留許可出來以前我們也可以暫時把你留住。」文學說。「法律上確實有根據的。」

我本來想說把六法全書拿來給我看什麼地方有那法律的，但我已經沒有那氣力了。雖然知道對方在逞強，但要對抗他們我實在已經太累了。

「知道了。」我放棄地說。「就照你們說的寫吧。不過請讓我打個電話。」

漁夫把電話遞給我。我再打一次電話給雪。

「我還在警察局。」我說。「大概要耗到晚上。所以今天也沒辦法到妳那裡。很抱歉。」

「還在那裡呀？」她似乎吃一驚地說。

「像個傻瓜一樣。」被她說之前我自己先說了。

「不太正常噢。」雪說。事情有各種說法。

「妳現在在做什麼？」我試著問。

「沒做什麼。」她說。「只是閒著而已。躺著聽聽音樂、看看雜誌什麼的，吃吃蛋糕。就這樣。」

「哦。」我說。「總之我出去之後會打電話給妳噢。」

「但願能出來就好了。」雪以平板的聲音說。

兩個人又再側耳傾聽著我的電話對話。不過這次好像並沒有獲得什麼的樣子。

「那麼，總之先吃中飯吧。」漁夫說。

中飯是蕎麥麵。用筷子一夾起來就會斷掉的那種鬆軟蕎麥麵。像給病人吃的流體食物一樣。發出不治之症的氣味。但因爲那兩個人好像都吃得很好吃的樣子，於是我也學他們。吃完之後，文學又再端出溫溫的茶來。

午後就像沈澱的深河一般靜靜流著。屋子裡只有滴噠滴噠時鐘的聲音響著。偶爾傳來隔壁房間的電話鈴聲。我只繼續在公文信紙上寫著字。在那之間兩個刑警交替地休息。偶爾兩個人走出走廊小聲說著悄悄話。我面對桌子默默動著原子筆。把無聊的文章由左至右抄寫著。「我想六點十五分左右要吃晚飯，首先從冰箱裡拿出蒟蒻來……。」純粹的消耗。變軟弱了，我對自己說。變得非常軟弱了。都照他們說的做。什麼也沒有反駁。

但不只是這樣，我想。確實變得有點軟弱了。但最大的問題是對自己沒有確實的信心。因此無法逞強。我做的事眞的是正當的嗎？難道我不應該包庇五反田君，而其他方面全部坦白招供協助調查嗎？我是說謊了。說謊這件事，不管是什麼種類的謊，都不是一件愉快的事。就算是爲了朋友。我可以對自己說，不管做什麼May都不能再活過來了。我可以像這樣說服自己。但卻無法逞強。因此我默默地繼續寫著公文。到傍晚爲止寫了二十頁。長時間用原子筆繼續寫著細字是一件很要命的工作。手腕逐漸無力起來。手肘變得好沈重。右手中指開始痛。頭腦昏昏沈沈立刻就寫錯字。寫錯了就劃線，在上面按拇指手印。變得好喪氣。

傍晚又再吃便當。幾乎沒有食慾。一喝茶胃就噁心反胃。我到洗手間去看鏡子時，連自己都覺得臉色好難看。

「結果還沒查出來嗎？」我試著問漁夫。「指紋或遺留物、或遺體解剖的結果怎麼樣？」

「還沒有。」他說。「還要花一些時間。」

到十點爲止還有五頁沒寫完但我已經好不容易努力盡力了，那已經達到我能力的極限。接下來我一個字也寫不下去了，我想。於是這麼說。漁夫又帶我到拘留所去。我在那裡沈沈睡去。對於既不能刷牙，也不能換衣服的事，已經都無所謂了。

早上又用電鬍刀刮鬍子，喝咖啡、吃牛角麵包。然後我想還有五頁。我以兩小時把那五頁寫完。並一頁一頁地確實簽名、按拇指印。文學檢查著這些。

「這樣總可以讓我解放了吧？」我說。

「再回答一點問題，就可以回去了。」文學說。「沒問題，是簡單的問題。只是想起來想請你稍微補充一下而已。」

我嘆了一口氣。「然後還要把那寫成文書吧？當然？」

「那當然。」文學回答。「很遺憾公家機關就是這樣的地方。公文就是一切。如果沒有公文和印鑑，就好比什麼都沒有一樣。」

我用手指頭按按太陽穴。覺得太陽穴裡好像跑進什麼硬梆梆的東西似的。那是從某個地方進去，然後在頭腦裡膨脹起來。到現在已經無法取出來了。太遲了，如果稍早一些的話或許還容易取出來呢。眞可惜。

「沒問題的。那不會花太多時間，立刻就可以結束。」

我無力地回答著重新提出的瑣碎問題時，漁夫進到房間來，把文學叫出去。於是兩個人長時間悄悄地站著說話。在那之間我背靠著椅子抬起頭，觀察著天花板角落上黏著的汚點似的黑色黴斑。黴斑看來像是屍體照片的陰毛似的。而且那沿著牆壁裂痕，像玻璃瓶畫似的滲點朝下擴散。讓我感覺那黴斑上好像滲進了進出這房間的無數人的體臭和汗水。那東西是花了幾十年才形成那樣陰慘的黑黴的。這麼說來已經相當久沒看到外面的風景了啊，我想。也沒聽音樂。眞糟糕的地方。這地方打算用各種手段壓迫抹殺人類的自我、感情、尊嚴和信念。爲了不造成眼睛看得見的傷而在心理上折磨，把人在螞蟻窩似的官僚迷陣裡弄得團團轉，最大限度地利用人所有的不安感。並將太陽光遠隔在外，讓人吃垃圾食物。流討厭的汗。就那樣長出黴來。

我雙手並排放在桌上，閉上眼睛想著雪花紛飛的札幌街頭。巨大的海豚飯店和在那裡上班的櫃台小姐。她現在不知道怎麼樣了？是不是站在櫃台嘴角露出燦爛的營業式微笑呢？現在我眞想從這裡打電話給她。跟她說無聊的笑話。但我連她的名字都不知道。連名字都不知道啊。沒辦法打電話。是個可愛的女孩子，我想。尤其她正在工作時的姿勢好棒。她是飯店的精靈。她喜歡在飯店工作。跟我不一樣。我從來沒有一次喜歡過工作。我是很認眞地在工作。但從來沒有喜歡過。她則熱愛著工作本身。不過一離開工作場所之後她看來似乎很脆弱。看來好像很不安定而容易受傷的樣子。那時候，如果我想跟她睡覺的話是會成的。但卻沒有睡。

我想再跟她談一次話。

趁她沒有被什麼人殺掉之前。

趁她沒有消失無蹤之前。

23

兩個刑警終於進到房間裡來，但這次兩個都沒有坐下。我又再恍惚地望著黴斑。

「你已經可以回去了。」漁夫以無表情的聲音對我說。「辛苦你了。」

「可以回去了？」我啞然地反問道。

「問題已經問完了。結束了。」文學說。

「事情有了很多改變。」漁夫說。「已經不用把你留在這裡。所以你可以回去了，辛苦了。」

我穿上滿是煙草臭味的上衣外套，從椅子上站起來。雖然有點莫名其妙，不過不管怎麼樣還是趁他們沒有改變主意之前趕快回去比較好的樣子。文學送我到大門口。

「嘿，你是無辜的，我們昨天晚上就知道了。」他說。「鑑識和解剖的結果出來了，找不到任何跟你有關的東西。留下的精液和血型不同。也沒有出現你的指紋。不過，你隱藏了什麼噢。所以把你留下來。想再多推敲看看能不能讓你吐露出來。我們知道你隱瞞了什麼。憑感覺。職業上的感覺。那個女的是誰？你應該有譜吧？但因為某種原因你隱瞞了。這是不行的噢。我們可沒有那麼好騙。因為我們是專家。畢竟一個人被殺死了啊。」

「很抱歉我不明白你在說什麼。」我說。

「說不定還會再請你來喲。」他從口袋裡拿出火柴，一面用火柴棒推著指甲皮一面說。「眞要幹的話，我們是很堅持的。下次就算有律師出面從旁干涉我們也不會理睬，會好好準備。」

「律師？」我問。

但那時候，他人已經消失到屋裡去了。我招了計程車回家。於是在浴缸放滿水，把全身慢慢沈進去。刷過牙、刮過鬍子、洗過頭。全身都是香煙臭味。眞是個要命的地方，我想。像蛇穴一樣。

走出浴室我煮了花椰菜，一面吃著一面喝啤酒，聽 Arthur Prysock 以 Count Basie 交響樂團伴奏所唱的唱片。無懈可擊的豪華唱片。十六年前買的。一九六七年。聽了十六年之久。不膩。

然後我稍微睡了一下。就像稍微出去了一趟，往右轉個彎又折回來似的短覺。大約三十分鐘左右吧。醒過來時一看鐘，才一點。我把游泳褲和毛巾放進包包，開著 Subaru 到千駄谷的室內游泳池去，足足游了一小時。這樣才好不容易覺得像個人了。食慾也恢復一點。我試著打電話給雪。她在。終於從警察局解放出來了，我說。那太好了，她冷冷地說。吃過中飯沒有，我試著問問。沒吃她說。從早上到現在只吃了兩個奶油泡芙而已，她說。依然是很糟糕的食生活，我想。我現在去接妳，我們出去吃點什麼，我說。嗯，她說。

我開著 Subaru 繞過外苑，經過繪畫館前的行道樹，從青山一丁目開出乃木神社。春天的氣息一天比一天濃厚。我在赤坂警署停留了兩個晚上之間，風的感觸變和緩了，樹木的葉子眼看著綠起來，光線漸漸變得圓滿柔和。連都市的噪音聽起來都像是 Art Farmer 的低音法國號似的優雅。世界是美麗的，肚子也餓了。太陽穴深處那形狀歪斜的硬梆梆的東西也在不知不覺間消失了。

我按了玄關的門鈴，雪立刻就下樓來。她今天穿著David Bowie的運動衫，上面穿一件茶色揉皮夾克。然後提著帆布背包。背包上別著The Stray Cats和Steely Dan和Culture Club的徽章。好奇怪的組合，不過沒什麼不可以吧。

「警察局愉快嗎？」雪問。

「眞糟糕。」我說。「就像喬治男孩的歌一樣糟。」

「哦。」她無感動地說。

「下次我買艾維斯普里斯萊的徽章送妳，妳可以換著別。」我指著背包上的Culture Club說。

「怪人。」她說。有各種說法。

我先帶她到像樣的店去，請她吃用純白麵包做的烤牛肉三明治，和蔬菜沙拉，喝極新鮮的牛奶。我也吃了同樣的東西，喝了咖啡。很美味的三明治。醬很清爽，肉很柔軟，用的是眞正的Horseradish芥茉醬。辣味夠勁兒。這種才叫做食物。

「好了，接下來要去什麼地方？」我問雪？

「辻堂。」她說。

「好啊。」我說。「就去辻堂吧。不過爲什麼還要去辻堂呢？」

「因爲爸爸家在那裡。」雪說。「他說想要見你。」

「見我？」

「他人還不算壞喲。」

我一面喝第三杯咖啡一面搖頭。「我並沒有說過他是壞人。不過妳父親爲什麼要特地見我呢？妳跟妳父親提過我嗎？」

「對。我打過電話。然後說是你從北海道帶我回來的，現在你被警察帶走了回不了家正傷著腦筋。於是爸爸請他的律師朋友向警察打聽你的事。他的交際還滿廣的。因爲是個相當實際的人。」

「原來如此。」我說。「是這麼回事啊。」

「有效吧？」

「有效噢。眞的。」

「爸爸說過，警察沒有權利把你留住。只要想回家的話你隨時都回得了家的。在法律上。」

「我知道啊，這個。」我說。

「那麼，爲什麼沒回家呢？說一聲我要回家了就行啊。」

「這是個困難的問題。」我考慮了一下回答說。「或許是在處罰自己也說不定。」

「眞不尋常啊。」她托著腮說。有各種說法。

♪ ♪ ♪ ♪

我們開 Subaru 到辻堂去。因爲已經是下午較晚的時間了，路上空空的。她從背包拿出各種錄音帶來放。從 Bob Marley 的『Exodus』到 Styx 的『Mr. Robot』，眞是在車內播出了各式各樣的音樂。有些是有趣的，有些是無聊的。但那東西就跟風景一樣。從右至左逐漸過去。雪幾乎沒開口一直放鬆地靠在椅背上聽著音樂。拿起放在車前儀表板上我的太陽眼鏡，戴上它，途中並抽了一根 Virginia Slim 煙。我默默集中注意力在駕駛上。細心地換著檔，一直望著前面的路面。一一仔細檢視著交通標幟。

偶爾覺得羨慕她。她現在才十三歲。在她眼裡看來想必任何事物都顯得很新鮮吧。音樂、風景和人。那些和我所看到的樣子一定很不同。我從前也是這樣的。當我才十三歲的時候，世界還更單純。只要努力應該就會有回報，語言應該是有保證的，美好應該是會長久留存的。然而，十三歲時的我，並不是怎麼幸福的少年。我喜歡一個人獨處，一個人的時候可以相信自己，但當然大多的情況卻無法一個人獨處。被關在家庭和學校這兩種堅固的框架之中，我焦躁不安。那是焦躁不安的年紀。我暗戀著女孩子，那當然並不順利。因爲我連戀愛是怎麼回事都不知道。我甚至無法對她正常開口說話。我是個內向而笨拙的少年。雖然對老師或雙親強迫灌輸給我的價值觀我想唱反調或抗議，但提異議的語言卻無法順利出口。做什麼都笨手笨腳的不靈光。和做什麼都靈光順利的五反田君恰好完全相反。但我看得見事物新鮮的樣子。那是一件很棒的事。氣味可以確實聞出來，眼淚眞的很溫暖，女孩子像夢一般美，搖滾樂是永遠的搖滾樂。電影院的黑暗優雅而親密，夏夜無限的深，我好煩惱。那些焦躁不安的日子，我和音樂、電影、和書一起度過。背誦著 Sam Cooke 和 Ricky Nelson 唱的歌詞度過。我構築起自己一個人的世界，在那裡面生活著。那就是我的十三歲。而且和五反田君上同一個理科實驗班。他在女孩子們熱切的視線中擦亮火柴，優雅地點著瓦斯棒。轟然一聲。

爲什麼他非要羨慕我不可呢？

眞不明白。

「嘿。」我向雪開口說。「能不能告訴我穿羊皮的人的事？妳在什麼地方見過他？還有爲什麼知道我見過他？」

她臉轉過來，把太陽眼鏡摘下放回儀表板上。然後輕輕聳一下肩。「在那之前你能先回答我的問題嗎？」

「可以呀。」我說。

雪暫時合著像宿醉第二天早晨心情有些暗淡哀愁的 Phil Collins 的歌哼了一會兒，然後再度拿起太陽眼鏡玩弄著把手。「上次噢，你在北海道跟我說過對嗎？說我是你到目前爲止約會過的女孩子裡面最漂亮的？」

「確實說過。」我說。

「那是眞的嗎？還是爲了討好我？我希望你坦白說。」

「眞的啊。我沒說謊。」我說。

「你大概跟幾個人約會過，到目前爲止？」

「無數個。」

「兩百個左右？」

「怎麼可能？」我笑著回答。「我可沒有那麼受歡迎。雖然也不是完全不受歡迎，不過應該說是很有局限的。範圍狹小的，缺乏廣度的。頂多大概十五個左右吧。」

「那麼少啊？」

「可憐的人生啊。」我說。「陰暗的、潮濕的、狹小的。」

「局限的。」雪說。

我點點頭。

她對這種人生稍微想像了一下。但似乎不太能夠理解的樣子。沒辦法。還太年輕了。「十五個人。」她說。

「大約。」我說。並再回顧一次三十四年的渺小人生。「大約是這樣。頂多也差不多是二十個人左右吧。」

「二十個人哪？」雪似乎放棄了似地說。「不過總之我是那裡面最漂亮的噢？」

「是。」我說。

「你不太和漂亮的人交往嗎？」她問。並點起第二根煙。因爲十字路口出現警察，於是我把那拿起來丟出窗外。

「也跟幾個漂亮女孩約會過啊。」我說。「不過妳比較漂亮。不是說謊噢。雖然不曉得妳能不能理解這種說法，不過妳的漂亮是獨立而機能地行動的漂亮。和其他女孩完全不同。不過拜託妳別在車上抽煙。從外面看得見，而且車子裡會有臭味。我以前也說過的，女孩子從小時候就抽太多煙長大後會生理不順的。」

「像傻瓜一樣。」雪說。

「說說穿羊皮的人的事吧。」我說。

「羊男的事啊？」

「妳怎麼知道的，那名字？」

「是你說的啊，上次在電話裡，你說羊男。」

「是嗎？」

「是啊。」雪說。

路上塞車，我每個紅綠燈都不得不各等兩次。

「談談羊男吧。妳在什麼地方見到羊男？」

雪聳聳肩。「我沒有看到他。只是忽然這樣想到而已。看著你的時候。」並用手指一圈一圈地捲著又細又直的頭髮。「我有那種感覺。好像有個穿羊皮的人似的。有那種感覺。每次在那家飯店遇見你，就會那樣感覺。所以就那樣說出口試試看。並不是對那個特別知道什麼。」

在等紅綠燈的時候我試著思考了一會兒這件事。有必要思考。有必要爲頭腦上發條。嘰哩嘰哩地。

「所謂這樣想到，是什麼意思？」我問雪。「也就是說妳能看得見那樣子嗎？羊男的身影。」

「我說不上來。」她說。「不知道怎麼說才好。並不是那個叫做羊男的人的身影清晰地浮現出來。你懂嗎？好像是，看過那種東西的人的感情，會像空氣一般傳到這邊來似的。那是眼睛看不見的東西喲。雖然眼睛看不見，不過我可以感覺到，可以轉換成形式。不過那正確說並不是形狀。而是像形狀似的東西。就算能夠把那個原樣呈現給什麼人看，我想別人也會莫名其妙的。那也就是說，只有我才明白的形式。嘿，我實在沒辦法適當說明啊。像傻瓜一樣嘛。嘿，你瞭解我說的嗎？」

「只能模糊地瞭解。」我坦白說。

雪一面皺著眉一面咬著我的太陽眼鏡架。

「也就是說，這樣對嗎？」我試著問她。「妳能夠感覺得出我心中所有的，或者附著存在於我身上的感情或思念，並且把它比方說像象徵的夢一般地映像化嗎？」

「思念？」

「強烈地想著的事。」

「是吧，或許是。強烈地想著的事——但不只是這樣。還有產生出那強烈的想著的事情的東西，有那東西噢。那個非常強的什麼。應該可以說是產生思念的力量吧？如果有那東西的話，我也能感覺出來。我想是可以感應出來。而且，我可以以我的方式看見那個。但那不是像夢一樣。是空無的夢。對，就是這樣。是空無的夢。沒有任何人在裡面。也看不見任何形體。嘿，就像把電視的對比調成非常暗，或非常亮的時候一樣。什麼都看不見。但那裡有人在噢。如果仔細定睛看的話。可以感覺到。在那裡的是穿著羊皮的人。不是壞人。不，那連人都不是。但不是壞的東西。只是看不見。就像烤出用明礬水畫的畫一樣，那在裡面。雖然看不見，但知道。以看不見的東西看見了。以無形的形。」她咋舌一下。「很糟糕的說明。」

「不，妳說明得很高明噢。」

「眞的？」

「非常高明。」我說。「我覺得好像可以瞭解妳想要說的。只是我需要時間去消化而已。」

穿過市區來到辻堂的海邊時，我把車子停在松林旁的停車場白線內。幾乎看不見車子的蹤影。走了一會兒我向雪說。好舒服的四月下午。沒有什麼風，海浪也很平穩。就像有人在海面輕輕搖著牀單似地微波湧來，然後退去。安靜而規則的波浪。衝浪者放棄衝浪，穿著濕濕的游泳褲坐在沙灘抽著煙。燒垃圾柴火的白煙幾乎筆直地朝天空上升，左手邊江之島像海市蜃樓般矇矓地隱約浮現。大黑狗以沈思的表情在海邊由右往左以均等的步調小跑步通過。海面飄浮著幾艘漁船，那上空海鷗像白色漩渦般無聲地成羣飛舞。海也可以令人感覺到春的氣息。

我們在海岸的人行步道散步。一面和慢跑者或騎自行車的高中女生照面而過，一面往藤澤方向悠閒地走著，在一個適當的地方兩個人坐在沙灘眺望海。

「妳常常會有那種感覺嗎？」我試著問她。

「也沒那麼常。」雪說。「偶爾。只偶爾有這感覺。沒有那麼多對象讓我有那種感覺。只有一點點。不過我盡可能避免那種感覺。就算有什麼感覺也盡可能不去想它。如果覺得好像會有什麼感覺的時候我會啪一下關閉起來。因爲那種時候多半可以感覺得到。關閉起來之後，可以沈潛下去感覺不到就過去了。就像閉上眼睛一樣。閉上感覺。那樣就什麼也看不見。知道有什麼事。但看不見。只要那樣安靜不動，就什麼也看不見。就像恐怖電影裡可怕的東西快要出來的時候會把眼睛閉上對嗎？就跟那一樣。在那過去之前一直閉著。安靜地。」

「爲什麼要閉起來呢？」

「因爲討厭哪。」她說。「從前——更小的時候——我沒有閉起來。在學校的時候，有什麼感覺我就說出口。但那樣做，大家都不舒服。換句話說，有人要受傷了我也知道。於是，我就對朋友說『那個人會受傷噢』，結果那個人眞的受傷了。這種事發生過幾次，然後大家就把我當做怪物一樣看待了。甚至曾經被人家叫過『妖怪』。出現了這種評語。於是我深深受到創傷。所以從此以後我就決定不再說什麼了。對任何人都不說什麼。快要看見什麼的時候，快要有感覺的時候，就趕快把自己關閉起來。」

「但我的時候妳沒有關閉呀？」

她聳聳肩。「不知道怎麼突然那樣。沒有時間警戒。突然呼地，那印象似的東西就浮上來了。第一次遇見你的時候。在飯店的酒吧。我在聽著音樂，聽著搖滾樂……什麼都可以，不管是 Duran Duran 或 David Bowie

……嗯，安靜聽著音樂的時候就會這樣。不太有警戒。很放鬆。所以我喜歡。」

「是不是有所謂的預知能力呢？」我問。「例如那個，知道會受傷，之類的事？」

「不知道。我想跟那個又有點不同。我並不是預知，只是能感覺到在那裡的東西。但那要怎麼說呢？大概會發生什麼的時候會有將要發生的氣氛之類的吧？你懂嗎？例如玩鐵棒而受傷的人，都有什麼疏忽或過度自信之類的吧？太囂張了就任性亂來了之類的。那些感情的波浪似的東西，我可以很敏感地感覺得到。而且那感情的波浪，會這樣變成像空氣團一樣。於是我就會覺得，這個危險。於是像空空的夢一樣的東西便會忽然出現。那個一出現……就會發生噢，那個。並不是預告。而是更模糊的東西。但卻發生了。可以看見喏。但我已經不再說什麼。說了什麼就會被人家叫做妖怪。我只是看著。這個人在這裡可能會被火燒傷吧。於是就被火燒傷了。但我什麼也不能說。這種事情，不是很糟糕嗎？會變成討厭自己。所以閉起來。只要閉起來，就不用討厭自己，事情便過去了。」

她暫時把沙抓在手上玩了一會兒。

「羊男真的有嗎？」

「眞的有啊。」我說。「那家飯店裡有他住的地方。在那飯店裡還有另外一個別的飯店。那是普通看不見的地方。但那眞的確實留在那裡。爲了我而留下的。因爲那是爲了我而存在的地方。他就活在那裡，把我和很多事情聯繫上。那是爲了我的地方，羊男是爲了我而工作的。如果沒有他，我就不能跟很多事情好好聯繫上。他在管理著這些。就像電話接線生一樣。」

「聯繫？」

「對，我在追求著什麼。想要和什麼聯繫上。他就幫我聯繫。」

「我不太明白。」

我也和雪一樣抓起沙子，讓那從指縫間滑落。

「我也還不太清楚。但羊男對我這樣說明。」

「羊男是從很久以前就有的嗎？」

我點點頭。「嗯，從以前就有了。從小時候。我一直繼續感覺得到噢，有什麼在那裡。但那確定是羊男的形式，則是不久以前的事。羊男逐漸定形，在那住著的世界定形下來。隨著我的年紀增加。爲什麼呢？我也不知道。大概是因爲有這必要吧。因爲年紀長大之後，有很多東西都不見了，所以有這必要吧。爲了活下去，變得需要有這種東西幫助才行吧。但我並不清楚瞭解喲。或許有別的原因也不一定。我一直在想這個。但卻不明白。像傻瓜一樣。」

「這件事，跟誰說過嗎？」

「沒有，我沒說過。這種事說了大概也沒有人相信吧。誰都不瞭解。而且我無法適當說明。跟妳說是頭一次噢。我覺得跟妳好像可以說的樣子。」

「我也是從來沒有這樣說明過，你是第一次。我一直沒說過。雖然爸爸和媽媽某種程度是知道的，但從來沒有由我談起過。我從很小的時候開始，就覺得這種事好像不要說比較好的樣子。在本能上。」

「能夠互相說出來眞好。」我說。

「你也是怪人組之一噢。」雪一面玩弄著沙一面說。

走回停車場的途中，雪談到學校的事。初中是多麼糟糕的地方，她說。

「我從暑假開始就一直沒去學校了。」她說。「不是因爲不喜歡讀書。只是討厭那地方而已。我無法忍受。一去就覺得不舒服立刻會噁吐。我每天都吐。一吐又會因此而被欺負。大家都會欺負人喏。連老師都一起欺負人。」

「如果我是妳同班同學的話，絕對不會欺負像妳這麼漂亮的女孩子。」

雪望了海一會兒。「但有時候相反的因爲漂亮人家才愛欺負啊？而且，我是名人的孩子。這種學生，不是被特別珍惜就是被特別虐待，二者之一。而我是屬於後者。我跟大家不能好好相處。我總是不得不緊張。你看，我不是必須經常把心關閉起來才行嗎？但這誰也不瞭解。爲什麼我總是必須那樣緊張兮兮的理由。我一緊張起來，看來就像笨蛋一樣。於是人家就欺負你。以非常討厭的手法。簡直難以相信的討厭。讓你覺得羞恥極了。令人難以相信竟然能做出那種事。因爲……」

我靜靜地握住雪的手。「沒關係。」我說。「把那些無聊事情忘掉吧。學校也不必勉強去。不想去的話就別去。我也很清楚。那是個很糟糕的地方。討厭的傢伙橫行霸道。無聊的老師則傲慢逞強。老實說老師中的百分之八十不是無能者就是虐待狂。壓力一直積著，然後以討厭的做法把那個發洩到學生身上。無意義的詳細規劃過多。建立起把人的個性摧毀的系統，絲毫沒有想像力的笨蛋則可以拿到好成績。從前是這樣。現在一定還是這樣。這種事情是不會變的。」

「你眞的這樣想嗎？」

「當然。關於學校有多無聊我一個鐘頭都可以談。」

「但那是義務教育喲，初中。」

「那是別人該想的事，不是妳該想的。沒有任何義務到大家都欺負妳的地方去。完全沒有。妳也有權利討厭它。妳可以大聲說討厭。」

「可是以後怎麼辦呢？一直重複這樣的事嗎？」

「我十三歲的時候也這樣想過。」我說。「這種人生是不是會繼續下去呢。但並不會這樣。總會有辦法的。如果不行的話，到時候再想辦法就好了。再長大一些的話也會戀愛。人家會買胸罩給妳。看世界的眼光也會改變。」

「你眞是傻瓜。」她好像很驚訝地說。「你知道嗎？最近十三歲的女孩子大家都有胸罩啊。你大概落伍半世紀了吧？」

「哦？」我說。

「嗯。」雪說。然後再確認一次。「你是傻瓜噢。」

「也許吧。」我說。

她就那樣不再說什麼，在我前面往車子走去。

24

到了海岸附近雪的父親家時已經天快黑了。又古老又寬闊，庭院裡樹木很多的房子。那一帶還殘留著湘南還是別墅地帶時的模樣。寧靜而隱密，和春天的夕暮非常相襯。很多家的庭院裡滿樹櫻花正含苞待放。櫻花開完之後，接著則是木蓮花開吧。就像這樣色調和香氣幽微淡雅日日變化，可以讓人感覺得到季節的轉換。這樣的地方居然還留著。

牧村家被高高的圍牆圍起來。門是附有屋頂的老式建築。只有名牌格外新，上面以清楚的字黑黑地寫著「牧村」。按了門鈴之後等一會兒便出現一個二十五歲左右高個子的男人，把我和雪帶進裡面。頭髮短短的，很殷勤的男人。對我和對雪都很殷勤。以前跟雪好像見過好幾次的樣子。他和五反田君一樣笑法很清潔並給人有好感。不過當然五反田君要洗練多了。他一面帶我到後院，一面說自己是牧村先生的助手。

「開開車、送送稿子、查查資料、陪先生打打高爾夫、打打麻將、一起到國外旅行，總之什麼都做。」我並沒有問他，但他卻很高興似地向我說明。「以從前的說法，可以說是寄宿的書生吧。」

「哦。」我說。

雪好像要說出「像傻瓜一樣」但什麼也沒說。她也是看對象說話的。

牧村先生正在後院練習高爾夫球。在松樹幹之間張了綠色的網，往正中央的目標使勁地打著球。聽得見球桿在空中揮出咻的聲音。那是我在世上最討厭的聲音之一。聽起來既淒慘又悲哀。爲什麼呢？很簡單。因爲有偏見。因爲我毫無道理地討厭叫高爾夫的運動。

我們進去之後他轉過身來放下球桿。然後拿起毛巾仔細擦著臉上的汗，對雪說「妳來得好。」她裝作什麼也沒聽到的樣子。眼光閃開從夾克口袋拿出口香糖來，剝掉紙放進嘴裡，發出咯吱咯吱的聲音嚼著。然後把包裝紙揉成一團丟在附近的植栽盆子裡。

「也不會說一聲你好。」牧村先生說。

「你好。」雪不耐煩似地說。然後把手插進夾克口袋就一轉身不知道走到什麼地方去了。

「喂，拿啤酒來。」牧村先生以粗魯的聲音對書生說。書生「是。」一聲以淸澈明朗的聲音回答後，便快步走出庭院。牧村先生大聲咳一下往地面呸地吐口水，又用毛巾擦臉上的汗。並且無視於我的存在靜靜睨著綠色網子上白色的目標一會兒。好像在做某種總合省察似的。我在那之間恍惚地看著長了青苔的庭石。

當場的氣氛對我來說有些不自然、人工化，感覺多少有些愚蠢。不是有什麼地方不好。也不是有誰做錯什麼。但感覺似乎有點做作的意味似的。看來好像大家都在努力把賦與自己的角色扮演好。作家和書生。但如果是五反田君的話大概可以演得更高明引人吧我想。五反田君什麼都能演得好，就算劇本差勁也能。

「聽說你照顧雪很多。」先生說。

「沒有什麼。」我說。「只是一起搭飛機回來而已。我什麼也沒做。倒是警察那邊謝謝你。幫了我的忙。」

「嗯，啊，沒什麼，那不要緊。總之這麼一來就互相不欠什麼了。請不要介意。而且我女兒難得對我有所求。那沒有什麼關係。我從以前就討厭警察。六〇年代我也碰過很糟的事。樺美智子死的時候，我在國會外面。那是好久以前了。好久以前——」

然後他彎下腰拾起高爾夫球桿，朝向我，一面用球桿咚咚地輕輕敲著自己的腳一面看我的臉，看我的腳，又看我的臉。簡直像在尋找腳和臉的相關關係似的。

「——好久以前，還很清楚知道什麼是正義，什麼不是正義。」牧村拓說。

我不太熱心地點著頭。

「你打高爾夫球嗎？」

「不打。」我回答。

「討厭高爾夫嗎？」

「沒有喜歡或討厭，因爲沒打過。」

他笑了。「沒有事情是沒有喜歡或討厭的吧。大體上沒有打過高爾夫的人都討厭高爾夫。這是一定的。你可以坦白說。我想聽你眞正的意見。」

「不算喜歡，老實說。」我老實說。

「爲什麼？」

「覺得好像怎麼都很愚蠢似的。」我說。「小題大作的道具啦、很了不起似的會員卡啦、旗子啦、穿的衣服、鞋子啦、彎下腰看草皮時的眼光啦、耳朵的站立法啦，這些我一一都不喜歡。」

「耳朵的站立法？」他以莫名其妙的表情反問我。

「這只是誇張，沒什麼意思。只是附隨著高爾夫的一切的一切都令人看不慣而已。耳朵的站立法是開玩笑。」我說。

牧村拓又以空虛的眼光看著我的臉一會兒。

「你是有些怪噢？」他問。

「沒什麼怪呀。」我說。「是很普通的人。只是開的玩笑沒什麼趣味而已。」

終於書生端著裝了兩瓶啤酒和兩個玻璃杯的托盤來了。他把托盤放在走廊下，用開瓶器打開瓶蓋，注入玻璃杯。然後快步走開消失了。

「來，喝吧。」他在走廊坐下來說。

謝謝，說著我喝了啤酒。因為喉嚨很乾啤酒味道非常好。但因為開車所以不能再多喝。只喝了一杯。

牧村拓大概有幾歲呢？我雖然不清楚，不過大約應該有四十五歲了吧。個子不太高，但由於體格紮實而比實際看起來高大。胸部厚厚，手臂和脖子也粗。脖子有些過粗。如果脖子再細一些的話看起來或許會比較像運動員型也不一定。和下顎直接連接似的粗脖子和耳下的宿命性肌肉鬆弛，表露出長年累月的不重視養生。那些東西不管打多少高爾夫都去不掉。而且人的年齡是不斷增加的。時光能取多少便取多少。我從前在照片上看過的牧村拓是瘦瘦的，眼光銳利的青年。雖然並不特別英俊，但有什麼引人注目的東西。一副前途有望新進作家的風貌。那是幾年前了？十五年或十六年前了吧？眼光還留有那銳利。偶爾因光線或角度不同，那眼睛看來漂亮而清澈。頭髮短短的，有些地方混雜著白髮。大概打高爾夫的關係吧，膚色曬得相當黑，和紅葡萄酒色的

Lacoste 運動衫很搭配。當然他把襯衫領口的扣子全部打開。脖子太粗了。要穿好 Lacoste 的紅葡萄酒色運動衫很困難。脖子太細顯得寒酸。太粗又顯得悶熱。很難恰到好處。要是五反田君的話一定可以穿得很好，我想。喂，停止吧，別再想五反田君的事了。

「聽說你的工作是寫作。」牧村拓說。

「談不上是寫作。」我說。「只是提供塡空的文章而已。什麼都可以。只要有寫字就行了。但總得有人寫。於是，我就寫了。就像剷雪一樣。文化上的剷雪。」

「剷雪。」牧村拓說。並瞄一眼放在旁邊的高爾夫球桿。「很有意思的表現法。」

「謝謝。」我說。

「你喜歡寫文章嗎？」

「關於現在所做的工作，倒談不上喜歡或討厭。因爲這不是那種層次的工作。不過有效的剷雪方法的確是有的。訣竅，或知識，姿勢、著力法，這些倒是有的。我不討厭去思考這些。」

「很明快的回答。」他似乎很佩服似地說。

「層次低的話事情就單純了。」

「哦？」他說。並沉默了十五秒左右。「那剷雪的表現是你想到的嗎？」

「是的，我想是。」我說。

「我可以拿來用在什麼地方嗎？那所謂的『剷雪』。很有意思的表現，文化上的剷雪。」

「可以呀，請便。因爲並沒有申請專利。」

「你想要說什麼我也懂。」牧村拓一面捏弄著耳垂一面說。「我有時候也會這樣覺得。寫這些文章有什麼意義呢？偶爾會。以前不會這樣。以前世界更小。會有類似反應的東西。很清楚自己現在在做什麼。也很清楚大家在追求什麼。媒體本身很小。就像一個小村子一樣。大家都認得對方的臉。」

然後喝乾玻璃杯的啤酒，拿起瓶子注入兩邊的玻璃杯。我拒絕了，但他不理。

「但現在不是這樣。誰都不知道什麼是正義。大家都不清楚。所以只是把眼前的事情處理掉而已。就是剷雪。正如你所說的。」他說著又再眺望那張在樹幹和樹幹之間的綠色網子。草地上掉了三十個或四十個白色高爾夫球。

我喝了一口啤酒。

牧村拓在想自己接下來應該說什麼。思考花了一些時間。但他本人對這並不太在意。因爲大家都習慣於安靜等待他的話。沒辦法我也只好等他開始說。他一直在用手指捏弄著耳垂。那看來簡直像在數著新鈔票一樣。

「我女兒很親近你。」牧村拓說。「她不是會隨便親近別人的孩子。相反地幾乎跟誰都不親近。跟我幾乎都很少開口說話呢。雖然也不太跟她母親開口，但她至少還尊敬母親。至於我，她卻不尊敬。完全不。甚至當我是傻瓜。也完全沒有朋友。幾個月前就沒去上學了。一個人窩在家裡光聽著吵人的音樂。甚至稱爲問題兒都可以，實際上她的班級導師就這樣說過。她跟別人處不好。但卻肯親近你。爲什麼呢？」

「爲什麼噢。」我說。

「大概氣味投合吧？」

「大概是這樣也說不定。」

「你覺得我女兒怎麼樣？」

我在回答之前稍微考慮了一下。覺得簡直就像在接受面試一樣。我想應該坦白說吧。「很麻煩的年齡。沒怎麼樣就已經夠麻煩了，家庭環境太糟糕變成無法修正的困難。沒有人照顧她。沒有人想負責任。她沒有說話的對象。沒有可以敞開心傾訴的人。受傷很深。卻沒有人能夠治癒那傷痛。父母都太有名了。臉又長得太漂亮。她背負著太沉重的包袱。而且有點不正常的地方。應該說是太敏感呢……還是有點特殊的地方。但本來是個乖孩子。如果能夠好好用心帶，是會很好地成長的。」

「但卻沒有人去用心。」

「正是這樣。」

他深深長嘆。然後把手從耳朵上放下，長久定睛看著那指尖。「正如你所說的。完全就是這樣。但是，我一點辦法都沒有。首先，離婚的時候文件已經清楚地交換了。上面寫著我不管雪的一切。我沒辦法啊。因爲那時候我也在玩女人，沒有立場可以說話。正確說，現在像這樣跟她見面也需要得到雨的許可噢。很無聊的名字吧。雨和雪。好吧，總之就變成那樣了。還有第二就像剛才我說過的那樣，雪完全不親近我。不管我說什麼她都不會聽我的。所以我一點辦法都沒有。女兒是可愛，不用說。只有一個寶貝嘛。但不行。我無從插手。」

然後又看著綠色的網子。黃昏的暗影已經相當深了。散落在草地上的白色高爾夫球，看起來就像撒了一整竹籠的關節骨似的。

「但也不能因此就放手不管了吧？」我說。「她母親因爲自己的工作已經夠忙了，跑到世界各地去，沒有時間想孩子的事。連有小孩的事都經常忘記。也沒給孩子錢，就把她留在北海道的飯店房間裡自己走掉了，三天後才想起來有這回事。花了三天呢。我帶她回東京之後，她什麼地方也不去，只是一個人關在公寓房間裡，聽搖滾樂，光吃炸雞、蛋糕之類的過日子。沒去學校，也沒有朋友。這怎麼想都是不正常的。當然，別人家的事，我這樣說也許多管閒事。不過實在太過份了。或者是我的想法，太現實性、常識性、太中產階級了呢？」

「不，百分之百正如你所說的。」牧村拓說。然後慢慢點頭。「眞的是這樣。我也沒話可說。百分之兩百正如你所說的。我想跟你商量一件事。所以才特地請你到這裡來。」

我有不祥的預感。馬死掉了。印第安的大鼓聲也停了。太過於安靜。我用小指頭抓抓太陽穴。

「也就是說，你能不能幫我照顧雪。」他說。「說照顧也沒那麼嚴重。只要偶爾跟她見見面就行了。一天兩小時或三小時。兩個人談談話，帶她去吃正常的飯就可以了。這樣就可以喲。當成是工作我會付錢。換句話說你只要想成像是不教功課的家庭老師一樣就行了。我不知道你現在賺多少錢，不過我想可以保證能接近那個。而且剩下的時間你可以隨便運用。我只要你一天跟雪見面幾個小時。這樣還不錯吧？關於這件事我也打電話跟雨談過。她現在在夏威夷。在夏威夷拍照。我把情況大概說了之後，雨也贊成拜託你。她其實也很認眞爲雪設想。只是人有點不一樣而已。神經跟一般人不同。雖然非常有才華。眞的，腦子會忽然啪一下飛走，就像保險絲斷了一樣。於是一切都忘光了。至於現實上的事情，就一點也不行。連減法都不太會算。」

「我眞不太明白。」我一面無力地微笑著一面說。「你聽我說，那孩子需要的是父母親的愛。需要的是有人不求回報地打內心愛自己的確實自信。這些東西是我無法給她的。這些只有父母親才行。這一點，你和你太太應該好好認識清楚。這是第一點。其次第二，這個年紀的女孩子無論如何需要有同年代的同性朋友。可以互相分享同情的感情，可以坦白談各種事情的同性朋友，如果有這種對象起碼可以輕鬆多了。我是男的，年齡又差太多。還有，你跟你太太大概都對我的事一無所知吧？十三歲的女孩子說起來在某種意義上已經是大人了噢。長得非常漂亮，而且又是精神上不安定的女孩子。你們怎麼可以把這樣的孩子隨隨便便就託付給不清楚來歷的陌生男人呢？你對我到底知道什麼？我剛才還爲了涉及殺人事件被警察捉去喲。如果我是犯人你怎麼辦呢？」

「是你殺的嗎？」

「怎麼可能？」我嘆了一口氣說。父女都問一樣的問題。「我才沒有殺呢。」

「那麼，不就行了嗎？我相信你的話。如果你說沒殺的話就是沒殺吧。」

「爲什麼可以相信我呢？」

「你不是會殺人的那一型。而且也不是會強姦少女的那一型。這一點只要一看就知道了。」牧村拓說。「而且我相信雪的直覺。那孩子，從前就有非常敏銳的直覺。和一般的直覺敏銳有點不同。怎麼說呢，有時候會敏銳得甚至令人覺得可怕。有點像靈媒一樣。跟她在一起，偶爾會覺得她可以看到我所看不到的東西似的。你明白這種感覺嗎？」

「有一點。」我說。

「我想這是遺傳自她母親。那種超出常軌的地方。只是她母親集中在藝術方面。這樣一來，人家就把那個稱爲才華。但雪還沒擁有那種可以集中的東西。只是漫無目的地溢出來而已。就像水從桶子裡溢出來一樣。像靈媒一樣。母親系統的血吧，那個。我不太有那種東西。完全沒有。我不是超出常軌的。所以母親和女兒都不太理會我。我也覺得跟她們兩個人一起生活有點累。暫時不想看見女人的臉。你一定不會明白吧，跟雨和雪一起生活是怎麼一回事。雨和雪喲，眞無聊。簡直像氣象預告一樣。不過當然兩個人我都喜歡喏。現在還偶爾打電話跟雨談話。不過，再也不會想一起生活了。那是地獄。就算我有當作家的才華——曾經有過噢——也因爲那種生活而完全消失了。說眞的。不過雖然才華喪失了我居然還過得不錯，自己都這樣認爲。劏雪。正如你所說的有效的劏雪。很高明的表現法。剛才說到哪裡？」

「我能不能信賴。」

「對。我相信雪的直覺。雪相信你。所以我也相信你。你也可以相信我。我不是很壞的人。雖然有時候會寫一些無聊文章，但人是不壞的。」他又再乾咳然後把痰吐在地上。「怎麼樣？肯不肯幫忙？照顧雪的事情？你所說的我也很清楚啊。這種事情確實是父母親的任務。不過這和普通的情況有些不同。正如我剛才說過的那樣，我無從插手。只有請你幫忙，除了你之外沒有別人可以拜託了。」

我望著自己玻璃杯裡啤酒的泡沫一會兒。怎麼辦才好呢？我也不太知道。眞是不可思議的一家。三個怪人和書生星期五(Friday)。太空家庭羅賓遜一樣。

「偶爾跟她見見面是沒關係喲。」我說。「但不能每天見面。我有不得不做的事，也不喜歡義務性地跟人見面。想見的時候就見。錢不需要。現在我並不缺錢，跟她以朋友的方式交往，這一點錢我會付。我只能在這樣的條件之下才能接受。我也滿喜歡她的，能跟她見面對我來說也很高興。但我不負任何責任。這樣可以嗎？她會變成怎樣，最後的責任不用說還是在你們身上噢。爲了把這個事先說清楚我也不能收錢。」

牧村拓點了幾次頭。耳下的肉搖晃著。打高爾夫並不能把那贅肉去除。需要更根本的生活改變。但他卻做不到。如果能做到應該早就做了。

「我很瞭解你想說的意思，而且你說的也很有道理。」他說。「我並不是在把責任推到你身上。我沒有感覺到責任這回事。我們只是除了你之外沒有選擇的餘地，所以只好向你低頭拜託了。關於責任問題什麼都不用說。錢的事就等以後再考慮吧。我這個人虧欠人家是不會忘記總會還的。這一點請記住。但現在也許正如你說的。就由你決定吧。只要依你高興去做就好了。如果需要錢的時候，請跟我這邊，或雨那邊，任何一邊聯絡。我們都不缺錢。請不要客氣。」

我什麼也沒說。

「看樣子你也是個相當頑固的人啊。」他說。

「不是頑固。只是我有我想法的系統這東西而已。」

「系統。」他說。然後又用手指抓弄耳垂。「那種東西已經不太有意義了噢。就像手製的眞空管音響增幅器一樣。與其花時間費工夫去做那東西不如到音響店去買新出品的電晶體增幅器比較便宜，聲音也好。壞了還會立刻來幫你修理。買新產品時還可以把舊的賣給他。已經不是想法系統如何的時代了。確實有過那種東西有價值的時代。但現在已經不一樣了。什麼都能用錢買。連想法都是。隨意買了來接上就行了。簡單哪。當天開始就能用了。把A插進B就行了。一眨眼就成了。用舊了可以換新。那樣比較方便。在乎系統會落伍的。不能機伶應變，會被人家嫌煩。」

「高度資本主義社會。」我簡單歸納。

「對了。」牧村拓說。然後又暫時落入沉默。

周遭已經相當暗了。附近有狗神經質地吠著。有人氣悶地彈奏著莫札特的鋼琴協奏曲。牧村拓坐在走廊蹺著腳，一面不知道沉思著什麼一面喝著啤酒。回到東京之後好像一直遇到奇怪的人，我想。五反田君、兩個高級妓女（一個死了），二人組刑警，牧村拓和書生星期五。一面眺望著昏暗的庭院，一面模糊地傾聽著狗叫聲和鋼琴聲時，覺得現實好像逐漸溶解被吸進昏暗中去了似的。各種東西逐漸失去本來的形狀而相互混合，失去意義變成一團混沌。撫摸著奇奇背的五反田優雅的手指，雪花紛飛的札幌街頭、說「郭公鳥叫了，咕—咕」的山羊咩May、刑警啪噠啪噠敲著手掌的塑膠尺，在黑暗的走廊深處一直安靜等著我的羊男的身影，這一切都溶合為一。是累了嗎？我想。但並不累。只是現實咻地在溶解著而已。溶解著化為一個圓形混沌的球。簡直就像某種天體的形狀一樣。而鋼琴聲彈奏著，狗吠著。有人在說話。有人在跟我說什麼。

「對了。」牧村拓對我說。

我抬起頭看他。

「你是不是認識那個女的？」他說。「那個被殺的女的。我在報紙上看到了。在飯店裡被殺的對嗎？寫說身分不明。只有一張名片留在皮包裡，正在調查那個人。沒有寫出你的名字。聽律師說你在警察局堅持什麼也不知道，但不可能不知道吧？」

「你為什麼那樣想？」

「只是忽然哪。」他拿起高爾夫球桿，像刀子一樣筆直伸到前面靜靜地注視著。「我有這種感覺。我可以感覺到你在庇護什麼人。忽然這樣覺得。跟你談著的時候，逐漸有這種感覺。對細節一一都很在乎，但對大事情卻奇怪地寬大。可以看出這種類型。很有趣的性格。在這方面很像雪喲。活下去會很辛苦。不容易被別人瞭解。跌倒的話可能會沒命。在這意義上你們是同類喲。這次這件事也一樣。警察可是不容情的。這次算還順利，但下次可就不一定順利了。系統固然很好，但太堅持的話多半會受傷。已經不是那種時代了。」

「我也不是堅持。」我說。「那是像舞步一樣的東西。習慣性的東西。身體記得了。一聽到音樂身體自然會動。周圍改變了也沒有關係。因爲是非常複雜的舞步，所以沒辦法考慮周圍的情形。想得太多的話腳步會踏錯。只是不靈巧而已。不合潮流。」

牧村拓再默默睨著高爾夫球桿。

「有點怪。」他說。「你讓我聯想起什麼。是什麼呢？」

「是什麼？」我說。是什麼？畢加索的『荷蘭風花瓶和留鬍子的三騎士。』嗎？

「不過我滿喜歡你的，也可以信任你這個人。不好意思不過請你照顧雪。以後會好好報答你。我是個絕對有借有還的人。這個剛才也提過了吧。」

「我聽過了。」

「那就好。」牧村拓說。並把高爾夫球桿輕輕靠簷廊立著放。「很好。」

「報紙上還寫了什麼？」我問。

「其他幾乎什麼也沒寫。只有寫用絲襪勒死。一流飯店這地方是都會的盲點之類的。既不知道名字也不知道什麼。正在調查身分。這樣而已。這種事件是常有的。立刻就會被大家遺忘。」

「應該會噢。」我說。

「不過也有人忘不了。」他說。

「大概吧。」我說。

藍小說 910

舞・舞・舞（上）

作　者—村上春樹
譯　者—賴明珠
主　編—鄭麗娥
編　輯—黃嬿羽
校　對—魚蘭、賴明珠

董事長—趙政岷
出版者—時報文化出版企業股份有限公司
108019台北市和平西路三段二四〇號三樓
發行專線—（〇二）二三〇六—六八四二
讀者服務專線—〇八〇〇—二三一—七〇五
（〇二）二三〇四—七一〇三
讀者服務傳真—（〇二）二三〇四—六八五八
郵撥—一九三四四七二四時報文化出版公司
信箱—一〇八九九臺北華江橋郵局第九九信箱

時報悅讀網—http://www.readingtimes.com.tw
法律顧問—理律法律事務所　陳長文律師、李念祖律師
印　刷—紘億印刷有限公司
初版一刷—一九九六年十一月十一日
初版三十刷—二〇二一年十月十五日
定　價—新台幣二三〇元
（缺頁或破損的書，請寄回更換）

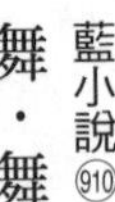

時報文化出版公司成立於一九七五年，
並於一九九九年股票上櫃公開發行，於二〇〇八年脫離中時集團
非屬旺中，以「尊重智慧與創意的文化事業」為信念。

舞・舞・舞 / 村上春樹著；賴明珠譯. -- 初版. -- 臺北市：時報文化，1996〔民85〕
冊；　公分. --（藍小說；910-911）（村上春樹作品集）
ISBN 957-13-2197-4（一套：平裝）. -- ISBN 957-13-2198-2（上冊：平裝）. -- ISBN 957-13-2199-0（下冊：平裝）
ISBN 978-957-13-2197-4（一套：平裝）. -- ISBN 978-957-13-2198-1（上冊：平裝）. -- ISBN 978-957-13-2199-8（下冊：平裝）

861.57　　85011953

ISBN 957-13-2198-2（上冊）
ISBN 978-957-13-2198-1（上冊）
Printed in Taiwan

編號：AI 910	書名：**舞・舞・舞**(上)
姓名：	性別：________ 1.男　2.女
出生日期：　　年　　月　　日	身份證字號：

________ **學歷**：1.小學　2.國中　3.高中　4.大專　5.研究所（含以上）

________ **職業**：1.學生　2.公務（含軍警）　3.家管　4.服務　5.金融
6.製造　7.資訊　8.大眾傳播　9.自由業　10.農漁牧
11.退休　12.其他

地址：________縣（市）________鄉鎮區________村________里
________鄰________路（街）____段____巷____弄____號____樓
郵遞區號 ____________

（下列資料請以數字填在每題前之空格處）

________ **您從哪裡得知本書／**
1.書店　2.報紙廣告　3.報紙專欄　4.雜誌廣告　5.親友介紹
6.DM廣告傳單　7.其他 ________

________ **您希望我們爲您出版哪一類的作品／**
1.長篇小說　2.中、短篇小說　3.詩　4.戲劇　5.其他 ________

您對本書的意見／
________ 內　　容／1.滿意　2.尚可　3.應改進
________ 編　　輯／1.滿意　2.尚可　3.應改進
________ 封面設計／1.滿意　2.尚可　3.應改進
________ 校　　對／1.滿意　2.尚可　3.應改進
________ 翻　　譯／1.滿意　2.尚可　3.應改進
________ 定　　價／1.偏低　2.適中　3.偏高

您的建議／

____
____
____

請沿虛線撕下，後對折裝訂寄回，謝謝！

請沿虛線摺下裝訂，謝謝！

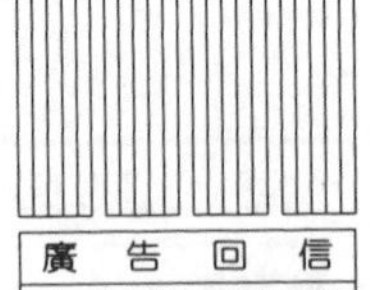

時報出版
CHINA TIMES PUBLISHING COMPANY
尊重智慧與創意的文化事業

地址：108019台北市和平西路三段240號3樓
讀者服務專線：0800-231-705・(02)2304-7103
讀者服務傳真：(02)2304-6858
郵撥：19344724 時報文化出版公司

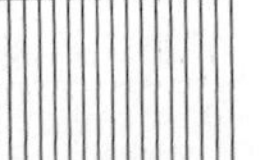

請寄回這張服務卡（免貼郵票），您可以——

●隨時收到最新消息。

●參加專為您設計的各項回饋優惠活動。

寄回本卡，掌握藍小說系列的最新訊息

捕捉感性筆觸：捕捉流行語調—淺藍的、海藍的、灰藍的……

無限馳騁藍色想像空間——無國界的小說新地帶。